THE DECAMERON PROJECT

デカメロン・プロジェクト

パンデミックから生まれた29の物語

ニューヨーク・タイムズ・マガジン＝編
マーガレット・アトウッドほか＝著
藤井光ほか＝訳

29 NEW STORIES FROM THE PANDEMIC
SELECTED BY THE EDITORS OF THE NEW YORK TIMES MAGAZINE

河出書房新社

デカメロン・プロジェクト　パンデミックから生まれた29の物語

デカメロン・プロジェクト　パンデミックから生まれた29の物語　目次

ケイトリン・ローパーによる序文

二〇二〇年三月、あちこちの書店で売り切れになっていく十四世紀の本があった。ジョヴァンニ・ボッカッチョの『デカメロン』、ペストが猛威を振るうフィレンツェから避難してきた男女の一団が互いに語って聞かせる入れ子状の物語集である。アメリカ合衆国にいる私たちがロックダウンに入り、隔離生活とはどのようなものなのかを知りつつあったとき、多くの読者はこの古典を道しるべにしようとしたのだ。新型コロナウイルスの感染が世界中に拡大し始めた頃、小説家のリヴカ・ガルチェンから『ニューヨーク・タイムズ・マガジン』に、ボッカッチョの『デカメロン』に言及する短編を書くことで、現在の状況を読者が理解する手助けにしたいという連絡があった。私たちはその案をとても気に入ったが、代わりにこうも考えた――それならいっそのこと、隔離中に書かれた新作小説を詰め込んだ、私たちなりの『デカメロン』を作ってみてはどうか？

そこで、作家たちに連絡を取り、書いてみたい物語の要約のようなものを送ってほしいと持ちかけた。何人かは長編小説に取り組んでいて時間が取れなかった。一人は幼い子供たちの世話をしていて、その状況でどう執筆すればいいのか、そもそも執筆できるのかどうかもわからずにいた。別の作家からはこう返事があった。「残念ながら、今の危機を小説にする着想がまったく頭に浮かんでこないんです」気持ちはよくわかった。企画に興味を持ってもらえるのかどうか、私たちにも確信はなかった。

だがその後、ニューヨークがウイルスに襲われ、私たちが怖れ、悲しんでいると、それとは違った、希望に満ちた知らせが届き始めた。興味があるという返事や、すぐに読みたくなるような短編の案である。小説家のジョン・レイは、「スペインに住む若者が何頭かの犬を人に貸し出して、その人たちがペットの散歩を装って外出制限をくぐり抜けられるようにする」物語を書きたいと言った。モナ・アワドの着想はこう始まっていた。「四十歳の誕生日を迎えたある女性が、自分への特別なご褒美《ほうび》として、悪名高いフェイシャルエステの施術を受けに会員制のエステに行く。着いてみると、かなり実験的なトリートメントを提案される。本当にふくよかですべすべの艶《つや》のある肌にするために、嫌《いや》な思い出をいくつか除去するというものだ……」チャールズ・ユウにはいくつか温めている案があったが、「これぞと思うのは、ウイルスとグーグル検索アルゴリズムという二つの視点からなる物語です」マーガレット・アトウッドが書いてみたいという短編の要約はこうだった。「隔離中の地球人たちの一団に向けて、星間援助計画の一環として遠くの惑星から地球に送り込まれてきた一人のエイリアンが語る物語」それが要約のすべてだった。却下できるはずがない。私たちはどれも読みたかった。実を言えば、私たちが依頼した数は雑誌に収まる数を超えていた。つらかったが、もう作家への連絡は打ち止めにしなければならないと悟った。

短編が次々に届き始めると、人生でも指折りに恐ろしい経験のさらに深くに放り込まれてはいても、作家たちが芸術作品を作っているのだとわかった。作家たちが目下の恐怖をそこまで力強いものに変えてみせられるとは、思いもよらなかった。最良の文学作品とは読み手を遠くに連れて行くだけでなく、自分たちがどこにいるのかをはっきりと理解させてくれるものなのだ、と改めて実感させられた。

雑誌の特集号は七月十二日、ウイルスの第二波がアメリカ合衆国を襲っていた頃に刊行された。読者からはすぐに、熱のこもった反響があった。私たちの受信トレイは、それらの物語が心の慰めになったという編集者あての手紙で溢《あふ》れていた。雑誌という形でも、そして今こうしてお届けする本という形でも、この企画が暗く不確かな時代に喜びと慰めをもたらしてくれたら、と願ってやまない。願わくば、健康な読書でありますように。

（藤井光訳）

LIFESAVING TALES
AN INTRODUCTION BY RIVKA GALCHEN

はじめに――命を救う物語たち

リヴカ・ガルチェン

藤井光訳

十人の若い男女が、フィレンツェの郊外で隔離生活を送ることにする。一三四八年、ペストが流行しているさなかのことだ。発病すると股《また》の付け根や腋《わき》の下に腫《は》れ物《もの》ができ、その後手足に黒い斑点が現れる。朝食のときには元気そうだったのに、その夜には亡くなった御先祖たちとあの世で一緒に食事をいただく者もいる、という話だ。豚は亡骸《なきがら》を包んでいた襤褸《ぼろ》切《き》れを嗅《か》いで口にくわえ、そして痙攣《けいれん》を起こして死んでしまう。言葉にできないほどの苦しみと恐怖から逃れてきたその若者たちは何をするのか？　食べ、歌い、そして代わる代わる物語を聞かせ合うのだ。ある物語では、尼僧院長がうっかり自分の恋人のパンツをヴェールとして頭にかぶってしまう。また別の話では、傷心の女がバジリコを育てる鉢《はち》には切断した恋人の首が入っている。ほとんどは馬鹿らしく、いくつかは悲しい話であり、ペストを取り上げたものはひとつもない。それが、もう七百年近くにわたって名作として評価されてきた、ジョヴァンニ・ボッカッチョの『デカメロン』の構造である。

ボッカッチョ自身もフィレンツェの出身であり、一三四九年、みずからの父親をおそらくはペストによって亡くした年に『デカメロン』を書き始めたものと推定されている。彼は数年でそれを完成させた。最初にその作品を読み、称賛したのは、住民の半分が世を去るのを目《ま》の当たりにした街の人々だった。本に収められた物語の多くは新しくはなく、なじみのある古い物語に再び命を吹き込んだものだった。『デカメロン』の最後で、ボッカッチョは、このお話は諧謔《かいぎゃく》やお喋《しゃべ》りが多すぎて軽薄だと思う読者もいるかもしれないが、正直に言えば私は今も昔も変わらず重厚であると、冗談を言っている。このような状況でおどけてみせる彼の態度を、どう考えればいいのか？

　三月中旬、私はその他大勢の人たちとともに、シカゴのシェッド水族館をよちよち歩き回る二羽のイワトビペンギンの映像を観ていた。ペンギンのウェリントンはシロイルカがお気に入りだった。新型コロナウイルスについてすでに何十という記事を読んでいた私は、映像を観て笑顔になれたし、コロナ報道からのいい息抜きができたとはいえ、好奇心あふれるそのペンギンたちが孤立している姿を見たとき、今回のパンデミックは感情的に真に迫ったものになった。五月には、三羽のフンボルトペンギンがカンザスシティのネルソン・アトキンス美術館の不気味なほどがらんとした展示ホールを訪れ、カラヴァッジョの絵画の前で立ち止まっていた。そのペンギンたち自身にも、芸術の驚きが宿っていた――ずっと存在していたが、情報によって逆説的に隠されていた現実があらわになったのだ。

　現実はしばしば見過ごされてしまう。私たちがしじゅうそれを目にしているせいかもしれない。六歳になる私の娘は、パンデミックについては意見も質問もほとんど口にしないが、ある計画をときおり持ち出してくる――コロナウイルスを百万回ちぎって、地面に埋めてしまえばいい。娘にとって、ウイルスはまともに考えると動揺してしまう「物語」なのだ。だが、個人的な防護服のことがニュースになると、娘のお人形たちはチョコレートを包むアルミホイルと糸とテープで作った甲《かっ》冑《ちゅう》を着けるようになった。後になると、コットンボールで包まれた。私には理解できない細部のある戦いを、お人形たちは繰り広げていたのだ。より静かな読書の時間には、お前たちはいつか戦争を終らせるだろうという予言を成就するべく若いドラゴンたちが奮闘する『火の翼』シリーズに娘は夢中になった。

現実を根本から変えてしまう重要な物語が進行中のときに、架空のお話に目を向ける理由は何だろうか？　フルクサスに参加していたフランス人芸術家ロベール・フィリュウは、「芸術とは、人生を芸術より面白くするものだ」と著作のなかで述べ、私たちは一見しただけでは人生をつかめないと示唆《しさ》している。あたかも、人生とは錯視アートの一つでしかないとでもいうように。ハンス・ホルバイン（子）による絵画〈大使たち〉に登場する頭蓋骨《ずがいこつ》が、横から見て初めてわかるようなものだ――正面から見ると流木だと勘違いしてしまうか、まったく気にも留めないかもしれない。ボッカッチョのイタリア語では、「ノヴェッラ」という語にニュースと物語の両方の意味がある。『デカメロン』の数々の物語は、聴衆が理解できる形式で語られたニュースなのだ（フィレンツェのニュースはなし！　というのが、隔離中の若者たちのルールだった）。最初の物語は、じきに亡骸になる者をどう扱うべきかという滑稽《こっけい》な報告である。その喜劇は、あまりに近いがゆえに理解できない破局を覆い隠している。

だが、『デカメロン』が進むうちに、若者たちが互いに語る物語の雰囲気と内容は変わっていく。最初の二、三日はほとんどが冗談や不敬な話だ。それが四日目になると、不幸な結末を迎えた恋という主題で十個の物語が並ぶ。五日目は、恐ろしく不幸な事件の後に幸せを見つける恋人たちの物語。ボッカッチョは、黒死病の時期のフィレンツェの人々は死者のために悲嘆にくれることも涙を流すこともやめてしまったと書いている。街を離れて数日してようやく、ボッカッチョの物語の若き語り手たちは、架空の不幸な恋の話に心動かされたという名目で、おそらくは心からの涙を流すことができるのだ。

ボッカッチョの現実逃避的な物語集の逆説とは、それが登場人物たちを、ひいては読者たちを、逃れたはずのところに引き戻すという点にある。前半の物語は時も場所もさまざまに設定されているが、後半の物語はしばしばトスカーナ地方に、ときにははっきりとフィレンツェに設定されている。物語中の登場人物たちは、より同時代的で、それとわかる制約のなかにある。吝嗇《りんしょく》なフィレンツェの判事が、いたずら者たちによってズボンをずり下げられる——誰もが笑う。間抜けなカランドリーノは何度も騙《だま》されて不当な仕打ちを受ける——我々は笑うべきだろうか？　十日目には、あからさまに残酷で不公平な世界を前にして、想像もつかないほどの高貴さを発揮する人々の物語が披露される。物語にすぎない、という感情的な隠れ蓑の下で、登場人物たちは希望を味わう。

ボッカッチョによる、ある枠のなかで語られた一連の物語は、それ自体が昔からの形式を更新したものだった。『千夜一夜物語』では、シェヘラザードが夫である王に物語を聞かせることが全体の枠になる。もし王が飽きてしまえば、それまでの妻たちと同じようにシェヘラザードも殺されてしまう。入れ子になった『パンチャタントラ』の物語の数々は、たいていは動物だが人間のときもある登場人物たちが、困難や板挟《いたばさ》みや戦争をどうにかくぐり抜けるさまを見せてくれる。そのすべてで、物語は何らかの形で命を救う。楽しめる物語であることが、一つの命を救うための重要な方法であることもある。困難な時代に物語を読むことは、その時代を理解するための、さらにはその時代を耐え抜くための営みなのだ。

『デカメロン』の若い男女は、自分たちの街を永遠に出て行ったわけではない。離れて二週間が経つと、彼らは戻ることにする。疫病が終わったからではない――終わったと信じる根拠はどこにもなかった。彼らが戻ったのは、笑い、泣き、生きるうえでのまったく新しいルールを想像した後、ついに現在を見つめ、未来を考えられるようになったからだ。街を離れていた日々のノヴェッラは、彼らの世界のノヴェッラを、つかの間ではあっても、ふたたび色鮮やかなものにした。メメント・モリ――死ぬ身であることを忘れるな――は、それを忘れがちな平穏な時代には必須のメッセージである。メメント・ウィーウェレ――生きねばならないことを忘れるな――が、『デカメロン』のメッセージなのだ。

RECOGNITION
BY VICTOR LAVALLE

既視感

ヴィクター・ラヴァル

藤井光訳

ニューヨークでいいアパートメントを見つけるのは至難の業だ。そこで、いい建物に巡り合ったと想像してみてほしい。私が買った建物についての話ではない。もちろん、そこに住む人たちのことだ。私が見つけたアパートメントは、ワシントンハイツにある素晴らしい建物だった。一八〇丁目とフォート・ワシントン街の角にある六階建の共同住宅で、一LDKの広さは私には十分すぎるほどだった。二〇一九年十二月に入居した。となると、もう話の展開は読めるかもしれない。ウイルスが襲ってきて、四か月もすると入居者の半分がいなくなった。隣人のなかには別荘に避難するか、ニューヨークから出て実家に戻った人たちもいる。それよりも高齢だったり貧しかったりする人たちは、十二ブロック離れた病院のなかに消えていった。混み合った建物に引っ越してきたはずが、あっというまにがらんとした家に住んでいた。

そして、ピラールに出会った。

「前世があるって信じる?」

私たちはロビーにいて、エレベーターを待っていた。ロックダウンが始まった直後のことだ。彼女が訊ねてきたが、私はなにも言わなかった。そうはいっても、完全に無視したわけではない。しゃちほこばった感じで、足元を見つめながら少し微笑《ほほえ》んでみせた。私は礼儀知らずではない。とんでもなく人見知りなだけだ。その性格は、パンデミックの最中でも変わることはない。私のような黒人女性にも堅苦しい人がいるのだと知ると、みんなは驚いた様子になる。

「ほかに誰もいないんだから」とピラールは話を続けた。「あなたに話しかけてるってことよ」

その口調はずけずけしていると同時に、どういうわけかいたずらっぽくもあった。エレベーターが来たときに彼女のほうに目をやると、靴が見えた。黒と白の、先が尖ったオックスフォードシューズ。白い部分はピアノの鍵盤に見えるように塗ってあった。ロックダウン中なのに、ピラールはわざわざそんな上等な靴をはいているのだ。私はといえば、スーパーマーケットからの帰りで、ぼろぼろのサンダルだった。

私はエレベーターの扉を開けて、ようやく彼女の顔を見た。

「やっと見てくれた」と言うピラールの口ぶりは、恥ずかしがりな鳥が指にとまってくれたのを褒《ほ》めているみたいだった。

ピラールは私より二十歳くらい年上だっただろうか。私は四十歳になった月にそこに入居した。両親はピッツバーグから電話してきて、「ハッピーバースデー」を歌ってくれた。ニュースに触れても、実家に帰ってこいとは言わなかった。私からも帰りたいとは言わなかった。一緒にいると、親は生活はどんな感じかとか将来はどうするんだとか訊《き》いてきて、私は不機嫌な思春期に逆戻りしてしまう。ただし、父は日用品を山ほど注文して、私の部屋に届くようにしてくれた。父の昔からの愛情の示し方だった。娘に必需品がそろっているように手配してくれるのだ。

「トイレットペーパーを手に入れようと思ったのよ」と、エレベーターでピラールは言った。「でも、みんなパニック状態だから、全然見つからなかった。お尻がきれいだとウイルスにかからないとか思ってたりして」

ピラールは私を見つめた。エレベーターは四階に着いた。彼女は降りて、扉を押さえて開けておいてくれた。

「冗談を言っても笑ってくれないうえに、名前も教えてくれないわけ?」

そこで私は微笑んだ。もうゲームになっていたからだ。

「じゃあ、勝負だね」と彼女は言った。「また会いましょう」そして、廊下の奥を指した。「私は四十一号室にいるから」

ピラールはエレベーターの扉から手を離し、私は六階に上がっていって、買ってきたものを片付けた。そのころは、すぐに終わるだろうと思っていた。今になってみればお笑いぐさだ。バスルームに入った。父から送られてきたもののなかに、トイレットペーパーが三十二ロールあった。私はこっそり四階まで下りて、ピラールの部屋の前に三つ置いていった。

一か月後には、自分の「リモートオフィス」にログインするのにも慣れた。小分けになった画面に自分たちの顔が見えるのは、前に働いていた開放型のオフィスと似ていた。同僚たちと話す量も、以前とさして変わらなかったと思う。ドアベルが鳴ったので、やったとばかりにノートパソコンの前から離れた。ピラールが来たのかもしれない。私はバックル付きのローファーをはいた。それもぼろぼろだったが、前回見られたサンダルよりはましだ。

でも、ピラールではなかった。

管理人のアンドレスだった。六十歳近くの、プエルトリコ出身の男で、よじ登ろうとするヒョウのタトゥーを首に入れていた。

「まだいるのか」と彼は言った。青いマスクの奥から響く声はうれしそうだった。

「ほかに行くあてもないし」

彼は頷いて、鼻を鳴らした。笑い声と咳の中間の音だった。「アパートメントを全部確認しろって市から言われてる。毎日な」

アンドレスが持っていた袋は、金属のヘビが何匹も入っているみたいにガラガラと音を立てた。私の視線に気がつくと、アンドレスは袋を開けた。銀色のスプレー塗料の缶だった。「返事がなければ、これを使うことになる」

アンドレスは一歩脇によけた。廊下の先には、六十六号室。緑色の扉には銀色で大きく「V」と描かれていた。その字は塗りたてで、まだペンキが滴っていた。

「V。それってウイルスのV？」

アンドレスの眉が上がり、そして下がった。

「空き部屋のVだ」

「そのほうが感じがいいわね」アンドレスは廊下に、私はアパートメントのなかに、黙って立っていた。扉口に出るときにマスクをし忘れていたことに私は気がつき、しゃべるときには手で口を覆った。

「市から指示が出てるの？」と私はたずねた。

「いくつかの地区でね」とアンドレスは言った。「ブロンクスとかクイーンズとか、ハーレムとか。

それからここも。感染拡大地域だから」彼はスプレー缶を一本取り出すと振った。なかで攪拌《かくはん》ボールがカチカチ鳴った。「明日もノックするよ」と彼は言った。「出なかったら、鍵はこっちで持ってるから」

私は立ち去っていくアンドレスを見守った。

「建物全体で、何人残ってるの?」と私は声をかけた。

アンドレスはもう階段を下り始めていた。答えてくれたのだとしても、聞こえなかった。私は踊り場まで出た。この階にはアパートメントが六つある。五つが「V」の字で飾られていた。この階には私しかいない。

そのまま駆け下りてピラールの部屋に行ったのだろう、と思われるかもしれないが、私は仕事を失うわけにはいかなかった。大家からは家賃免除の話は一言もなかった。そこで、パソコン作業に戻って夕方まで仕事をした。四十一号室にペンキが塗られていないのがわかると、ほっと安心した。ノックし続けていると、そのうちピラールが扉を開けた。そのときの私と同じくマスクをしていたが、微笑んでいるのがわかった。私の顔から足に目をやった。

「ずいぶん長い付き合いの靴だね」とピラールは言って、うれしそうな笑い声を上げたので、私はほとんど恥ずかしい思いをせずにすんだ。

ピラールと一緒にスーパーマーケットまで行くようになった。週に二回。腕一本の距離を取って並んで歩き、人とすれ違うときには縦に並んだ。私が横にいようが後ろにいようが、ピラールはずっとしゃべっていた。おしゃべりな人に批判的な声があるのはわかるが、彼女のおしゃべりは、恵みの雨みたいに私に降り注いだ。

彼女はコロンビアからやってきた。ニューヨークに来る前に、フロリダ州キーウェストでの短期滞在を挟んでいた。マンハッタンの北端から南端まで、四十年にわたって暮らしていた。ピアニストで、ペルチンに憧れている。チューチョ・バルデースと演奏したこともある。今は、一時間三十五ドルで子供向けのピアノ教室を開いていたが、そのうち、ウイルスのせいで子供たちは通ってくることができなくなった。子供たちに会いたい、と私と買い出しをするたびに言っているうちに、四週間が六週間に、六週間が十二週間になった。生徒やその親たちに再会できることなどあるのだろうか。

リモートでピアノのレッスンをする設定をしようか、と私は持ちかけてみた。私の仕事上のアカウントを使えば、無料でミーティングを設定できるから。でも、もう三か月目に入っていて、ピラールからいたずらっぽい雰囲気は消えていた。「画面上では、みんながまだつながってるという幻想が生まれる。でも、実際には違う。出ていける人たちは出ていった。それ以外の私たちは？　私たちは見捨てられた」

彼女はエレベーターから降りた。

「どうして目を背《そむ》けるの？」

ピラールに会うのが怖くなった。今なら、そうだとわかる。でもそのときは、忙しくなったせいだと自分に言い聞かせた。まるで自分が別人になったかのように。でも、実際には彼女から逃げたのだ。私たちはみんな絶望の淵で生きていたから、「私たちは見捨てられた。どうして目を背けるの？」と彼女が言ったとき、その言葉は絶望の底から発せられているように響いた。私自身も、もう幾度となく落ちかけていた場所から。だから私はひとりで買い物に行ったし、エレベーターが四階にさしかかると息を押し殺した。

その間も、アンドレスは仕事を続けた。彼の姿を見かけはしなかった。毎朝、アンドレスが扉をノックしてくると、私は扉の内側からノックで返事をした。でも、彼の仕事の跡は見かけた。二階にあるアパートメントのうち、一週間で三つに「V」の字がついた。次に買い物に出たときには、残り三つにもスプレーが塗られていた。

二階には四つ。

三階には五つ。

ある日の午後、アンドレスが四階にある扉を蹴っている音が聞こえてきた。マスクのせいでさるぐつわをしたみたいな声で、ほとんど誰だかわからない名前を怒鳴っている。私は部屋から出て、下りていった。アンドレスは四十一号室の前で縮こまっているようだった。やけ気味に扉を蹴った。

「ピラール！」と彼はまた怒鳴った。

私が姿を見せると、アンドレスは驚いて振り向いた。赤い目だった。右手の指はすべて、完全に銀色になっていた。そのままずっと色が変わらないみたいに。スプレーの塗料を洗い落とせる日は来るのだろうか。でも、仕事に終わりがないのなら、そんな日が来るわけがない。

「鍵を忘れてきた」とアンドレスは言った。「取ってこないと」

「私がここに残るから」と私は言った。

アンドレスは階段を駆け下りていった。私は扉のそばに立っていた。ノックするまでもない。扉を蹴っても起きてこないのだから、どうしようもない。

「いなくなった？」

私は崩れ落ちそうになった。

「ピラール！　彼にいたずらしてたの？」

「ちがう」扉の向こうから彼女は言った。「でも、あいつに来てほしかったわけじゃない。あんたを待ってた」

私は腰を下ろして、自分の頭が彼女の声とだいたい同じ高さになるようにした。扉越しに、つらそうな息遣《いきづか》いが聞こえた。「久しぶりだね」と、ようやくピラールは言った。

私はひんやりした扉に側頭部を預けた。「ごめん」

彼女は鼻を鳴らした。「私たちみたいな女は、私たちみたいな女が怖いものだからね」

私はマスクを下げた。まるで、ほんとうに言いたいことをマスクが邪魔しているかのように。それでも、言葉が見つからなかった。

「前世があるって信じる？」とピラールは言った。

「会ったときもまずそれを訊かれた」

「エレベーターのところであんたを見たとき、前にも会ったことがあるってわかった。既視感《きしかん》よ。親戚の誰かを見かけたみたいに」

エレベーターが上がってきた。アンドレスが出てくる。私はマスクを上げて、立ち上がった。アンドレスが扉の鍵を開けた。

「気をつけて」と私は言った。「ピラールは入ってすぐのところにいるから」

でも、アンドレスが扉を押し開けると、玄関はもぬけの殻《から》だった。

彼女はベッドにいた。死んでいた。アンドレスが持って出てきた袋には、私の名前が書かれていた。黒と白の、あのオックスフォードシューズが入っていた。左の靴にはメモ。次に会ったときに返してね。

靴下を二重にしないと足にぴったりしないが、私はどこに行くにもその靴をはいている。

A BLUE SKY LIKE THIS
BY MONA AWAD

こんな風に晴れた空

モナ・アワド

加藤有佳織訳

とにかくこうして誕生日がやって来た。ずっとこわかった。この何日か友だちに送り続けていたこと。誕生日こわい。痛がる顔文字も付け足す。両目がXで、丸く開いた口はOの顔文字。自分のことも、ばかみたいにこわがっていることも、軽い感じにして。でも、ほんとうにほんとうにこわかった。だから、とにかく今ここにいる。ダークウェブで知った場所。ロックダウン中なのに営業している。都心にある最上階のスイートルーム。ミストとユーカリがあたたかくからみつく部屋。隠された子宮のように、ほの暗くて情け深い。暖められた施術台に裸で横たわる。女の人がヤギのプラセンタとかそういうものでこの顔をマッサージしてくれている。こぶしが頰《ほお》にぐいぐいとねじ込まれ、リンパを押し出していく。かなりたまっていらっしゃいますね、とやさしく声をかけてくれる。「ですよね」と小さく答える。「流しちゃってください」

黒いスーツの女の人は、年をとることとは無縁のようで、髪はうしろできちんとまとめている。

深呼吸、三回しましょう、いきますよ。そう女の人が言う。わたしもいっしょにします。合わせますね。

両手にエッセンシャルオイルを広げ、鼻と口の上にその手が伸びる。だいじょうぶですよ、と言われる。不安とかためらいとか、伝わったのかもしれない。きちんと対策しておりますので。わかった、心配ない。女の人といっしょに深呼吸をする。胸が膨《ふく》らんで、またしぼむ。ね、と言う彼女。少し楽になりません？

離れたところから噴水盤の音が聞こえる。やわらかな音楽は、どの楽器なのかぜんぜん分からない。何かぞっとする響きの鐘を打ち続けているような感じ。でもうつくしい。

話しかけられる。「ちょっと明かりを点《つ》けて、お肌の状態を拝見しますね。けっこうまぶしいので、目元、カバーさせていただきます」閉じたまぶたに、湿ったコットンパフが一枚ずつ載《の》る。人が亡くなると両目にペニー硬貨を載せることを考える。照明はつよく、パフ越しでも光を感じる。燃えさかる赤。あなたの顔が熱くなる。女の人の二つの目。あなたを見つめている。

「あの」と声をかける。何も言われないのがつらくなってしまった。「どうですか？」

「今年たいへんでしたよね」

マンションで孤独におびえている自分の姿が見える。カウチでぽつんと、震えている。火のついたような体。ぼろぼろこぼれ続ける自分の涙に溺れそうで、うまく息ができない。

「みんなたいへんでしたよね」あなたはそっと答える。

沈黙。ユーカリの香りが鬱陶《うっとう》しくなりはじめる。

「ここ、失礼しますね、ここに表れちゃってるみたいです」女の人はそう言った。その指先が、額を走るいくつものしわ、眉間の深いしわをなぞる。小鼻の周りのよれ、口元のたるみ。鼻唇溝《びしんこう》と呼ぶと知った。よく笑うとできるわけでもないのに、笑いじわと言ったり。慈《いつく》しむようなふれ方に、涙がにじんでくる。パフが外され、目の前に鏡を差し出される。

「思い出とお肌は一心同体なんですよ」と女の人が言う。「素敵な思い出があるとお肌もきれいになります。悲しい記憶は――」ここまでしか言わない。鏡を見れば分かるから。そういうこと？

「試してみませんか？」と、やさしく抱きしめるような声で聞かれる。

あなたの返事。「え？」

女の人は、「まずおうかがいしないといけません。お客さまは思い出にどのくらい愛着をお持ちですか？」と言う。

鏡をのぞく。あなたの肌には人生の不幸が刻み込まれている。毛穴たちは声なき叫びをあげている。肌の色はこの一年でくすんでしまい、元に戻りそうにない。

鏡のなかの自分に向かってあなたは答える。「愛着はありません。そんなのありません」


夏の終わりの午後、澄み切った光のなかにいる。太陽はまだ空高く、うきうきとまばゆい。建物を出て行くあなたは、はじけるように軽い。スキップしているから。それくらい別にいいよね。だって誕生日なんだから。自分の誕生日だってことは覚えている。何が記憶から消えたのかしらと考える。あの女の人は、あなたの顔につややかな黒い円盤をすべらせていた。円盤は全部ケーブルにつながっていて、ダイアルのついた機械に接続されていた。女の人が音量を調整するようにダイアルを回すと、歯の奥に金属を感じた。頭蓋骨《ずがいこつ》に電流がぱちぱちと響いて、それで叫んでしまった。思い返すと何だかおかしい。

ロビーフロアの店舗は閉まっている。営業していないうえに、レンガでもぶつけられたみたいに正面ウィンドウがひび割れている。店内には、白いマネキンがウィッグも服も何も着せられないままでいる。スワンモチーフのきらきらしたバッグが手首にかかっていて、そのままの姿でパーティーに出かけようとしているみたい。きらめく瞳に見つめられる。微笑《ほほえ》みの浮かぶ赤い唇。暗いものがあなたのなかに充満する。恐怖が手足に広がる。でも、ひびの走るウィンドウに映る自分が視界に入る。輝いている。リフトアップして、取り払いました。抹消済にしました。いちばん印象に残っているのは「抹消済」という言葉。何だかしっくりこない。「抹消」はあとかたなく破壊することなのにね。あなたの顔はむしろ破壊とは正反対にみえる。冴えない感じの黒いサックドレスがちょうどいいのかな。あなたの顔は輝き、生き生きとして、健やかで、足りないものはない。これ以上何か色を差すのは、飾りすぎで嫌味。誰かの気分を台なしにするかもしれない。


タクシーで家へ向かう。窓に映る自分に微笑み、バックミラー越しに運転手に微笑む。でも彼は笑顔にならない。

「お客さん多いですか」と声をかける。

「いいえ」と、変なことでも聞かれたように、運転手は答える。もしかして睨んできている？　鼻と口元をバンダナで覆っているから、よく分からない。具合が悪いのかも。どうしてだろうと考える。たいへんですね、どうかお大事に。そんな心からの善意を顔いっぱいに伝えようとしてみる。バックミラーのなかの彼の目はよそよそしいままで、あなたはとうとう視線を逸らし、窓の外を眺める。街は思いのほかがらんとしてうす汚れている。膝のうえで携帯が震える。暗黒卿という人物からのメッセージ。

わかった、会おう、と書いてある。

きみの誕生日だしね。

公園に六時。白鳥のいる池のそばのベンチ。

チャットをさかのぼる。どうしても会わないとだめなの。ほんの二時間前に、あなたはそう暗黒卿に送ったらしい。お願い。三回頼んでいる。何だか気になる。

そう、そんなに会いたがっていたということは、そこまでひどい人じゃないのかもしれない。会わないとだめなのか、それ以上？　それに今日が誕生日だと言ってくれるくらいには、あなたのことをよく知っているから、たぶん……

ワインバーで待ち合わせるのは？　と返信する。

ワインバー?!　と返ってくる。そっか、分かった。公園で待ってる。

暗黒卿とのデート。危険そうだけど、そわそわ高鳴るこの感じ。間仕切りに映る自分の顔を見つめる。そしてすぐに落ち着きを取り戻す。垂れこめる灰色の雲、その奥から放たれる太陽の輝きを思い浮かべる。輝ける心の光を浴びるあなた。うつくしく、目のくらむ光。

公園に着いた。運転手に現金を手渡そうとすると、猛烈な勢いで拒否される。あなたから現金を受け取りたくないのだ。カード払いのみなんですよ。タクシーが人気《ひとけ》のない通りをぎしぎしと走っていくのを眺めているあなたは、歩道にも人影がないことに気がつく。公園に入ると、前に来たときよりも植え込みがずっとワイルドで、手入れされていない感じがする。池に沿った散歩道を足早にすすむカップルがいる。二人とも俯いている。

黒いパーカーの男が一人、白鳥たちの近くのベンチに座っているのが見える。暗黒卿のはず。もちろん不安はある。どきどきが止まらない。冒険の予感！　もうすっかり心の準備はできている。砂利道をスキップしながら、カップルとすれ違う。二人の姿が近づいてきて、あなたはほっとしている。ちゃんと人がいる！　距離が縮まり、あなたは笑顔になって声をかけようとする。こんにちは！　今日は静かですね。わたしたちだけで公園貸し切りみたい。あははは！　それなのに、カップルは散歩道から外れ、手入れされていない植栽のほうへ寄って行く。わざわざしだれやなぎをぐるっと回って避ける。迂回する二人に睨まれる。ちょっと何なの？　と言いそうになったとき、名前を呼ばれる。

あなたは振り向く。ベン、夫だった人。ベンチの端《はし》に腰かけて、暗い目であなたを見つめている。スキットルを手にしている。ひどい姿。はれぼったいのにげっそりしている。

「ベン？」と声をかける。「ほんとにあなたなの？」もちろんそうだ。暗黒卿はベンのことだったと信じられないだけ。軽いジョークのつもりで、いつかの夜はおもしろいと思ったのだろう。酔っ払って、ばかみたいな登録名に書き換えていった。つくづくおかしい。前に会ったのはいつだったかな。頭のなか、手がかりを探してみるけれど、何も見つからない。頑丈な石垣に阻まれる。

「ジュリア」という彼の声。「会えてうれしいよ」

けれど、会えてうれしそうではない。あなたを見て険しい表情になる。様子がおかしい。こんなに素敵なあなたなのに。今日は元夫に会うのに最高の日なのに。

「会えてうれしい」と答える。ベンは笑わない。

「このベンチ、いちばん長いから」と言われる。「両端に座れるでしょ」ベンチの長さを教えようとするみたいに手を動かす。スクリューキャップのワインと小さな白い箱が反対の端に置かれている。「誕生日だから」と言う。「誕生日おめでとう」

「ありがとう」と答えて、さっきの違和感を思い出す。まだ奇妙さは消えていない。

「心配しないで」とベンが言う。「ボトルは拭《ふ》いてある。ベンチも」笑顔になるけれど、緊張している。マスクが首元にぶら下がっているのに気がつく。花柄の布で作ったものだ。ミシンで手作りしたような雰囲気で、布地はテーブルクロスから切り取った感じ。たぶんあなたがそろえたテーブルクロスだろう。

マスクを眺めているうちに何かがひらめく。冷たいもの。でもすぐに消えてしまう。この人、細菌恐怖症がひどくなっている。年をとると、人間はだんだんいびつになっていく。あわれよね、まったく。それで何だかほだされてしまう。

あなたもベンチに腰を下ろす。ワインに口をつけて白い箱を開ける。ホステスのカップケーキが一つ。誰も手をふれていないと念押しされる。素敵ね、と答える。あなたは微笑みを向け、相手が気圧《けお》されていくのを待つ。けれど、不安げにあたりを見回してばかりいる。

「あのさ、あんまり長くいられないんだ」と言われる。

「そうよね」そうだよね。あなたのなかにすとんと落ちる。ぜんぜん問題ない。そう感じた自分が少し頼もしい。カップケーキを小さくかじる。ベンの緊張が和らいだのが分かる。ひどい話に乗ってしまったような気分になる。

ベンに微笑む。「これってどういうこと?」

完璧《かんぺき》な真顔で見つめ返される。「呼んだのはきみだよ。忘れてないよね?」

どうしても会わないとだめなの。お願い。

「あ、うん。そうね。どうしてるかなって、ちょっと会えたらいいなって思ったから」そう、これがいい。こういう感じがあなたにはふさわしい。

頭がおかしくなったと思っているらしいベンの視線。深いため息。「ねぇ、ジュリア、僕はきみのこと大切に思ってる。分かってるだろ」

「ベン、わたしもあなたのこと大切に思ってる」こうやって同じ言葉を返すのはいい気分。本心みたいな感じがする。

「だけど境界線は必要」と、彼は間髪を容れずに言い添える。ベンチの向こうの端から含みのある視線を送ってくる。

「そう、そのとおり」と合わせる。「境界線って重要」何これ、この人何言ってるの？

「付き合ってる人がいる。知ってるよね」

髪を切ったほうがいいと思う。ぼさぼさに伸びて、この辺の草みたい。

「もちろん」あなたは答える。「よかった、おめでとう」

とても驚いた表情になる。「それだけ？」

不意に、彼の目がいつもと違っていることに気がつく。ブルーじゃなかった？　泣き出しそうな灰色で、充血もひどい。

「なんて言ってほしい？」

「ジュリア、いいかな。こないだのこと、あの夜めちゃくちゃだったんだよ。僕もよくなかった。それは認める。けど、あんな風に呼び出されて、それで泣かれたら、どうすればよかったの？　その、ほかの選択肢あった？」

あなたはあの夜の記憶を探す。そんな夜はどこにも見当たらない。ベンに電話する自分はどんな姿だったのだろう。呼び出し音に涙がこぼれそうになっていた。真っ青な空が広がるなか、気持ちのよい日陰に立つような感覚。

「必要なものを届けるだけだった」と言う彼。「必要なもの届けるだけだって、僕言ったよ。普通のことだろ、友だちが具合わるかったら」

その一言に棘《とげ》を感じる。「具合わるかった」？ あなたには似合わない言葉だ。この気分には合わない。ベンを目の前にしていても。こうやってあなたをいらいらさせようとしている。具合がわるいのはむしろこの人のほうだ。千年くらい生きてきた人のよう。

「ドアの前に置いて帰るつもりだった」と、悲しそうにベンが続ける。「でも、聞こえてきたから」

そして目をつぶる。心から苦しんでいる様子が、ばかみたい。

「何が聞こえたの？」あの部屋の、ぞっとしてうつくしい鐘が頭のなかに響く。今もまだあの振動を感じている。

「きみの」ベンが答える。「泣き声。わんわん泣いてた。泣く声がドアのこっちまで聞こえてきた。一人でいるきみの声。入って来てって、ずっと言うんだ」

頭を振っている。それをあなたは眺める。「まだ聞こえてくるんだ。ほんと言うと」ベンはそう言って、じっと視線を固定する。あなたの心が折れるのを待っているような感じ。その夜ひどく取り乱していた自分が恥ずかしくなって。その夜自分が嘆いてわめいて、消えない記憶を彼のなかに残してしまって。この人は放っておけなかったのだろう。あなたとベンは寝た。きっとそうだと思いいたる。あなたは暗黒卿と寝た。それでたぶんこの人は暗黒卿になった。

「どうかしてたんだ僕たち」とベンが声を荒げる。「どうかしてたんだ僕」

レンガのような声。あなたにぶつけて粉々にしようとしている。そんなことであなたは壊れてしまうだろうか。そういうときもあったかもしれない。ずっとずっと離れたところから悲しい真実を眺めるように、そんなときを眺める。けれど、今ならもう粉々にならない。冷たいものがぞわぞわと広がってきても、あなたにはマネキンの赤い唇があるから――うっすらと笑うあの子のように、口角があがっていくのが分かる。きらめく瞳でベンを見つめる。ベンは白鳥たちのほうへ視線を外す。

「ただの花粉症とかだったんだね、よかった」と返ってくる。「この時期いつもそうだし、それ毎回忘れてなんかもっとわるいほうに考えるし。死ぬかもって、いつも思い込んでたでしょ、ジュリア。まえからずっと。こんなことになるまえからずっと」そう言うと、彼は片手を動かしてこの世界のことだとほのめかす。白鳥たち、空、しだれやなぎ、好き勝手に伸びた公園の植物、通りすぎていく人たち、全員マスク。ベンのように手作りのマスクか、タクシーの運転手のようにバンダナで口元を覆っている。あなたはそのことに今はじめて気がつく。道行く人たちが立ち止まってあなたのほうを向く。無防備に輝くあなたの顔に怒りの視線を投げつける。これがどういうことなのか、あなたはすっかり忘れてしまっているから。抹消された。黒いスーツの女の人が取り払ってくれた。

突然、ベンの手をとって自分の顔に押し当ててみたくなる。この人の手はところどころにたこができていて、それ以外はやわらかくて、手をつなぐとあたたかく乾いていた。そんなことを思い出した。あなたはベンチの広がりの先へ手を伸ばす。ベンの表情が曇る。ヘビでも見るようにあなたの手を見やり、行かなくちゃと小さくつぶやく。立ち上がる彼にじゃあねと手を振り、見つめてくる人たちにどうもと手を振る。ついでだから手を振ってもいいかなと思って。みんな恐怖におののき、色を失う。何とも痛ましい。こんな日に怯えることなんてあるのかな？　こんな風に晴れた空なのに？　素敵すぎる日。あなたの誕生日。

THE WALK
BY KAMILA SHAMSIE

歩く

カミラ・シャムジー

上杉隼人訳

アズラはゲートを押し開けて通りに出た。

ほんとに行くの?

庭から母にたずねられた。母はそこで一周四十五秒のスピードで弧を描いて歩いていた。

みんなそうしてる。女の人も一人で歩いてる。

アズラはそう言ったが、外に出てゲートを開けたまま、スマートフォンだけ入れたハンドバッグを握りしめた。これがあれば安心だけど、同時に狙われることにもなる。

五分よ!

ゾーラはいつものように軽快なペースで向かって歩いてきて、アズラに声をかけた。おそらく通りのしばらく先まで聞こえただろう。

あんたのところまで五分かかった。五分切ったかも。

車で同じくらいかかることを考えればありえないと思えたが、ゾーラはそうだと言い張った。

人と車の往来がほとんどない一本道だからね。

ゲートを閉めると、母が庭を回るのを一旦停止して、家の前の道を歩いてきてゲートにガンと差し錠《かぎ》をかける音が聞こえた。

よく手を洗ってね、とアズラはわずかにあいたゲートと壁のあいだに向かって声をかけると、母はわかってる、わかってるわよ、大丈夫よ、パラノイドさん、と答えた。

アズラとゾーラは歩き出した。ゾーラが少し脇に寄って前を歩いていく。歩道がないので車道を歩いたが、この住宅街ではコロナ前もほとんど人と車の往来はなかった。二、三軒過ぎたところで、一軒の家のバルコニーから女の人がふたりに向かって手を振っている。あの女の人はこの家を建ててからずっとあそこに住んでるはずだ。確かアズラが大学を卒業してここに戻ってきたすぐあとだったから、もう二十五年近く経つだろうか。アズラも手を振り返した。初めて誰かとあいさつを交わした。

パキスタンのカラチには、四月上旬と冬の思い出しかない。アズラはカミーズ〔インド、パキスタンの女性たちがズボンに合わせて着用する袖の長い服〕をひっぱって伸ばした。蒸し暑くて、肌にぴったり貼りついていたのだ。ゾーラはヨガ・パンツにTシャツと、いつも公園を歩くスタイルだ。アズラがこの公園を歩くのは三週間ぶりだが、ゾーラはそのあいだも車でよくここに来て、野良猫に餌をあげていた。公園の管理者もゾーラが猫好きだと知っていて、入口を開けてくれたのだ。

話すことはひとつだったが、それについていろいろ話した。日常の生活のほか、この先どうなっちゃうのかしらといったことまで果てしなく論じながら、奇妙なほど静かにまっすぐに伸びる広い大通りを歩いていくと、潮のにおいがしてきて、ふたりは口を閉じた。海がちらちら光を発しているのがしばらく見えたが、気づけば浜辺にいた。砂地がずっと広がり、茶色のラクダが見えるが、汚れのない浜辺の先で水が灰色にくだけている。食べ物を売る人も、バギーカーも、凧売《たこう》りも、防波堤に仲良く腰を下ろす男女も、カラチの街では車に積んできたものを下ろす場所を探してちょっと口論になることもあるが、いつのまにかおたがいに笑顔を浮かべている家族の人たちの姿も、そこには何ひとつ見られなかった。

マスクをしたふたりの警官が馬に乗ってアズラとゾーラに近づいてきた。

警官ふたりはアズラとゾーラにここから立ち去るように命じた。アズラとゾーラは違う道を通って戻ることとした。狭い並木道をジグザグに歩いて、時々目を引く家があれば、立ち止まって、これはどんなふうに建てられたのだろうかと話したりした。アズラもゾーラも巨大都市カラチのせいぜい七キロ四方の狭い世界でずっと生活してきたのに、こんな建物があちこちに建っているなんて知らなかったのだ。

偶然一本の道に出ると、そこには歩行者がたくさんいて、中にはふたりが知っている人たちもいた。誰もが手を振って、誰もがまた会えたことを喜び、時々近づいてしまうこともあるけど、しっかりソーシャル・ディスタンスを取っている。まだ十歳くらいの子供たちが大人に付き添われることもなく、ビュンと自転車を飛ばしていく。このあたりではかつてこんなストリート・パーティが開かれていたはずだ。アズラは昔の学校の友達に大声で呼びかけた。声が大きくなっていることも気にしなかったし、どう思われてもよかった。ハンドバッグを握る手は緩み、脇で軽く振られた。この瞬間、世界は前よりもいい場所になったように思えた。思いやりに満ちた、安全な場所。

この状態から解放されたら、公園内の道をひたすら練り歩くんじゃなくて、時々ここを歩きたいね、とゾーラが言った。

そうね、とアズラは答えた。

TALES FROM THE L.A. RIVER
BY COLM TÓIBÍN

ロサンゼルス川つれづれ話

コルム・トビーン

栩木伸明訳

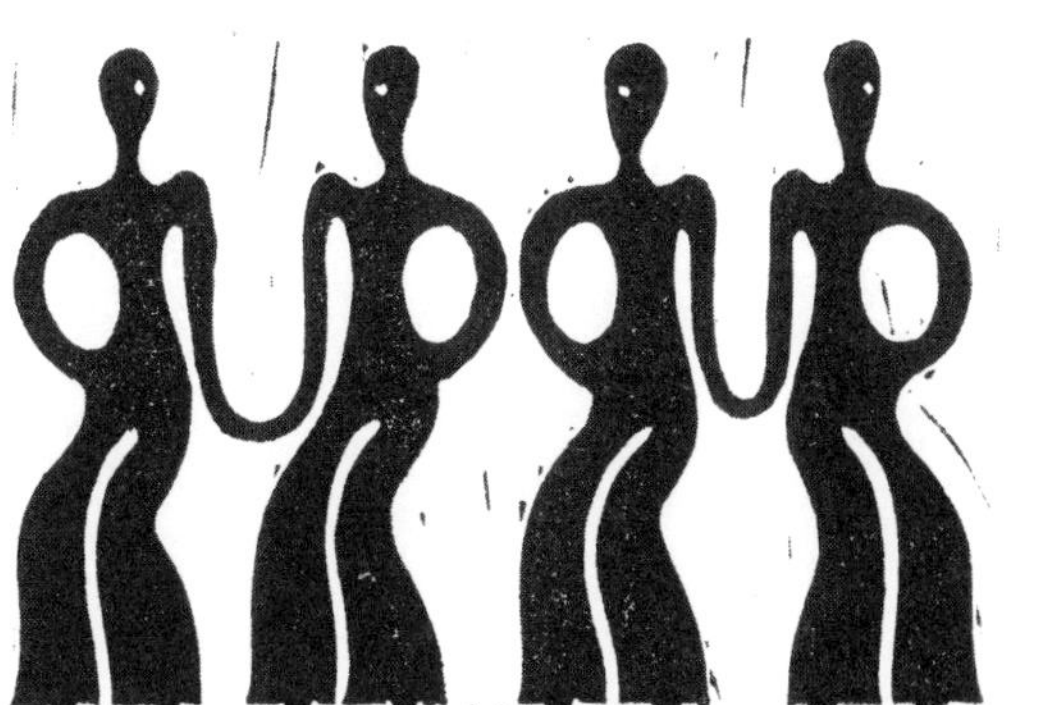

ロックダウンの間、私は日記をつけていた。まず、個人的に活動を停止した日――二〇二〇年三月十一日――と場所――ロサンゼルスのハイランドパーク――を記した。それから初日の午前中、キャンピングカーに貼ってあるのを見た、ステッカーの文句――〈はいチーズ！　カメラ作動中〉――を書きつけた。

だがその先が続かなかった。それ以降、ほとんど何も起きなかったからだ。

毎朝起き抜けに新しい章を書いていますなあんて言えたらよかったのだけれど、ベッドでぐずぐずしていた。そして陽が高くなるにつれて、ボーイフレンドが掛ける音楽のひどさを嘆かずにはいられなかった。Hがスピーカーを買い換えたせいで、がなりたてる音声がボンボコからキレッキレになって、趣味の悪さの切れ味が鋭くなっていた。

人類は、十代の後半にバッハやベートーベンを聴きはじめる者たちと、そうしない者たちに二分される。Hはそうしなかった派で、すごい数のレコードを持っているのにクラシックはほぼ皆無、私好みの音楽は全然ない。

Hと私は、読んできた本にも共通性がない。彼の母語はフランス語で、思弁的なタイプだ。彼が部屋でジャックとかジルに取り組んでいたとき、私は別の部屋でジェインやエミリーを読んでいた。彼がハリー・ドッジを読んでいたとき、私の手にはデイヴィッド・ロッジがあった。

中西部の小さな都市で暮らす作家がいる。私はひと頃、彼の小説二冊をむさぼり読んだ。虚構内で作者の感情が露わになってくるとしびれた。本人に会ったことはないけれど、幸せになって欲しいと心から願っていたら、彼がネット上に投稿した記事を見つけた。彼にもボーイフレンドがいて、幸せに二人暮らしをしている様子などが書かれていたので、うれしくなった。Hはかつてその作家に会ったことがある。作家が愛するひとと結ばれたことをHも喜んでいた。

私たちはじきに、その作家の投稿をチェックするようになった。作家のボーイフレンドは、作家が帰宅する前に花を生けておくのだという。私たちは二人して花の写真に見入った。作家とボーイフレンドは毎晩作家の方はクッキーをつくる。少なくとも投稿はそう語っていた。作家とボーイフレンドは毎晩映画を見て、毎回新しい発見があるのだという。

誰にでも自分によく似た〈影のひとびと〉、〈影の場所〉、〈影の逸話〉がある。現実に起きているものごとの手ごたえがなくて、影のほうが濃厚な存在感を持つ場合もあるだろう。

現実の希薄さに私は恐れおののく。その一方で、影は私を感嘆させる。

私は影の作家と彼のボーイフレンドについて、思いを巡らすのを楽しんだ。

そうして、二人暮らしの幸せを語る物語を構想してみた。住まいと音楽と小説と映画を分け合いながら、仲睦まじい自分たちのことをネットに投稿する物語である。

だが、自分一人でどれほど構想を練り上げても、二人で夜一緒に見る映画が決まらなかった。やっとのことで第一週は、ロサンゼルスが舞台の映画を見ることに決めた。ラインナップには『マルホランド・ドライブ』や『ボディ・ダブル』が含まれていた。私に言わせれば、前者はテンポが鈍すぎて、後者は不穏な空気の描き方が仰々しすぎた。Hはこの二篇がこよなく好きな上に、そもそも彼は映画に詳しいので、片方の映画に出てくるイメージがもう片方にどう滲《にじ》み出しているかとか、隠された引用や密かな呼応関係がどれほど多いか、などというようなことを議論したがった。

私はといえば、映画を見るのはいつだって自分自身を楽しませたいからなのだ。もう眠ろうという時に、Hが私を家中追いかけ回して、二篇の映画が真に意味するところを解説してくれようとしたのには参った。

だが私は、そういうときの彼が一番好きだった。彼は映画の話になると真剣で、スクリーン上に生じる観念や映像に魅了されていたから、二人の会話を高尚なレベルまで持ち上げずにはいられなかったのだ。

とはいえハズレの晩もあって、そういうときには私は自分を抑えきれなかった。ゴダールやゴドーやギー・ドゥボールからの、詳細で妥当な引用を交えながら語るHにたいして、私ときたら、「あの映画はゴミだ！　私の知性を侮辱してる！」としか返答しなかったのである。

私は歴史上偉大なゲイのカップルたちを数え上げた――ベンジャミン・ブリテンとピーター・ピアーズ、ガートルード・スタインとアリス・B・トクラス、クリストファー・イシャーウッドとドン・バチャーディ。いったい全体どうして、彼らはいつも一緒に料理をしたり、互いをモデルに絵を描いたり、一人がつくった歌をもう片方が歌うなんてことができたのだろう？

私たちはなんでこうなんだろうね？

私もHも大人なんだから、ときには気分転換に、お気に入りの本を思い切って交換して読んだらけっこう楽しかった、なあんてことになっても不思議はなかったのだ。

ところがそうはならず、二人はそれぞれが好きな本に深入りしていくばかりだった。文化に関して言えば、Hは脂身《あぶらみ》が食べられないジャック・スプラットそのもので、私の方は赤身が食べられない彼の妻そのものだった。

いちばんおもしろいのは、私が真面目に受け止めていることを誰かが笑い飛ばしたり、その反対に、ばかばかしいと思っていることを他のみんなが真剣に受け止めているようなときである。

ロックダウンがはじまったとき、私はロサンゼルス川とそのすべての支流はへんてこだと思っていたが、しばらくして真実を知った。他方、ソーシャルディスタンスに気を遣う日々が道半ばだった時期には、Hのお気に入りで、彼ががんがん掛け続けていたスーパーピッチャーの「リトル・レイヴァー」は未来永劫《えいごう》、一音たりとも――歌詞のことばも一音と数えていいのかな――聞たくないと考えていた。

私は運転免許を持っておらず、料理もできない。ダンスもだめ。スキャナーの使い方は知らないし、写真をメールで送ることだってできない。掃除機を率先して掛けたことはなく、ベッドメイキングをしないのはわざとである。

同居人がこんな奴だったらたまらないだろうな。こんなふうに育ったのは、子ども時代がキズモノだったせいなのだと匂わせてみたが、取り合ってもらえなかった。そこで次に、根拠はなかったものの、世界を変えようとした深遠な思想家は皆、だらしない人間だったと言い張ってみた。マルクスは乱雑で、ヘンリー・ジェイムズはがさつで、ジェイムズ・ジョイスが後片付けをした証拠は皆無、ローザ・ルクセンブルクはほんと掃除ができないひとで、トロツキーにいたっては火を見るより明らかだよ、と。

私はいい子ちゃんになろうと本気で努力した。たとえば毎日、食洗機から食器を出したし、毎日数回、Hのためにコーヒーを淹れてあげた。

ところがある日、そろそろ家中に掃除機を掛けようとHが言いだしたとき、私は、どこかで朗読会かセミナーをやるために外出するときがきっとあるから、それまで待ってくれないかな、と返した。

「新聞を読めよ」とHが言った。「外出する時代は終わったんだぞ」

そのことばは一瞬、非難のように聞こえたが、Hがいかにもフランス人らしいまなざしで私を見つめたときには脅迫に響いた。

そうしてじきに、掃除機の轟音《ごうおん》が家中に響き渡った。

何もしなくていい毎日——ずうっと先まで変わらずに、角《かど》が取れて物わかりがよくなった高齢者カップルみたいになって、お互い同士の書き物を仕上げあえる日々——は素敵だと思った。問題と言えば、何につけても二人が合意点を見つけにくいことだけだった。

ロックダウンの下で、しばらくの間はかつてないほど幸せだった。とはいえ私は、例の小説家とボーイフレンドや、ほかのゲイのカップルたちが味わっているような、気楽で満足した感じの幸せが欲しかった。

私は腰掛けて本が読める場所を庭に見つけた。家の中では音楽がうるさいので、庭にいることが増えた。ハウス・ミュージックと呼べそうなその音楽はラウド・ミュージックでもあった。

ある日、私が家へ入っていくと、Hがレコードから針を上げた。音楽で私の心をわずらわせたくないから音を止めるのだ、と彼は言った。私は申し訳ない気分になって、本当は全く気にしていないかのように振る舞おうとした。

「もう一回、掛けてみてよ?」と言ってみた。

ほんの一秒、そして二秒、私はその音楽に興奮した。私の中のティーンエイジャーが一分間だけ目を覚ましたのだ。掛かっていたのはクラフトワークだ。私は腰を据えて聞きはじめた。そうしてHに微笑みかけた。気に入ったかもしれないと感じて、リズムに合わせてダンスしようとしかけたが、これは間違いだった。

ダンスに関する私の知識は一九七八年、スペインからやって来た学生グループの世話係として、ダブリンで映画『サタデー・ナイト・フィーバー』を見に行ったのがすべてである。好みに合わない映画だった。しかも一緒に行った世話係に記号論かぶれの奴がいて、そいつが私に緩慢《かんまん》な英語で、映画の表層を一皮剝《む》いたところで起きている事象を説明しはじめたので辟易《へきえき》した。

だがしかし、Hがこちらを見ていたので、ダンスらしきものをはじめた。音楽のリズムに合わせて両脚を動かし両腕も振ってみた。

Hは顔を引きつらせまいとした。

私はこっそり、やましさを抱えたひとみたいに逃げ去った。歌に出てくるミスター・ジョーンズの気分だった──「ここでは何かが起きているのに、あなたにはそれがわからない、どうなんです、ミスター・ジョーンズ？」

私はそれまでクラフトワークを鼻で笑っていたのだけれど、今は、クラフトワークに笑われているのをひしひしと感じた。

「君は私たちの音楽を聴けるほどクールじゃない」とクラフトワークがささやいていた。

私は庭に出て、ザクロの木陰に吊したハンモックで、ヘンリー・ジェイムズの小説にどっぷりひたった。

私たちは自転車をオンラインで注文した。私が夢想したのは郊外の通りを走る二台の自転車で、バンガローのおびえた街並みを抜け、家に籠《こ》もってテレビのチャンネルを頻繁《ひんぱん》に変えたり、救いを求めたり、祈るような念の入れ方で手を洗うひとたちを尻目に突っ走った。颯爽《さっそう》たる二人の姿を窓越しに見たら、忘れ去られたレコードのジャケット写真そのものだろう、と私は思った。

お届け予定日よりも数日早く、二台の自転車は送られてきた。ただし、自分たちで組み立てる必要があった。

Hがマニュアルを読みはじめたのを見計らって、私はさりげなく逃げようとした。大仕事をはじめるにあたって、近くにいて欲しいと頼まれたときには、急いで返さなくちゃならないメールがあるんだ、と言い逃れをした。だがごまかしは利《き》かなかった。彼が這いつくばって汗を流し、ああ、なんてこった、同梱《どうこん》されてたボルトもナットもちぐはぐだぞ、おまけにネジの数が足りないんだから、と毒づいているそばに佇んで、心配そうな顔をしていてくれと言うのだ。

　私はネットでフォローしている例の幸せな小説家が、この同じお役目を彼のボーイフレンドと一緒にこなしている場面を想像した。二人は仲むつまじく正しいネジを探し出し、こりゃあ間違った部品が入っていたぞ、とHが指摘した細い金属棒は私が気づいたように、前輪を固定するための部品なのだ、と仲良く気づく。私はさらに、ベンジャミン・ブリテンやガートルード・スタインやクリストファー・イシャーウッドと、それぞれのパートナーのことも考えた。かれらは皆、心配そうな顔をするのが上手だったに違いない。

　Hの怒りは自転車そのものとメーカーに向けられただけでなく、自転車購入の発案者である私にまでとばっちりが掛かってきた。そこで私は、大昔学校で、xとyが同じ数値ではなぜ駄目なのかが理解できなかったときの自分自身を思い出し、今はあのときのバージョンの〈自分〉を演じなおすのがベストだと判断した。

　頭が鈍いのを見せながら、悲しさとおのれの卑小さを痛感していたのも確かで、淡い静けさと深い気がかりが胸中でせめぎあっていた。

　ため息つきつき奮闘したかいがあって、自転車はやがて完成し、ヘルメットとマスクをつけた二人は新車にまたがり、歓喜と喜悦と控えめな放縦《ほうじゅう》を携えて丘を走り下りた。その姿は高級石鹸の広告写真みたいだったと思う。

　自転車に乗ったのは何年ぶりだろう。アデランテを下って、名前も麗しきイージー・ストリートからヨークへ、さらにマーミオン・ウェイからアロヨ・セコ・パークまで滑走していくあいだに、丸っこく萎縮《いしゅく》していた私の精神に何かが起きた。坂を下りきると平らな道になった。車は走っておらず、マスクをつけて途方に暮れた顔をした歩行者がときおり、舗道を歩いているだけだった。

ロサンゼルス川の支流の一つがパークを貫いて流れていて、片側の土手に自転車専用レーンがあるのをはじめて知った。この支流は川と呼ばれているのだけれど、普通の川ではない。アロヨ・セコという名前は「乾いた流れ」という意味で、じっさいに乾いている。そしてこの干上がった水路は事実上川ではないのだから、本当は土手などないと言うべきなのだ。

ロサンゼルスとしては、こんなものなどないほうがせいせいするだろう。

雨が降った直後なのに、すぐ先でご大層な名前がついた川に合流する、フェンスで囲われたこの排水路は早くも干上《ひあ》がっていた。ロサンゼルス川とその小さな支流は痛みをこらえつつ、慈悲を乞う叫び声を上げている、とかねがね私は思っていた。

ところが今、自転車専用レーンへ愛車を乗り上げたこの瞬間、私の目には見えぬように隠されていた、この都市の一面を見つけた気がした。車でここへ来ることはできない。ここで目にした奇妙で悲しい景色を世の中へ伝えることもできない。「ロサンゼルスへいらっしゃい！　河畔《かはん》でサイクリング！」なんてありえない。正常な人間はこんなところへ来ないだろう。

だがその景色はほとんど美しかった。ロサンゼルス川をへんてこ呼ばわりするべきではなかったのだ。

こんなふうに深々と、気ままな考えに耽《ふけ》っているうちに、Hはどんどん先へ走っていった。ふと後ろを振り向くと、例の小説家と彼のパートナーが――そうそうあの幸せなカップル、ネット上の二人だ——影になって自転車を精一杯漕《こ》いでいて、さらにその後ろから、歴史上の幸せな同性愛のカップルたちがついてきていた。私はギアをチェンジして追随者たちを引き離し、Hに追いつくために がんばって自転車を漕いだ。

CLINICAL NOTES BY LIZ MOORE

臨床記録

リズ・ムーア

竹内要江訳

二〇二〇年三月十二日

事実：赤ん坊が発熱している。

根拠：二本の体温計で測ったところ、連続して気がかりな値が出る。三九・九℃、四〇・一℃、四〇・四℃。

根拠：赤ん坊の身体は熱い。頬《ほお》は真っ赤だ。震えている。授乳時は、乳を飲みながら身体が傾く。妙な感じで口をぱくぱく開け、唇には力がなく、手足はだらりとしている。泣き声を上げることなく、か細い声で唸《うな》っている。

事実：子どもはよく熱を出す。

根拠：家庭に子どもがやってきてからというもの、その家の子二名はどちらもしょっちゅう熱を出している。その家に子どもがやってきてから三年と九か月が経過。

確信：三歳九か月児は発熱していない。

根拠：三歳九か月児の額はひんやりしている。

手法：三歳九か月児の母親が息をひそめ、一部の床板を踏まないように気をつけて、そっと娘の部屋に入り、唇で肌に触れる。唇は、人間の身体のなかで熱を測るのに最も適した器官なのだ。

疑問：小児救急救命室に駆け込まなければならないのは、体温計が何度を示した場合か。

調査手順：赤ん坊の両親は以下の言葉を打ち込み、ネット上で幾度か検索する――

小児科　体温　救急救命室　四〇・四℃　ER

回答：ネット検索の結果、相反する二つの助言が得られる。

A　いますぐ駆け込むべき。
B　解熱剤のタイレノールを与え、医師に電話しなさい。

反応：赤ん坊の両親は無言のまま六秒間見つめ合い、頭の中でさらにいくつかの事実を検討する。

事実：世界に新しい病気が登場している。

事実：その病気は人間界に影響を及ぼすまでになった。

事実：赤ん坊の父親は昨日、同僚三名が感染したと知らされたばかりだ。

認識：どうやらタイミングがよろしくない。

反論：子どもはよく熱を出す。しかも、しょっちゅう。赤ん坊には熱以外の症状はない。子どもの出す熱の原因は十中八九、最近人間界に影響を及ぼすようになったばかりのウイルスではない。赤ん坊以外の家族三名にいまのところ症状は出ていない。

不明な点：ウイルスの感染力の強さ。病気の進行過程。感染から症状が顕《あらわ》れるまでの期間。大人と子ども、それぞれの典型的な症状はどんなものか。両者に見られる短期的および長期的影響。一般的な経過について。致死率。

宣言：「わからないことだらけだわ」赤ん坊の母親がこぼす。

考慮すべき点：現在の時刻は午前一時四十五分。赤ん坊の姉は就寝中だ。親のどちらかがひとりで赤ん坊を病院に連れていかなければならない。いっぽうの親は――

中断：赤ん坊が嘔吐《おうと》する。淡々と吐き、激しいものではない。退屈して口を開けたかのような。胃の内容物の除去。すべて吐き出すと、赤ん坊はぐったりする。そして、そのまま寝てしまう。

考慮すべき点（承前）：――赤ん坊の姉と一緒に家に残らなければならない。

さらに考慮すべき点：医療現場に赤ん坊を連れて行くほうが、家で様子を見るより危険ではないか？　赤ん坊が新しい病気に罹患《りかん》していなかった場合――そこに赴くことで、赤ん坊本人や親がその病気に感染する可能性があるのでは？

決断：赤ん坊の両親は選択肢Bを採用する。小児用タイレノールを投与。午前一時五十分に医師に電話をかける。

訂正：正確には、医師に電話をかけたのではない。それは応答サービスだ。折り返し医師から連絡がある。

幕間：両親は床を掃除する。居間の照明を薄暗くする。父親は赤ん坊を胸にのせてソファに寝転ぶ。そうしていると、赤ん坊の身体がまるで薬缶《やかん》やエンジンのようで、ありえないほどの熱を出しているとわかる。それは、身体が活動してエネルギーを消費することから生じる熱、その新しい小さな身体で戦っているために生じる熱だ。父親は赤ん坊が生まれたばかりのころを回想する。一生懸命開けたり閉じたりしていた腫《は》れぼったいまぶたに、水の中で動かしているようだった指。新生児の身体は盾《たて》を合わせるようにできており、胴体は逆三角形で、手足はふにゃふにゃだ。そう考えると、彼は安心する。赤ん坊の身体は生き延びるために設計されている——そう断言する。いま、赤ん坊は十か月だ。それだけ成長している。丸々と太っており、父親は胸の上でその重みを感じて安堵すると同時に警戒もする。その重みから、これまで赤ん坊の身体に取り入れられたものに思いをめぐらせる（母親の身体から出た二十一万九千四百五十ＣＣの母乳、七百二十二個のラズベリー、千四百四十ＣＣのヨーグルト、百二十本のバナナ、八十四個の小さなチーズ、赤ん坊の大好物である、「ヨーグルトメルト」という空気のように軽い食べ物十五袋。これはケーキ味なので、赤ん坊の姉が弟からこっそりくすねている）。現実に彼の身体に取り入れられたもののほかにも、家族が赤ん坊を愛しているという事実が存在する。彼の笑うところを。ぽかんと開けた口を。生えてきた三本の乳歯を。先週できるようになったばかりのキスを。口をあんぐり開けて、相手の頬に押しつけるその仕草を——それに、いま父親が触れている彼の手。最近その手を振るようになった。父親の胸の上で、赤ん坊の身体のすべての部位が微動だにしない。母親は椅子に坐って二人を見つめる。携帯電話を見つめる。医師からの電話を待つ。携帯が消音設定になってはいないかと三度確認する。

観察：一時間経過。家は静まり返っている。母親は思う。きっとそのうち――

中断：赤ん坊が嘔吐する。父親の胸に。ソファに。ラグに。赤ん坊は首をもたげ、自らの所業を眺める。頭が自分の身体から出た液体のプールのなかにそのまま沈み込む。そして、寝てしまう。

一時停止。

指令：「この子を受け取ってくれ」赤ん坊の父親が静かにそう言う。「受け取って」

その後：赤ん坊の母親がその子を受け取る。その子の身体をきれいにする。赤ん坊の父親は自分のシャツを、ソファを、ラグを、髪をきれいにする。それが済むと、赤ん坊を戻すよう要求する。

疑問：「いま何時だ？」赤ん坊の父親が訊《き》く。

回答：午前三時二分。

疑問：「いったい、いつになったら電話がかかってくるんだ？」赤ん坊の父親が尋ねる。

決断：授乳できる母親が赤ん坊を病院に連れて行くことになる。着替えたばかりで眠っていて、まだ吐瀉物《としゃぶつ》のにおいがする赤ん坊を父親が抱いている。母親はバッグに荷物を詰める。

リスト：バッグに入れるのは、紙オムツ六枚、汚れ拭《ふ》き一パック、着替え二組、げっぷ用の布二枚――「もっと要《い》る」、また吐くかもしれないからと父親が言う――手動の搾乳機と搾乳した母乳を詰めたボトル二本――これは赤ん坊から離れないといけなくなったときの備えとして――保冷剤、小型保冷バッグ、母親用の水、母親用のトレイルミックス、母親の携帯の充電器。母親の携帯電話。財布。それから鍵束が床に落ちて派手な音を立てる。

中断：赤ん坊が笑う。

疑問：「この子、いま笑わなかった？」母親が訊く。

回答：彼は確かに笑った。首をもたげている。手を開いて床に落ちた鍵束に向け、身振りで示す。それ、ちょうだい。彼はほほ笑んでいる。

観察：赤ん坊の目に機敏さが宿っている。顔色もよくなった。あたりを見回して、何かもごもご言っている。「オーワォ、オーワォ、オーワォ」と唸っているが、これは驚きの表現だ。最近覚えたばかりの、はじめての言葉。

推論：「よくなってる」と母親が言う。「もういちど熱を測ってみよう」と父親が言う。

結果：三八・四℃。

提案：「たぶん」父親が言う。「このまま――」

中断：電話が鳴る。医師からだ。

助言：「朝まで待っても大丈夫だって」母親が伝える。

観察：赤ん坊は目をこすっている。お疲れのようだ。

決断：両親は赤ん坊の服を脱がせておむつ姿にする。そして、赤ん坊の姉のおさがりの、ピンク色で縁取りされた寝袋《スリーピングバッグ》のなかに入れる。母親はそれを赤ん坊の〝部屋着〟と呼んでいるのだが、そんな風に言いながら、彼女は部屋着姿の祖母を思い出している。祖母がポケットに忍ばせていたキャンディを、祖母の華奢《きやしや》ですらりとした脚を、病気になると背中に置いてくれた手を、子どものころ水疱瘡《みずぼうそう》にかかったときにやってきて、そばにいてくれたことを、祖母と何度も『サウンド・オブ・ミュージック』を観ても彼女は文句を言わず、飽き飽きしていることはおくびにも出さなかったことを。そんなことを考えていると、母親の心は震えるのだった。子どもへのそういうやさしさが先祖から先祖へと繰り返され、その末端にいるのがこの子――彼女がいま腕のなかに抱いている赤ん坊だ。そんなことを考えながら、母親は赤ん坊に乳を与えて眠らせ、身体の動きが止まっていないかに注意を払い、また吐くかもしれないと警戒する。

でも、そんなことにはならない。母親はひとまず赤ん坊をベビーベッドに入れ、ピンクの部屋着にくるんで寝かせることにする。彼が眠っている様子を眺め、身をかがめて彼の額に手を当てて、何度も確認する。温かいけど、熱くはない。彼女はそう自分に言い聞かせる――体温計で測ったわけではないから正確なところはわからないが。彼女は赤ん坊の隣に、床の上に身を横たえる。赤ん坊を見つめる。赤ん坊は息をしている。息をしている。その顔に仄《ほの》かな光と影が落ちている。母親はベビーベッドの隙間から指を一本入れて赤ん坊の肌に触れる。温かいけど、熱くはない。温かいけど、熱くはない。彼女は心のなかで繰り返す――それは詠唱であり、祈りだ――でも、正確なところはわからない。

THE TEAM
BY TOMMY ORANGE

チーム

トミー・オレンジ

加藤有佳織訳

仕事場で壁を眺めてどのくらいの時間が過ぎたのか分からない。近頃はそうやって時が流れていく。カーテンの向こうにいて、そこからまた出てくると何か別のものになっていて、こっちではネット世界の落とし穴で、さっきは近所の散歩を妻や息子とのハイキングだと言い張ってみたり、そうすると今度は目を向けてはいるけどよく分からない本になって、それから憂鬱《ゆううつ》がみしみしとしめつけてきて、ふとヒメコンドルが旋回するのを見守ってみたりして、そうやって不安をずっと突きつけられながら、ズームがうまくつながらなくて、自宅学習になった息子の時間割に合わせるようになって、それで四月が終わって五月が過ぎて、死者を数えてばかりいて、地図の上で匿名化《とくめいか》された数字が増えていく動画があふれている。時は自分と手を組んではくれないし、ほかの誰ともチームにならないし、ただ立ち消えていくのを自分と一緒になって、というか自分が、ぼんやりと夢見ている。姿を見せないけれど黙っているわけでもない。雲に隠れた太陽みたいなもの。

たくさんの人がいる場所に出かけたのはいつのことだったか考える。マスクをして怯えながら急いでこなす毎週の買い出しや、郵便局の混雑は除く。成り行きで積み上がった非必需品の箱を抱えて、気がつくかぎり周りの人たちからできるだけ離れて、飛沫のことをポッドキャストで聞いてひどい気分になってからはとりわけ距離をとるようになった。誰かと目を合わせることすらしなくなった。感染がおそろしくて。

たくさんの人の集まりに参加したのは、初めてのハーフマラソンが最後だった。仕事場にメダルを飾ってある。鹿の頭のように壁に。ハーフマラソンというと完全ではなくて、半分だけのもののように感じるけれど、きみにとっては大きな意味があって、走ること、立ち止まらずに十三マイル走ることは、重要だった。トレーニングを始めた頃、会費を払ってランニングチームに入って集まりに参加して、そういうのはつくづくくたびれるものなのだと身をもって悟った。同じ言葉を繰り返し、チームリーダーたちがわめくのを聞かされる。タイムのこととか、ウェストバッグに入れてあるすばらしい栄養食品とかエネルギー補給フードとか。チームトレーニングは性に合わなかったからやめて、それからは自分の体、健康、毎日のルーティーン、走るときのプレイリストがチームになった。走るために早起きし、ときには一度ならず走りに出る日もあった。計画した距離を守り、トレーニングのためにダウンロードしたアプリが指示する食事メニューに従った。アプリもすでにチームの一員だった。チームは忠実に決まりごとを守った。チームには鼓動する心臓がいて、健やかな肺がいて、やる必要があると決断したこのことを実行しようと決意したままでいる決心がいた。理由はもう思い出せないけど。

走ることの歴史は足があることと同じくらいで、それなりに長いあいだ走ってきていて、だいたいは年齢とともに侵入してくる体重を食い止めるためだったけれど、レースに出場するのは初めてで、長距離を走って、タイムを競い、ゴールラインを目指して走ることにはちょっと不思議な責務を感じたし、ベンチコートやゴールラインがあるということだった。近代より以前、走ることは遊びではなかった。急いで何かから逃げたり何かへ向かったり、追跡したりされたり、緊急の伝令だったりした。マラソンの最初の公式大会は一八九六年のオリンピックで、ギリシャの配達夫〔羊飼いとも伝えられる。職業不詳〕が優勝した。レース距離は、古代ギリシャの伝説に敬意を表している。男は勝利を伝えるために走り続け、届けた瞬間にその場に崩れ落ちて息を引き取った。そのような走者がかつて無数にいたはずだ――一五一九年にコルテスがイベリアの馬をフロリダへ連れてくるまで、インディアンたちはアメリカの大地を走っていた。それなのに馬上のインディアンのイメージがかたまって、そもそもそれは先住民の適応能力を意味するはずなのに、変化できずに死んだインディアンを表すことになっている。これが自分の似姿なのだとずっと感じている。ほんものであり、そうではないものでもあり、ケンタウロス的真実とか呼んでもよさそうな姿をして、つまりきみの父親は先住民、シャイアンの人で、母親は白人で、二人とも長距離走者で、だから走ることを真っ先に考えたわけだけど、古代より人は走っていたとしても、それから親譲りであったとしても、半分は真実であっても、二足歩行を身につけて以来、走る能力を使って人間がどのような活動をしてきたのかほんとうに知る術はない。

ハーフマラソンのあと、山のほうへ戻ることにした。オークランドで暮らすのは厳しくなって、五年前に移ってきた。あまり人と接することのない生活に戻り、市街地で密集するリスクをほとんど心配しなくてもよくなった。けれどもレースのあと、走ることに気持ちを向けられなくなった。世界は軋《きし》んで止まった。走ることに意義があるとか、取り組む価値があるとか、そんな風に感じなくなった。上のほうにいる耄碌《もうろく》した白いモンスターがボロボロこぼしながら夢中になって食べているばかみたいな料理、つまりそれが対応策で、それできみは気分が悪くなって、何もかも終わりにして、すべて燃やされるのを見届けなければと思う。息絶えるまで見守らないと。カメラの前に座る人たちはそろって訳《わけ》知り顔でコメントして、つまり空疎《くうそ》な言葉ばかり並べて、きみはその様子を見つめることしかできなくて、実際ただ見つめていて、それしかできそうなことがなくて、そうしていると何もしていなくても何かしているような感じがして、ニュースを見て、聞いて、読んで、死者数が更新される以上の何かが現れるかもしれないと思いながら、伝えられる死者数は老いた白いモンスターを苦しめるのだろうと考えていたけれど、そうではなくて、苦しめられるのはやっぱり同じ人々で、公正な取り分以上を欲張るやつらのせいで、そもそも必要としていないからただこぼして捨てていくだけになって、必要を飛び越えた過剰すぎる強欲のせいでそういうことさえ分からないでいる。何もかも自由の名の下に行われている。学校で教わったことで、教科書にも書かれてあった。自由市場なる見せかけの高徳、合衆国憲法と独立宣言。インディアンを残忍な野蛮人とかつて名指し、そして今も名指ししたまま。

チームはあたらしくなった。きみの家族、一緒に暮らしている家族がチームになった。妻と息子、義理の姉と十代の姪たち二人。引きこもることそれ自体がチームになり、チームとして取り組み、抗《あらが》った。あたらしいチームは走らなかった。みんなで食事の段取りをして、孤立した生活のなかで、低音につよいワイヤレスヘッドフォンをとおして聞くなり、読むなりして、外の世界について情報を共有した。このあたらしいチームはあたらしい未来で、輪郭も方向もこれから決めるものであって、それぞれのコミュニティが決断し、公表された死者数を信じるかどうかによって、亡くなった人たちとどんな関係があるかによって、心は決まるのだろう。あたらしいチームには、最前線で働き、食料雑貨をスキャンし、配達する人たちが加わる。家族も加わる。もうずっと壊れたままになっていて、かけらを拾い集めようとか、ましてや元通りのかたちにしてみようとか、考えるだけでもばかばかしいような、かつての家族。シャイアンの言葉を、父親から一緒に習っていた。父が最初に身につけた言葉で、きみの姉はとても上達して、あたらしい言葉を理解するという行為は、どんな人も考えてみる必要があった何かであるような気がして、たとえばもし真実の糸を失《な》くしてしまっていたら、希望のような何かが存在していると自分が信じていると思っていたあの頃のふとした一瞬のような感じ。オバマが大統領になる前のことか、大統領だったときか、辞めてからなのか、どれもが理解するうえで重要な分岐点だった。自分がどこに立っているのか、この国の未来がどうなると思って支え立っているのか、どの旗の下に立っているのか、白人たちがマイノリティのほうへ向かってくることが何を意味するのか——希望なんてなくても、成功や富がなくても、生き延びてみないか。無理だ。走るのはもうやめて、それで分かってきて、シャワーは週に一度くらいになり、歯を磨《みが》くのを忘れる。飲み過ぎるようになり、今まではないくらい煙草を吸った。ものごとがよくなる気配がして、ニュースにおぼろげな希望の光を感じると、少しましになった。じっと見守り、何かが現れてくるのを待っている。治療法、数字の減少、奇跡のような薬剤、抗体、何か別のもの、とにかく何か。

壁。きみは眺めていたことを思い出す。見つめる以外に何もできない。このあたらしい世界がチームになって、直接に影響を受けていない人たちはみんな、見守りながら待って、置かれた場所でじっとして、マラソンのようで、つながらないように離れて暮らして、だけどチームが完走するには、そうするしかないのだろう。きみたち人間、どうしようもない者たちの長い長いレース。

THE ROCK
BY LEÏLA SLIMANI

石

レイラ・スリマニ

松本百合子訳

九月のある晩、小説家のロベール・ブルサールは新作発表のトークイベントを行なっている最中に石の一撃を顔にくらった。石が宙に放たれたのは、小説家がこれまで数え切れないほど語ってきて、その効果を知り尽くしているエピソードを終えたところだった。トルストイが「不愉快な豚のようなやつ」と呼ばれていたという逸話だった。イベントに参加していた人々はその話を聞いて笑いはしたが、その冷ややかな表情にロベール・ブルサールはがっかりした。そして、横のテーブルに置かれていた水のコップに身をかがめた瞬間、顔の左側に石が命中したのだった。小説家にインタビューをしていたジャーナリストが叫び声をあげると、恐れおののいた聴衆に怒号が沸き起こった。会場はパニックに陥り、すぐさま空っぽになった。ブルサールは意識を失い、額から血を流して壇上に一人取り残された。

意識が戻ったとき、ロベール・ブルサールは顔半分を包帯に巻かれた状態で病院のベッドの上にいた。どこにも痛みは感じなかった。宙に浮いているようで、この軽やかな感覚が永遠に終わらなければいいと思った。人気のある小説家ではあったが、彼の文学的評価は販売部数とは反比例していた。メディアからは無視され、同業者たちからは軽蔑され、小説家と自称しているというだけで笑い者になっていた。とはいえ彼は大量の作品を残しており、多くの読者、ことさら根強い女性ファンがいた。ブルサールは作品の中で宗教や政治の話を取り上げることはなかった。どんな分野においても明確な考えは持っていなかった。宗教や政治だけでなくジェンダーや人種の問題に触れることもない彼は、時の大きな論争とは距離を置いていると感じていた。そんな彼を襲撃したいと思う者がいたことが驚きであった。

刑事が取り調べを行なった。ブルサールに敵がいるのかを知りたがった。借金を抱えていたのか？　人妻と関係があったのか？　まさに、お得意の女性問題。深い仲だったのか？　どんなタイプだったのか？　嫉妬深い女性あるいは付き合いを拒絶された女性が会場に潜り込んだのか？　こうしたすべての質問に対してブルサールは首を横に振って答えた。口はカラカラに乾き、眼球が引き起こすひどい痛みにも耐えながら、彼は自分の人生について話した。ブルサールは何の問題もない穏やかな生活を送っていた。結婚したこともなく、ほとんどの時間を仕事机に向かって過ごしていた。時折、大学時代に出会った三十年来の友人と食事をし、日曜は母親の家で昼食をとっていた。「エキサイティングなことは何もありません」と締めくくった。刑事はノートを閉じて出ていった。

ブルサールの名はそれ以来新聞や雑誌の大見出しを躍らせた。フランスじゅうのジャーナリストが独占インタビューを手に入れようと躍起になった。ブルサールはヒーローとなった。ある者たちにとっては極右の活動家の標的、他の者たちにとってはイスラム原理主義の凄まじい怒りをかった犠牲者。一方では、気持ちのすさんだ独身男が会場に入り込み、虚構のラブストーリーで名を馳せた男を攻撃することで日ごろの恨みを晴らそうとしたのではないかとささやく者たちもいた。著名な文学評論家のアントン・ラモヴィッチは、それまで完全に無視していたブルサールの仕事について五ページもの記事を書いた。ラモヴィッチは、ブルサールの三文小説の行間には、消費社会への辛辣な批判と社会の分断に対する鋭い分析が隠されていたと書いた。「ブルサールが世の中に揺さぶりをかける」と結んだ。

退院するとブルサールはエリゼ宮に招待され、セカセカと動く痩身《そうしん》の大統領に、戦争で手柄をたてた英雄のように扱われた。「フランスはあなたに感謝の意を表し、フランスはあなたを誇りに思います」と大統領は言った。護衛を担当することになったボディガードはある朝、ブルサールのアパルトマンを訪ね、窓ガラスに目隠しシートを貼らせ、インターフォンの場所を変えさせることを決めた。ずんぐりした体型でツルツル頭のその男は、二ヶ月のあいだネオナチの風刺作家を担当したことがあるが、家政婦のように扱われ、洗濯物を取りにランドリーにまで行かされたと小説家に話して聞かせた。

それからの数週間、数多くのテレビ番組のスタジオに招かれたが、メイクさんたちは彼の顔をいびつにした傷跡を強調するよう念入りに化粧を施した。番組の中で、あなたの受けた暴力は表現の自由に対する攻撃だと思いますかと問われると、ブルサールは気のないような返事をしたが、見ている人々はそれを彼の謙虚さからくる態度と受け取った。この世に生を享《う》けて初めて、ロベール・ブルサールはみんなから愛されている、それだけでなく、敬意さえも抱かれていると感じていた。黒ずんだ目と砲弾に当たった兵士のような顔で部屋に入っていくと、彼の周囲には沈黙が広がった。担当の編集者は、品評会で家畜を歩かせる飼育者のように誇らしげにブルサールの肩に手を置いた。

数ヶ月経っても犯人を特定できなかった警察はこの事件を解決済とした。トークイベントが行なわれた書店の部屋には隠しカメラが設置されていなかったため、居合わせた観衆は筋の通らない勝手な噂《うわさ》を流した。ＳＮＳの閲覧者たちは正体のわからない犯人に夢中になった。政治家たちのセックステープをリークしたことで名を馳せたアナーキストのジャーナリストは、この攻撃者を、社会の中で見えにくい人々、忘れられた人々の象徴のように祭り上げた。石を投げた者は革命を告げた。ブルサールの存在を通して、ぼろ儲けする者たち、不当な成功、資本主義的なメディア、ミドルエイジの白人たちを意図的に攻撃した。

小説家の輝きは色あせた。テレビ番組からの出演依頼もなくなった。編集者は彼にしばらくは人目を避けていた方がいいとアドバイスし、新作の発売は後回しになった。ブルサールは自分の名前をネット上で検索するのをやめた。目に飛び込んでくるテキストはあまりに憎しみに満ちており、息が苦しくなるほどだった。胃がキリキリし、汗が粒となって額を流れた。彼は再び穏やかで孤独な暮らしを始めた。ある日曜日、母親の家で昼食をとったあと、歩いて帰宅しようと決めた。道々、これから書きたい本、すべてを解決してくれるような本について考えた。時代の混乱を言葉にして表現し、真のロベール・ブルサールの世界とはなんなのかをわかってもらえる本。そんなことを考えていると、最初の石が当たった。どこから飛んでくるのかわからず、彼は顔を手でさえぎる余裕もないまま石の襲撃を浴びて、通りの真ん中で崩れるように倒れた。

IMPATIENT GRISELDA
BY MARGARET ATWOOD

おにっこグリゼルダ

マーガレット・アトウッド

鴻巣友季子訳

みなさん、「あんしん毛布」は持ちましたか？　われわれは適合のサイズを用意したつもりです。すみませんが、タオルも混じっています。数が不足でした。

はい、おつまみですか？　すみません、あなたたちが「料理」と呼ぶものは準備できなかったですが、滋養の点でいうと、あなたたちがやっているその「料理」をしないほうが、栄養満点です。あなたたちの摂取器官――はい、その「口」と呼んでいるもの――に、おつまみを丸ごと詰めこめば、床に血も垂れません。われわれの故郷ではそうします。

申し訳ないだけど、あなたたちが「ヴィーガン」と呼ぶものは、おつまみの用意がありません。そのヴィーガンは翻訳できなかった。

いやなら、食べる必要はないです。

後ろのほうで、ひそひそしゃべるのをやめなさい。そして、ぴいぴいなくのをやめなさい。親指を口から出しなさい、そこの紳士《サー》／淑女《マダム》。あなたは子どもたちに良い手本を示さなくてはいけない。あなたは子どもではありません、そこの淑女《マダム》／紳士《サー》。あなたは四十二歳だ。わたしたちの世界では子どもになるが、あなたはうちの惑星の者ではなく、うちの銀河系の者ですらない。どうぞよろしく、そこの紳士または淑女。

はい、わたしはマダムとサーの敬称を両方使います。なぜなら、正直いって、わたしには違いがわからないだから。われわれの惑星には、そういう制限的な決まり事がないです。

はい、知っていますよ。わたしはあなたたちがタコと呼ぶものに似ているでしょう、そこの小さい生命体。わたしはその愛らしい生物の写真を見たことがある。わたしの外見がどうしても不快なら、あなたは目を閉じても良い。どちらにしても、そのほうがあなたは物語によりよく集中することができるだろう。

いいえ、あなたたちが隔離室を出ることは許可されません。外には疫病《えきびょう》がある。わたしには関係なくても、あなたたちは危険な目にあうだろう。われわれの惑星には、そういう類の病原菌はいない。

申し訳ないだけど、あなたたちが「トイレ」と呼ぶものはありません。わたしたちは摂取した滋養物は残らず燃料に利用するから、そのような受容器は必要としない。その「トイレ」というのは、ひとつ注文したが、品切だと言われた。窓の外に出すことを試してはどうか。けっこう落下距離があるから、飛び降りようとしないで。

わたしの冗談がつまらない？　わたしもつまらないですよ、淑女／紳士。わたしは〈銀河系間危機救済パック〉の一環で、ここに派遣されてきただけです。ただの芸人で、身分が低いですから、ほかに選択肢はなかった。そして、支給されたこの同時翻訳機は、最高品質のものではない。双方の経験からすでにわかるように、あなたたちにはわたしのジョークは通じないようだ。でも、あなたたちの星では、「小麦粉製楕円型食品は半分でも無いよりは良い」と言うでしょう〔「パン半斤でも無いよりはまし」という諺のこと〕。

　さて、ここでお話を。

　わたしはあなたたちに物語を聞かせるように言われてきた。だから、これから話す。これは太古の地球の物語だ。少なくともわたしはそう理解している。題名は「おにっこグリゼルダ」。


　昔々、あるところに、双子の姉妹がいました。ふたりは身分が低く、名は「しんぼうグリゼルダ」と「おにっこグリゼルダ」といいました。見目うるわしいでした。紳士ではなく、淑女の者たちで、「おしん」と「おにこ」と呼ばれていました。グリゼルダは、あなたたちの言う「苗字」だ。

　すみません、なんですか、そこの紳士／淑女？　自分は紳士のほう？　だからなんです？

　いいえ、グリゼルダは一人だけではありません。二人です。お話の語り手はだれですか？　わたしです。だったら、二人です。

　ある日、身分の高いお金持ちが、この者は分類的には紳士で、公爵と呼ばれるなにかですが、なにかに乗って近くを通りかかり――充分な数の脚があったら、こんなふうに〝なにかに乗って通りかかる〟必要はないですが、この紳士はあなたたちと同じで脚が二本しかなかった――それで、通りかかったその紳士は「おしん」がなにかに水を――住んでいるボロ家の外でなにかしているのを見て、こう言いました。「おしん、わたしといっしょに来い。公爵は結婚して合法的に交接し、小公爵を生産すべしと言われているのだ」

　わかるでしょう、公爵は三本目の脚をひょいと出すわけにはいかなかった。

えっ？　三本目の脚ですよ、そこの淑女。だか、紳士だか。あなたはそれがなんだかを知っているはずだ！　あなたはおとなである！

あとで、説明します。

公爵はこう言いました。「おしん、おまえが下層民であるのは知っているが、だから結婚したいのだ、身分の高い相手よりも。身分の高い淑女は考えを持つであろう。しかしおまえは持たないであろう。わたしは好きなだけおまえに威張りちらし、いたぶることができる。すると、おまえはとことん自信をなくし、ぐうの音《ね》も出なくなるであろう。ぐうの音も、ぶうの音も、どんな音も。そして、もしおまえが断ったら、わたしはおまえの首を刎《は》ねるであろう！」

ちぢみあがって、しんぼうグリゼルダは「お受けします」と言ってしまいました。すると、公爵は彼女を抱きあげ、彼の……申し訳ないだけど、うちの星にはこの語にあたる言葉がないから、翻訳機が役に立たない。すると、公爵は彼女を彼のおつまみの上に乗せました。どうして笑いますか、みなさん？　おつまみはおつまみになる前なにをしているか、知っていますか？

話をつづけますが、不必要にわたしを困らせないよう、忠告いたします。わたしもときには、腹にすきかねます。つまり、空腹になると業腹になる、あるいは、腹にすえかねると腹がすく。どっちでもいいです。わたしたちの言語には、こういう状態を表す単語があります。

そうして、公爵はグリゼルダの魅惑的な腹部をしっかりつかんで、彼の……から落ちないように、とにかく落ちないようにしながら、御殿まで進んでいきました。

家の中にいたおにっこグリゼルダは、ドア越しに話をぜんぶ聞いていました。公爵はなんていやなやつなんだ。彼女はそうつぶやきました。しかもわたしの可愛い双子の妹おしんをひどくいたぶるつもりでいる。わたしは若い紳士に化け、公爵の巨大な食物準備房で働く仕事を得て、見張っているることにしよう。

こうして、おにこは公爵の食物準備房で、あなたたちが「洗い場丁稚《スカラリーボーイ》」と呼ぶ職について働きました。そこで働く彼女／彼はありとあらゆる廃棄物を目にしたですが――そのまま破棄される毛皮や足、これは想像がつくでしょう、それから茹でたあとにやはり捨てられる骨など――、彼／彼女はありとあらゆるゴシップも耳にしました。ゴシップの大半は、公爵が新しい公爵夫人にどれだけひどい仕打ちをしているかという内容でした。彼女を人前で粗末に扱ったり、サイズの適合しない服を着せたり、ぶちのめしたりしたうえ、こうやってひどい仕打ちをするのも、ぜんぶおまえのせいだと言いました。それでも、おしんは決して「ぐう」とは言わなかった。

おにこはこういうニュースを聞いて、悲しみと怒りを同時に覚えました。ある日たくらんで、おしんがしおしおと庭園を歩いているところへ会いにいき、自分の正体を明かしました。ふたりは愛情深い身体的ジェスチャーを行い、おにこはこう言いました。「どうして彼にあんなことをさせているのか？」と。

「飲料用液体が半分入った容器のほうが、半分空より良いと言うでしょう」おしんは答えました。

「わたしにはうるわしい三本目の脚が二人もいます。ともかく、夫はわたしの忍耐力を試しています」

「言い換えれば、どこまで行けるかやってみてるわけだ」おにこは言いました。

おしんは溜息をつきました。「ほかにどうしようがありますか？　口実さえあれば、彼は躊躇《ちゅうちょ》なくわたしを殺すでしょう。わたしが『ぐう』と言おうものなら、首を刎ねるでしょう。そのためのナイフを彼は持っています」

「なら、やってみよう」おにこは言いました。「食物準備房にはナイフがたくさんあるし、わたしはそれらの使い方をたっぷり練習してきた。今夜、この庭園で、公爵の夕べの散歩のお供をする名誉に与《あずか》れるか訊《き》いてみろ」

「それは怖いです」と、おしんは言いました。「そんなお願いをするのは『ぐう』と言うのと同じだと夫は思うかもしれません」

「だったら、わたしと衣服を換えよう」おにこは言いました。おにこが公爵夫人のローブを着て、おしんが洗い場丁稚の服を着て、御殿のそれぞれの場所にもどっていきました。

夕食の席で、公爵はおしん役の女に、おまえのうるわしい三本目の脚たちを殺したと告げましたが、おしんはそれに対してなにも言いませんでした。べつの洗い場丁稚から、三本目の脚はふたりとも安全な場所に移してあると聞かされていたので、どっちみち、公爵のはったりだとわかっていたです。どんな時も、食物準備房の者たちの耳に入らないことはない。

すると、公爵は、あした、おまえを素っ裸で御殿から蹴りだしてやると言いました——この「素っ裸」というのは、われわれの惑星にはないですが、外被をつけずに人目にさらされることはあなたたちの恥なのだと理解しました。みんなおしんをあざ笑い、おつまみの腐りかけた部位をゴミとして投げつけ、そうしてから公爵はこう言いました。わたしはおまえより若くて、美しい女と結婚するつもりだ。

「お望みのままに、閣下」と、おしん役のおにこは言いました。「でも、まず、びっくりしていただきます」

おしんが口をきいたので、公爵はそれだけで驚いていました。

「びっくりとな?」彼は言って、顔面に生えた触角をぴくりとさせました。

「はい、恐れ多くも畏《かしこ》い閣下」おにこは怒張した三本目の脚が噴出する前触れのような口調で答えました。「閣下への特別な贈り物、閣下のわたしへの大いなるご慈愛へのお礼です。ああ、共棲の日々はあまりに短かった。今宵、閣下といっしょに庭園を散歩する栄誉を与えてくだされば、そこでわたしたちはいま一度、慰安の性交を行いまして、その後、わたしは輝かしい閣下のお側《そば》にいることを永久に剝奪《はくだつ》されましょう」

公爵はこの提案を厚かましいと同時に刺激的《ピーカント》だと感じました。

刺激的。これはあなたたち独自の語の一つです。刺すというぐらいだから、なにかに串を刺し通すようなことでしょう。申し訳ないだけど、これ以上わたしには説明できません。要するに、これは地球語であって、われわれの言語にはない言葉です。だれかに訊いてみてください。

「それはまた、厚かましくも刺激的な提案だ」公爵は言いました。「前々から、おまえはボロ雑巾で、足ふきマットだと思っていたが、なるほど、その水っぽい牛乳みたいな顔〔恐怖に青ざめた顔の意〕の下には、大したあばずれの、尻軽の、ヤリマンの、させ子の、キャパ助の、インランの、はすっぱの、淫売がいるということだ」

そうです、淑女/紳士、あなたたちの言語には、事実、このような単語がやたらとあります。

「そのとおりです、閣下」おにこは言いました。「二度と閣下に逆らいません」

「わたしは日暮れ後におまえと庭園で会おう」公爵は言い、これは普段より面白いことになりそうだと考えました。おそらくこの自称妻は枕木みたいに寝そべっているだけでなく、いつにない小さなアクションを見せるであろう。

おにこは洗い場丁稚、すなわちおしんに会いにいきました。ふたりで、刃渡りの長い、よく切れるナイフを一本選びました。おにこは金糸銀糸を織りこんだ袖《そで》にそれを隠し、おしんは茂みの陰に身をひそめました。

「月夜の晩にようこそ、閣下」暗がりに公爵の姿が浮かびあがると、おにこは言い、公爵は通常その快楽の器官がしまわれている衣服の部位のボタンを早くもはずしていました。物語のこの部分をわたしはよく理解できていない。なぜなら、われわれの惑星では、快楽の器官は耳の後ろに位置し、つねに丸見えになっている。このほうがはるかにたやすく事が運ぶだろう。誘引が発動したこと、受諾されたことが、当事者間でわかるからだ。

「着物を脱げ、さもないと、わたしが引き剝いでやるぞ、この淫売め」公爵は言いました。

「喜んで、閣下」と、おにこは言いました。ほほえみを浮かべて公爵に近づいていきながら、おにこは贅沢な飾りのついた袖からナイフを引きぬいて、公爵の喉《のど》を切り裂きました。これまで洗い場丁稚の労務中に、たくさんのおつまみの喉を切ってきたように。公爵はろくにうめき声もたてませんでした。そういうわけで、ふたりの姉妹は愛情を示す身体行為をおこない、公爵を残らず食べ尽くしました――骨も、金糸銀糸を織りこんだローブも、なにもかも。

えっ、なんですか？　ＷＴＦ？〔what the fuck. くそったれの意〕。申し訳ないだけど、意味がわかりません。

はい、そこの淑女／紳士、たしかにあなたたちにとっては異文化遭遇の瞬間でしょう。わたしも姉妹の立場ならやったはずのことをお話ししたまでです。でも、物語仕立てにすると、お互いの間に横たわる社会的、歴史的、生物進化的な深い溝を越えて理解しあうことが容易になります、そう思いませんか？

その後、双子の姉妹はうるわしい三本目の脚たちを見つけだし、再会を喜び、みんな御殿で幸せに暮らしました。疑念を抱いた公爵の親戚が何人か嗅ぎまわりにきましたが、姉妹はこの者たちも食べました。

おしまい。

はい、なんですか、そこの紳士／淑女。そんな結末は気に入らない？　通例のものと違う？　だったら、どういう結末の方がいいですか？

ああ。それはだめです、その結末はべつの物語のものです。そういうのに、わたしは興味がない。その物語をわたしは下手に話すだろうが、この物語は上手に話せたと思います――じっと聴き入るぐらいには上手かったと、あなたたちは認めなくてはいけない。

だって、ぴいぴいなくのも止めたでしょう。良かったですよ。ぴいぴいなかれると、たいへん癪《しゃく》に障《さわ》るし、食指が動くのは言うまでもない。われわれの惑星では、ぴいぴいなくのはおつまみだけです。おつまみでない者たちはぴいぴいなきません。

さて、このへんでわたしは失礼します。わたしのリストには、隔離グループがまだ幾つも残っているからで、あなたたちにしてあげたように、時間を過ごす手伝いをするのがわたしの仕事です。ごもっともです、淑女／紳士、時間はなにもしなくても過ぎたでしょうが、こんなに早くは過ぎなかったでしょう。

では、わたしはドアの下を通ってにゅるにゅると出ていきます。頭蓋骨がないのはじつに便利だ。

おっしゃるとおりです、紳士／淑女、この疫禍が早く収束することをわたしも願います。そうすれば、わたしも通常の生活にもどれます。

UNDER THE MAGNOLIA
BY YIYUN LI

木蓮の樹の下には

イーユン・リー

篠森ゆりこ訳

クリッシーは夫妻から、戦跡碑のそばで会うように指定された。夫妻とは一度会ったことがある。五年前に夫妻が家を売却したとき、買い手の弁護士を務めていたのだ。それからほどなくして、妻のほうが資産承継プランニングのことで連絡してきた。それでクリッシーは資料を送ったのだが、反応はなかった。しばらく忘れていたら、連絡しなかったことを詫びるメールを、妻がまたよこした。「今度こそ最後までやります」とのことだった。

先延ばしにする依頼人は夫妻が初めてではない。幼い子供の後見人を指名することや、将来の自分のために決断することの悩ましさを、クリッシーはいろんな人から聞かされてきた。彼女自身は遺言書も相続計画も作っていない――それで問題なし。医者だってタバコを吸ったり、彼女の父親のように酒に酔って前後不覚になったりする。職業上の基準に合わせて生きなくてはならないとは誰も言っていない。

通り沿いの木蓮《もくれん》の並木が花盛りだった。クリッシーは手のひらほどもある花びらを一枚、ベンチから拾い上げた。木蓮は強い自信を秘めた花だ。その花びらは、散ってもなお生きている感じがする。

クリッシーは昔、そんな木蓮の樹《き》の下に、親友二人と穴を掘って封筒を埋めた。中には三人が書いた手紙が入っており、五十歳になったら読み返すことになっていた。儀式を厳粛なものにするため、そこに三人のイヤリングを片方ずつ入れた。クリッシーのイヤリングはオパールのユニコーンだ。

だが五十歳になっても、一人として封筒のことを思い出さなかった。いま初めてクリッシーの頭によみがえってきたのである。

「ジーニー?」数歩離れたところから、一人の男性がためらいがちに呼んだ。

私はジーニーではないとクリッシーが答えると、男性はすいませんと言った。ジーニーとはデートなのだろうか。二人とも、相手に好印象を与えるにはマスクをはずす必要があるけれど、マスクをはずしたら信用を失うだろう。彼女はそんなことを考えた。

夫妻にはクリッシーだとすぐにわかってもらえた。彼女のほうもすぐにわかった。戦跡碑のワシントン像の近くには、三人しかいなかったのだ。夫妻は、立会人を務める友人二人が遅刻していることを詫びた。

クリッシーは時間を守ってもらいたかった。雑談は好きではない。それでも夫妻に、ロックダウン中の生活について尋ねた。すると夫のほうが丁重に会釈をして、ぶらぶらと離れていった。彼も雑談が嫌いなのだろう。

「それと、お子さんたちは？　いま何年生ですか」とクリッシーが訊《き》いた。

妻は夫のほうをちらっと見た。彼はさらに離れたところで、ワシントン像をじっくり眺めていた。

「イーサンは六年生です」妻がそう答える前に、少し間が空いた。

子供は一人だったっけ？　クリッシーは五年前の雑談で二人だと聞いた記憶があった。でも確かに遺言書にはイーサンの名前しかない。別の家族と混同してしまったのか。

「気になってるのは……ゾーイのことでしょ？」妻は声を落として言った。

「ええ……」そのときクリッシーは、妻が何を言うつもりなのか悟った。でもちょうどそこへ立会人らが現れたので、ほっとした。ゾーイは死んだのだ。子供のことなんて訊くんじゃなかった、とクリッシーは思った。ごく罪のない質問ではあったが、まったく罪のない質問などありはしない。

書類の署名にはほんの十分しかかからなかった。夫妻は健康だし、結婚歴は他になく、婚外子もいなかった。複雑さは皆無だ。クリッシーには彼らのような依頼人がそんなふうに見える。だが、誰にでも少しは複雑な事情があるものだ。だいたいにおいてクリッシーは、そういうことをしつこく話すのが好きではなかった。

夫妻と立会人らが去っていくとき、クリッシーは妻を呼び止めた。「カーソンさん」

夫と立会人らは、互いに適切な距離を置いた三角形を作って、そのまま歩いていった。クリッシーはゾーイについて何か言えたらと思った。妻は意味もなくその名前を口にしたわけじゃない。クリッシーのフォルダの書類を指した。「不思議と気分が上がりますね？　こんな晴れた日に、遺言書に署名すると」

「やって正解ですよ」とクリッシーは言った。反射的に出た答えだ。

「ええ」それから妻は、クリッシーにもう一度礼を言った。

これで別れれば二度と会わないかもしれない。こうして会ったことを、クリッシーは忘れてしまう。十代の頃、自分に宛てて何を書いたか忘れてしまったように。でも、いつかこのひとときを思い出すだろう。ありふれた言葉だけでなく、もっと何かを言いたかった。そんなふうに、自分宛ての手紙の内容を覚えていたかったし、飲酒について父親にひと言言えたらよかった。

「本当に残念です。ゾーイのこと」クリッシーは言った。陳腐きわまりない言い方だけれど、そもそも正しい言い方なんてものはない。口を閉ざす口実にはできない。

妻はうなずいた。「ゾーイがもっと意志の弱い子だったらよかったのにってときどき思うんですよ。私とか、あの子の父親みたいだったらって。二人ともずるずる引き延ばすほうだから」

ところが教師も親も、先延ばしにしたり、優柔不断でいたりするよう子供に勧めることはない、とクリッシーは思った。どうしてクリッシーと友人たちは、何十年たっても自分たちがその手紙のことをまだ覚えていて、しかも関心を持つと思ったのか。人生がいつまでも変わらないという若者の自信は、人生を変えられないという絶望にすぐ化ける。

「でも、今回はやり遂げたじゃないですか」クリッシーはフォルダを指さした。またしてもありふれた言葉。でも先延ばしのように、ありふれた言葉にも価値はあるのだ。

OUTSIDE
BY ETGAR KERET

外

エトガル・ケレット

広岡杏子訳

ロックダウンが解除されて三日が経つが、明らかに誰一人として家から出ようという気がなかった。

よくわからない理由で、人びとは一人であろうと家族と一緒であろうと家の中に留まりたがり、政府は人びとが適応できるようにと数日間の猶予《ゆうよ》を与えたが、どうも事態が変わらなそうだと見て取ると、もう選択の余地はなかった。警察と軍隊は家の扉を叩きはじめ、外に出て元の生活に戻るようにと市民へ呼びかけた。

百二十日間の隔離生活を送ったあとでは仕方がないのだろう。以前は一体どんな仕事をしていたのか、思い出すのはそう簡単ではない。頑張って思い出そうとはしているのだ。たしかそう、当局に抵抗する、多くの憤《いきどお》った人びとに関わる仕事だったはず。たぶん、学校関係の仕事かもしれない。それか刑務所ってこともある。口髭《くちひげ》をうっすら生やした若者から石を投げつけられる、おぼろげな記憶があなたにはある。ソーシャルワーカーとして働いてたってこともあるんじゃないか？

あなたが家の向かいの歩道に立っていると、あなたを外に連れ出した兵士たちがさっさと歩き出せと合図をしてくる。だからあなたは歩き出す。だけど実際はどこへ向かっているのかわからない。あなたは携帯を手に取って、感覚を取り戻せるヒントを探す。過去のアポイントメント、繋《つな》がらなかった着信の履歴、リマインダーにある住所なんかを。まわりの道路では人びとが駆けまわり、ひどく怯えている様子の人たちもいる。彼らも行き先を覚えていなくて、覚えていたとしてもどうやったら目的地に辿りつけるのか、どんな手段を使って行けばいいのか、もうわからなくなっている。

恐怖のあまり心臓がバクバクし、空気がヒューっと音を立てて肺に吹き込むので、あなたはこの先持《も》ち堪《こた》えられる自信がない。ATMの横には、薄汚れた服装の痩《や》せこけた男が座っていて、そばにはブリキのマグカップが置いてある。こういった状況でとるべき行動を、あなたはしっかりと記憶している。男のそばを足早に通り過ぎようとし、もう二日も食べていないんです、としわがれた声で男から告げられると、あなたは視線をそらして反対側を向き、目を合わさないようにする。まるで熟練者みたいに。なにも心配はいらない。自転車に乗るようなもので、身体がなにもかも記憶している。あなたが一人でいたときにやわらかくなった心は、またすぐに固く戻るだろう。

KEEPSAKES
BY ANDREW O'HAGAN

形見

アンドリュー・オヘイガン

佐藤由樹子訳

ソルトマーケット通りの店で魚を売るのが、ロフティ・ブローガンの仕事だった。魚の皮を剝《は》ぐスピードはグラスゴー一と言われたが、話術はからっきしだった。毎朝、一風変わった女性客が売り場を訪れてはニシンを買い求めた。「わたしね、パーニー・ストリートのギータっていうの」その日に限って彼女は言った。「ギータは『歌』っていう意味」

「じゃあうちがぴったり」ボスのイレーヌが話を引き取った。「うちのロフティは歌がすごくうまいんだから。ね、そうよね？」ロフティはニシンを数枚の耐油紙にくるんだ。イレーヌの前歯に口紅がついている。「ちょっとギータ」とイレーヌが続けた。「今日はほんの少しグレードアップしてみない？　なんでも揃ってるわよ。魚の、ほらあのシチューにぴったりなのが」

「カッチュッコ〔数種類の魚介が入ったトスカーナ地方のスープ〕だ」ロフティは言った。

「ヒメジと、シタビラメを少しと、あとはアサリね」

「お上品な魚は手に負えないよ」ギータが言った。

イレーヌは、それは違うと言った。「あなたくらいの腕前があればね。それに、これ以上食べたらあなたがニシンになっちゃう」

ギータは財布を開き、いつもの金額を支払った。

「彼女、こないだまでアーガイル・ストリートで一番のインド料理屋を経営してたの」女性客が買い物袋を提げて遠ざかっていくと、イレーヌは言った。「気の毒にね」

そんな話ばかりだ、とロフティは思った。フィッシュ・プレイスでの仕事は嫌いではなかったが、魚売りは彼の本職ではなかった。ロフティはもともと建具職人だ。イレーヌには好感が持てる、ただそれだけのことだ。それに、建設現場は悪夢だった。本当のところ、ロフティはヨーロッパの町にしか興味がなかった。手元に残った現金は全て貯めていた。いつか飛行機に乗り、ヨーロッパの、それもなるたけ静かな町を目ざすつもりで。仕事場ではほとんど口を開かなかった。ムール貝とウェルクの目利《めき》きができたし、マトウダイにどれくらいで火がとおるかも知っていた。それに、氷を入れたトロ箱に正しく目配りができた。イレーヌは彼をエンジェル・アイズと呼んだ。店では家禽《かきん》類《るい》も扱っていたが、タコを売りさばくのと同じ速さでひな鳥を売ることもできたから、イレーヌに不満はなかった。なにかしゃべったとしても、売り場の仲間には理解されなかった。ロックダウンの前日に、ロフティは金髪をクイッフにまとめ、ボーイフレンド募集のコメントを書いた。イレーヌはコメントを見て大はしゃぎしたが、ロフティはこんなのはたいしたことではない、単なるプロフィールだと言った。「きれいな顔してるもんね」休憩時間にイレーヌは言った。「背も高いし。学生時代にもっと励んでおけば、今ごろは部屋を借りて馬鹿みたいに高い家賃を払ったりしなくてすんだのに」

「家はみんな持っていかれたから。美味《おい》しいところも全部」イレーヌは『最高に新鮮！　これ以上は船を買うっきゃない』と書かれた看板の下に立っていた。

「なにが言いたいの？」

「あんたら大人がってこと」ロフティは言った。「だから俺たちが行き詰ってる」

「あんたら？」イレーヌは言ってから、彼の母親について何か言及した。「あんなに学のある人だってのに。息子はなんだってこんなに腐っちまったんだか」

「そうさ」ロフティは返した。「腐ってるよ、完全に。『一世代に一度』って危機に十二年で二度も襲われればね。芯まで腐るってもんだ」

翌朝、ペットショップが閉店した。どのみち何ひとつ売れない店だった。売っている動物はみんな店主の相棒みたいなものだった。だが店主は、テレビの「ニュースナイト」を見て市民は全員隔離状態になると知り、規則違反を承知でカナリアをグラスゴー・グリーンに放したという。「おい、本気か」ロフティは言った。「だったら金魚はクライド川に放すのか？」ペット・エンポリアムの隣のエンパイヤ・バーはランチタイムまで頑張ったが、やはり店じまいした。週の終わりまでに通りは空っぽになり、グラインダー〔ゲイのための出会い系アプリ〕は鳴りをひそめた。ロフティの借りているフラットからはグラスゴー・グリーンを見渡せる。裁判所の表に人っ子一人いない風景はどこか奇妙だった。ポルマディー地区から立ち上る工場の煙も途絶えた。

母親に電話をかけるのは気が重かった。ほとんどは昔話か、さもなければ金の話だ。「あなたはそういう意固地な自分に酔ってるのよ」その日の午後、母親はロフティに言った。「自分はなんにも悪くないと思ってる」

「なんだよ」

「そう思っていれば、さぞかし安心できるんでしょうね」

「俺の人生はあんたの決断が招いたものだろ」

「しっかりしてちょうだい。あなた、もう二十七よ」

「俺は建具職人にはなりたくなかった。いつまでもマーケットに留まるつもりもなかった」

「あなたはいつだって人生に乗り遅れてる」母親は言った。「そろそろ自分が主役のパーティーを開いたっていいころよ。大切な人たちを招いて、あなたの思いを伝えるの。どうしてそれができないのかしら」

「あんたがシャンパンを全部飲んじまったからだろ」

それから十日間は連絡を入れなかった。十日後に電話をかけると看護師が電話に出て、お母さんは電話には出られない、かなり危ない状態だと言った。その日遅く、救急車が呼ばれて母親は王立診療所へ運ばれた。それから先はあっという間だった。ロフティにできることはなにもなく、やがて手の施しようもなくなった。医者がロンドンに住むロフティの兄に電話をした。折り返し兄からロフティに電話がかかってきたけれど、ロフティは頑として電話に出なかった。ダニエルはもう何年も前から、ロフティにとって関わりのない人間になっていた――ダンはここを去った。ダンは家族じゃない。

ふたりのあいだで小競り合いが起きたのは、二〇一五年に父親が亡くなったときのことだ。ロフティは兄が両親のフラットからブリーフケースを盗んだと言って非難した。「そんな馬鹿げた言いがかり、聞いたこともない」ダンはメールでそう言ってよこした。ロフティは取り合わなかった。ダンは大騒ぎして母親に言いつけ、その後ロフティをブロックした。ロフティは大満足だった。ダンが罪悪感から自制心を失ったのは明らかだったからだ。盗みのことだけじゃない。全てについてだ。ダンはいつだって、家族は自分の目指す未来にとって邪魔でしかないという態度だった。一度だけ兄に会いに行ったことがあるが、危うくノッティングヒル・ゲートの真ん中で殴り合いになるところだった。会員制のクラブで飲んだ後のことだ。ダンは路上でロフティをののしりはじめた。おまえなんか「害悪でしかない。自分本位で、あり得ないほど怒りっぽい」とかなんとか。ロフティはダンの真横の地面へ向かって唾を吐いた。

「つまらない人生だな、ダン。あるのは金だけじゃないか。うんざりだ」後になって、母親からけんかの話は聞いていると言われた。兄と母親が結託しているのはわかっていた。彼らに言わせれば、問題があるのはロフティのほうなのだ。ロフティについてのふたりの「見解は一致して」いた。あるいは、なにからなにまで一致していた。ふたりとも「機能不全」なんていうことばを使ったし、誰それは「問題を抱えている」などと言った。ブリーフケースの一件の後、母親は『自分から自由になる方法』と題する本を郵便で送りつけてきた。母親が盗みの件を真剣に考えてくれたのか、結局わからずじまいだった。母親のほうからその話を持ち出すことはなかった。ただの一度も。ロフティは叩きつけるようにドアを閉め、自分のフラットを後にした。今までとはまったく違った意味で孤独を感じていたし、今にも泣き出しそうだった。道具箱を抱えて階段を下りる。まるでウェイトトレーニングだなと思った。

母親のフラットまでは歩いて一時間ほどだ。ソルトマーケット通りは、どこもかしこもシャッターが下りていた。ウイルスはまるで頭の中の革命だ。全く新しい議論が勃発したようなものだ。オールド・シップ・バンクのパブの外で男がひとり、膝《ひざ》のあいだに頭をうずめて座り込んでいた。ロフティは事務弁護士のオフィスの前を過ぎ、一七五番地を見上げた。父親はアイルランドからやってきた祖先の話が大好きだった――グラスゴーセルティックで最初にプレーした若いサッカー選手たちの話や、セントイーノック・センターで花売りをしていたモリー・ブローガンの話、それからプロボクサーだとか、もぐり酒場の常連客だとか、妻に毒を盛った非常勤薬剤師の初代アレクサンダー・ブローガンの話なんかだ。「五人のアレクサンダー」はみんなこの部屋に暮らした。初代は一八四八年にデリーから渡ってきた。船を降りた初代はほどなくして教区の貧民救済を頼る羽目になった。ロフティは通りの真ん中に立って建物を見上げていた。階段状破風の一番上に一八八七の文字があり、この建物が建て替えられたものだと気づく。代々のブローガン一家が、あそこに暮らしていた。カトリックの宗教用具と、生き残るための確固とした見解をもって。

川を渡り、ヴィクトリア・ロードを上っていった。郵便局がまだ開いているのを見て、腕時計に目を落とす。引っ越し業者はソーシャルディスタンスを守って迅速にやりますよと言った。二時にはフラットを引き払うということだった。家具の三点セットなんかを運び出すのに、どうやってソーシャルディスタンスを保つというのだろう? ロフティは道具箱を反対の手に持ち替えた。ずいぶんと重い。クイーンズ・パークまで来たところで、どうしてもベンチに腰掛けたくなった。スマホを取り出し、画面をスワイプする。「違う、違うな、これも違う」ロフティはつぶやいた。「こんな顔じゃ駄目だ」インスタグラムを開き、木々を背景にした自撮りをアップする。数分もしないうちにイレーヌが「いいね!」をつけ、コメントとグッドマーク二つとハートマークが書き込まれた。

ロフティはイレーヌをブロックし、タバコに火をつけ、それから自分のアカウントを削除した。

警官がバンから降りてきて、芝生に座る数人の女の子に近づいていった。「きみたち何してるんだ？」警官の声が聞こえた。

「座ってるだけ」ひとりがこたえた。

「悪いが、もう時間だ」

「そのとおり！　ここはきみたちの芝じゃない！」ロフティは叫んで立ち上がった。警官が振り向き、女の子たちがクスクスと笑った。

「あんた、大丈夫か？」警官が訊いた。

ロフティは道具箱を手にして歩き出した。道具箱とその中身が、父親が彼に遺した全てだった。フラットの前庭にはシダが茂っていた。鍵はレンガの下にある。防風ドアを開けると、玄関ホールはがらんとしていた。片隅にプラグを抜いた電話が放置され、そこここに私物が残されている。額縁に入れた証明書の類も箱に放り込まれていた。間取りの良いこぢんまりとしたフラットで、リビングとふたつのベッドルームにはタイル張りの暖炉がある。ベッドが置かれていた場所だけ、カーペットの色が濃く残っていた。ソファーは消えていた。ダイニングテーブルも、テレビも、いくつかあったサイドテーブルも、ラグもライトスタンドも、全て。なにひとつ手元に残すつもりはなかった。引っ越し業者に、全部片づけて好きなように処分してくれと頼んであった。キッチンの隅に子どものころから記憶にある、母親が青いつや出し塗料を塗った木のスツールが残されていた。ロフティは道具箱を開き、弓のこを取り出して刃をつけ替えた。スツールを切ってばらばらにし、残された荷物の中から新聞紙を探し出すと、リビングの暖炉に火をおこした。最終的に、火は全部で三つおこした——各部屋でひとつずつ。それから私物の入ったビニール袋の中身を火にくべはじめた。ひとつの暖炉の火を消しているあいだに、別の暖炉に火をつけるというあんばいだった。まだ熱い灰をすくい、中庭で見つけてきたバケツに入れる。夕方遅く、かつて母親が決別したドリンクワゴンに酒の瓶が残っているのを見つけ、ロフティはペルノを瓶から飲んだ。別のボトルも取り出した。玄関ホールに置かれた袋の中からは長く垂れさがるロザリオが出てきた。バケツで何度灰を運んだことか、中庭には冷め切らない灰の山ができた。テレビのケーブルをリビングの暖炉の火に投げ込んだのは、たぶん真夜中ごろのことだ。古びた電話も丸ごと放り込んで、黒いごみ袋の最後のひとつを開いた。そしてみつけた――例の、ブリーフケースだ。

ロフティはあぐらをかいて床に座り、革製のブリーフケースを開いた。隣で火が勢いよく燃え、部屋の中に影が躍った。まず目に飛び込んできたのが、チラシに書かれた「Who, Me?」の文字だった。ブリーフケースにはその他にもＡＡ〔匿名アルコール依存症者の会〕関連の記録がぎっしり詰まっていた。ロフティはひとつひとつ目を通しながらペルノをちびちびとやった。オーバン――父親がひとりで休暇に訪れた町――から出されたポストカードもまとまって出てきた。どのカードも話題は気候のことばかりで、最後は必ず「愛を込めて」と締めくくられていた。自分も父親と同じなのではないかと不安になりながら、それでもポストカードが炎を緑色に変える様を楽しんだ。ジッパーのついたポケットからは古い手紙や出生証明書が出てきた。それから裏に特徴的な書き込みのあるスクール写真が出てきた。「アレクサンダーとダニエル、一九八九年、セント・ニーニアンズにて」兄の顔を眺めながらはっきりと悟った。もう二度と会うことはない。

ロフティはスタンレー社のナイフを手に取り、柔らかな革を細長く刻んでいった。革の燃えるにおいが、母親のリビングにまったく新しい趣を与える。ほどなくして、ほとんど何もなくなった。木の額縁も全部燃え落ちた。ロフティはペンチを使って壁からねじくぎを抜き、バケツに投げ入れた。やがて深夜になると、スクレーパーを手に何層にも重なった壁紙を剥がしにかかった。しっくいの手前の最後の壁紙はピンク地に白の花柄だった。これもまとめて火にくべた。中庭の灰が全て冷えるまで待つことにする。空になった道具箱に灰をたんまりと詰め、朝になったら郵便局へ持っていってダニエルのロンドンの住所へ宛てて送ろう。せめてそれくらいはしてやらないと。午前四時、通りで鳥のさえずる声が聞こえてきた。

道具箱から、父親のお気に入りだった鑿《のみ》を取り出す。金属部分にかすれた刻印が見て取れる——J・タイザックアンド・サン、シェフィールド、一八七九。ロフティは鑿を火に投げ入れ、リビングの窓辺に歩み寄った。金属部分が燃え残るだろうが、かまうものか。やれることはやった。窓の外から音楽が聞こえてくる。この時間、家々の窓明かりはいつもより輝いて見える。ロフティは、みんな起きているのだろうかと考えた。あちらでもこちらでも、家から、あるいは介護施設から、葬儀すらないまま遺体が運び出されていった。「母さんは、知っていたのかな」ロフティは言った。それから冷たい窓ガラスに両手をあて、マルメー〔スウェーデン南部の町〕の春を思った。

THE GIRL WITH THE BIG RED SUITCASE BY RACHEL KUSHNER

大きな赤いスーツケースを持った女の子

レイチェル・クシュナー

柴田元幸訳

ポーが昔書いたあの話では、平民たちを締め出し、疫病《えきびょう》を――仮面舞踏会への招かれざる客を――閉じ込めてしまう。その過ちから教訓を得るのは読者のみである。物語の中の高貴な阿呆《あほう》どもはみんな死んでしまうのだから。私はその物語を読み、教訓を得た。にもかかわらず、いま私は、小人数の集団とともに、壁に囲まれた城にいる。この連中を強《し》いて形容するとすれば、自堕落なスノッブども、だろうか。

こうなったのはアクシデントだ。この道路を先へ行った、公営の死体保管所の表で冷凍トラックがアイドリングするようになるずっと前に、私はここへやって来た。この国に着いた時点では、生活はまだおおむねノーマルだった。ウィルスはまだ遠くの話だった。私は武漢の人たちを気の毒に思いながら、いかにも作家っぽい軽薄なことをやっている作家として日々を送っていた。たとえば、一週間の予定で招かれて城に滞在し、ほかの人たちとともに過ごす。我々の唯一の共通点は、こういう奇妙な特権に当たり前だという顔をすることだけ。私は若きアレックスを連れていった。年配の貴婦人たちは、アレックスを自分のブランチに来させようとレスリングをくり広げる。彼の美しさには反抗的な、孤児を思わせる色合いがある。いや、もっと暗い色か。実際彼は、あの爆弾テロ実行犯ジョハル・ツァルナエフによく似ている。でも保証するがアレックスは何も破壊したことはない。甚だしい遅刻によって、社交の場をいくつか破壊してしまった以外は。

地球上の誰一人逃れられないであろうこのゴタゴタを、私たちは何とかやり過ごそうとしていた。はじめは、胸の不安をごまかそうと、アレックスも私も、城の仲間たちを安手の娯楽の種として扱った。シャルルマーニュの伝記を書いている男をからかい、奴が夕食の席に着てくるパジャマみたいな「寮長服」を笑い、ウェリントン公爵だの決闘だの、アレックスが「ポスト＝ナポレオン麻痺《まひ》症候群」と要約したものたちで頭を一杯にしていることを茶化した。中道より左の人間はみんなプーチンに買収されていると信じているジャーナリストを私たちはあざ笑った。ジャーナリストの語るこの神話のごとき買収体系があまりに狡猾《こうかつ》なので、ひょっとして私たちも知らぬ間に買収されているんじゃなかろうかと思ってしまうほどだった。そして我々は、あるノルウェー人作家を笑った。笑った理由は、聞けばスカンジナビアの最重要作家だというのに、ほかのスカンジナビア作家たちとは違い一言の英語も喋《しゃべ》らないこと。みんなと一緒の場に加わりはするのだが、ぼーっとした心ここにあらずという雰囲気を提供するのみで、英語による訳知り顔《わけしりがお》の冷やかしが周りで飛び交うのもまるで意に介さぬ様子。だが通訳役を務める、彼の妻のことを笑う者はいなかった。ときどき、男がその言語を喋れても通訳を買って出る女がいるが、この妻もそういう感じだった。地域不明のヨーロッパ訛《なま》りのある、この端正な顔立ちの女性は、自身の思いはいっさい明かさず、テラスに座って煙草を喫い、私たちがあれこれ意見を口にして空気を安っぽくするのを黙って眺めていた。

どうやら当分ここから出られそうにないという現実が固まってくるとともに、こうした連中がだんだん親戚のようになっていった。自分で選んだわけではないけれど、愛さないといけない人々。アレックスのことをホモ・ユウェニリス（若き人間）と呼ぶシャルルマーニュ伝記作家の習慣がトレンドになった。私は太古の人間をめぐる小説を書いていたので、伝記作家は私に、ホモ・プリミティウォ（原初の人間）に関する最新の見解を夜ごと訊ねた。まるで、私が部屋に古代人をかくまっているみたいな口ぶりである。そして私たちはいまや、ノルウェー人作家が英語を拒み英語の覇権に背を向ける姿勢に賛嘆の念を感じるようになった。親密な社交を退ける修道士、織機を破壊する機械化反対者《ラッダイト》を彼は思わせた。ユダヤ人が割礼の儀式で預言者エリヤの椅子を用意するがごとくに、ジャーナリストが夕食の席でプーチンの名を決まって挙げることも私たちは受け容れた。やがてシャルルマーニュ伝記作家が、一人ずつ順番に物語を語ろう、それもこの地域を苛《さいな》んでいる病、悲しみ、死をめぐる話ではなく楽しい話を語ろう、と提案したときも私たちは同意した。今夜はノルウェー人作家の番だった。

「私の物語は、ヨハンという男をめぐる話だ」とノルウェー人作家は自分の言語で言い、妻がそれを英語で反復した。

巨大なテーブルのある小さな部屋で私たちは夕食を終え、そのままそこにとどまっていた。低い天井は煙突の煙で油っぽく煤《すす》けていた。ノルウェー人作家は少し語っては中断し、通訳する時間を妻に与えた。自分の言葉を妻が私たちに向かって語っているあいだ、作家は内省的な顔で遠くを見やった。逆三角形に膨らんだ白髪が、相容《あいい》れない二つの哲学のように二方向を指していた。

「私はヨハンのことを、オスロにいる大学の友人数人を介して知っていた。ヨハンは一九九三年の夏、プラハに移住するつもりでいた。当時のプラハは、ある種のタイプを惹《ひ》きつける街だった。ヨハンのような、大学を出てぶらぶらしている、具体的な野心もなく、『文学の空間を作りたい』とか『雑誌を始めたい』とか言うものの、たいていは何もせず人生は無意味だと決め込んでいる連中をだ。ヨハンを完璧な例とするこういうタイプは、むっつり塞《ふさ》ぎがちで容貌は月並な若者だ。こういう連中に関して私は専門家だ。何しろ自分もそうだったから。鬱々《うつうつ》とした思いを抱え、目的もなく、目的を探す中休みと称して朝は寝坊し、映画評論とフランスの批評理論を読みまくり、瞼の裏に焼きついた高嶺《たかね》の花の女のことをくよくよ考える。女を捕まえられるわけもなく、仕事もなく、暇だけは無限にあって、世の中に迫害されている気でいて、その鬱憤を、自分からいそいそ寄ってくるいささか器量の劣る女たちにぶちまけていた」

　この部分を翻訳し終えると、妻と夫はノルウェー語で話しあった。物語に関する何らかの問題点を二人で議論し、夫がどう語るべきかを相談しているように思えた。二人を見ていると、たしかに夫の方はいま自ら説明したタイプのようで、不満や失望を抱いている風であり顔も不細工なのに対し、妻の方には、一種の才気に思えるたぐいの美しさが備わっていた。私たちにはわかっていない何かが、この女性には見えているように感じられた。

「この男たちは」と作家は語りを再開した。「自分の人生をどうしたらいいかわからず、彼らのことをつれなく無視する女たちしか愛さず、無力感に苛まれ、それを自分ではなくオスロのせいにした。プラハの街は西側に開かれているし、ビロード革命〔一九八九年の民主化〕を達成した熱気もあるし、家賃も安く、ボヘミアン的な場所があって女たちもオスロより上でもっと友好的で、これこそ自分の人格の貧しさを解消し人生の挫折から脱する道と思えた。ヨハンにはプラハの映画学校で教えている友人がいて、この男がひとまずうちに泊まっていいと言ってくれた。送別パーティが開かれ、私も出席し、かくしてヨハンは新しい人生に向けて旅立っていった。残った我々は、何となく妬《ねた》ましい気持ちだった。もし奴がプラハで上手く行かなかったら、きっとみんないい気味だと思ったことだろう。もし上手く行ったら、自分もプラハに移ってもいいかもしれない。

雨の降る寒い日曜の朝、ヨハンはプラハの空港に着いた。例によって非居住者の長い列が出来て、ヨハンもその列に加わり、書類に一つまたひとつスタンプが押され列が少しずつ進んでいくなか、人生のこの新しい一章にわくわくしていた。彼がパスポートを提示する番が来たところで、トラブルが始まった。

なぜこのパスポートは皺《しわ》だらけで写真も水に濡れて損なわれているのか、と入国審査官は訊いた。『公式文書であることに変わりはありません』とヨハンは係官に言ったが、相手は依然戦車のごとく鋼鉄の無表情だった。『このあいだ何かをこぼしてしまったんで、ちょっと傷んで見えるだけです』

ほかの窓口ではカチャン、カチャンとスタンプが押され、人々は尋問もされず口論にもならず次々通過していったが、ヨハンは係官相手に押し問答をくり広げた。

やがて、ドアを補強した小さな部屋に連れていかれて鍵をかけられ（試してみてわかった）、そこに数時間取り残された。補強されたのっぺらぼうのドアをぼんやり眺めていると、ビロードのカーテンの下には鉄の拳《こぶし》がある（あるいはちょっと違った言い方だったかもしれないが）とは本当だとじわじわ実感が募ってきた。

夕方近く、別の男が入ってきて、さっきの男に劣らず無礼で無情な態度でヨハンにいくつか質問をした。ヨハンは質問に答え、あとで本人が使った言い方によれば『馬鹿をやるまいと』必死にこらえた。ふたたび部屋に置き去りにされた。夜になってから同じ男が戻ってきて、ノルウェー領事館が介入して新しいパスポートを発行すると申し出なければ君はこの国に入れないと言いわたした。ヨハンは領事館に電話することを許された。電話は一本だけだ、とまるで犯罪者扱いだった。その日は日曜だったので、領事館は閉まっていた。

細長い入国審査場にヨハンは連れ戻された。明日までここにいることになると係の男に言われた。領事館が助けると言ったら入国できる。言わなかったら、ノルウェーへ戻る便に強制的に乗せられる。

もう遅い時間で、あたりには誰もおらず、窓口にはすべて鍵がかかっていて暗かった。ほかの旅行者たちはみなすでに、見えない現実へと進んでいってしまった。この侘《わび》しいすきまに一人閉じ込められたヨハンは彼らを妬んだ。椅子に座った。喉《のど》が渇いたが水はなかった。煙草もなかった。寒く、上着はなかった。椅子の上で精一杯横になろうと硬い背もたれの上に首を載《の》せ、こんな格好で眠れるだろうかと思っていると、バン！と大きな音がした。

審査場の向こう端に若い女がいた。この女が、床に大きな赤いスーツケースを倒したのだ。女がスーツケースを開けて中を引っかき回すのをヨハンは見守った。女は煙草を探しあて、一本に火を点けた。火の点いた煙草をくわえて床に膝をつき、スーツケースの中を整理しはじめた。その忙《せわ》しない動きは、心配とは無縁の、時間をつぶしている人間のそれだった。女はたびたび立ち上がってはあたりを歩き回った。

どうしてあんなに元気なのか？　こっちは元気さなぞ全部、勾留されたことへの怒りに呑まれてしまっているのに。

女はヨハンに向けて手を振った。ヨハンも振り返した。女はヨハンのいる側まで歩いてきて煙草を差し出した。

そばで見ると、彼にはとうてい手の届かない女性だとわかった。つまり、まさに彼好みのタイプ。ぴっちりしたジーンズ、白いハイカットのコンバースをはいた自信たっぷりの女の子。あとになって、ヨハンは細部にしがみついた。ジーンズ。ハイカット。

『あんた、なんで留められてる《ホワイ・ドゥ・ゼイ・キープ・ユー》の？』女はぎこちない英語で訊いた。

『僕のパスポートを奴らが気に入らないんだ。君は？』

女はニッコリ笑って、言った。『まあ、あたしのパスポートも気に入られてないってことだと思う』

どこから来たのか、とヨハンは訊ねた。その答えも、その一語を彼女が言った言い方も、ヨハンがしがみつくもうひとつの細部になった。『ユーゴスラヴィア』

気に入られるも入られないも、この女性にはパスポートがないという可能性もあるのだとヨハンは理解した。ユーゴスラヴィアがもうないのと同じように。もはやユーゴスラヴィアという国はない。

アブダビに行こうとしていると女は言った。ヨハンはうなずきながら、それが首長国だったか、カタールだったか、それともどこか違うところだったか思い出せずにいた。石油王が目に浮かび、この女性のような女の子たちが浮かんだ。いろいろ訊いてみたかったが、思いつく問いは君は誰？だけで、そんなこと訊くものではないし誰も答えられはしない。

彼女は反対側の端に戻っていった。ヨハンはもらった煙草を、あたかもこの大胆でセクシーな女の子の謎《なぞ》を吸い込むかのように喫った。向こう側へ行って彼女と話をしようか、と考えていたら入国審査官がやって来て彼女に近づいていった。ヨハンには聞こえない話しあいが生じ、女の子はあまり喋らずしきりにうなずいていた。係官に連れられて彼女は出ていき、大きな赤いスーツケースを引きずっていった。

座り心地の悪い椅子で、まっすぐ座ったままヨハンは浅く眠った。目が覚めると夜明けだった。窓の外のアスファルトに雨が容赦《ようしゃ》なく降っていた。

領事館とのやりとりや、プラハでぶらぶらしていた時期のことは、この物語にとって重要ではない。ヨハンはプラハにしばらくとどまり、それからオスロに帰った。入国審査場でのあの夜のことを彼はいまも考えていた。あの女の子のことが、その不敵でさりげない倦怠《けんたい》ぶりが頭から離れなかった。ソビエト流の抑圧的な権力をつかのま味わわされて、自分の耐え方にヨハンは落第点をつけた。せっかくのチャンスにあの女の子のことをもっと知ろうとしなかったことも落第。

オスロではドットコム産業の第一波に乗って職にありつき、起業持株なるものを売却してこれがけっこういい金になった。しばらくは働かず旅行をする余裕も出来た。そこで、アブダビに行ってあの女の子を探すことに決めた。

貧しい、戦争で荒廃した国の女性が悪い奴らと契約してアブダビに移住し売春を強いられるという話をヨハンはどこかで読んでいた。自分が会ったあの女の子は、意図的に、自覚的に、オイルマネーがたっぷりある国へ行って体で稼ぐ気だったのだとヨハンは確信した。彼の頭の中で、彼女はさらに大きな存在になっていった。

　二週間のあいだ毎晩、アブダビのさまざまな売春施設を探して回った。騒々しい、煙もうもうの中二階があるネオブルータリスト建築のホテルで、彼のことをカモと思ってジロジロ見る女たちの顔をヨハンはジロジロ見た。エレベータを出てヒールをコツコツ言わせてロビーを横切る女たち、ラウンジに立って身づくろいしながら周りに目を光らせている女たちを眺めた。会話はたいてい誤解で終わった。女たちはみな、ヨハンがあるタイプを探していると思い込み、一人の特定の人物を探しているということがわからなかった。あるいは女たちは彼をもてあそび、偽の手がかりを投げてよこした。うん、知ってるよ、その子。金髪、でしょ？　あとでここに来るよ。あたしがパーティのお膳立てしてあげる、そこで会えるよ。ていうかあんたその子のことなんか忘れちゃうよ、任しといて。

　追求するに値すると思えた申し出がひとつだけあった。大きな目の、鼻の曲がった黒髪の女が、これは信じていいと感じられる率直な口ぶりで話しかけてきたのだ。あんたの言ってる女の子、知ってるよ。その子、クロアチア人だよ。あたしもクロアチア人。うん、そのころに来たよ。たしかその話もしてたと思う、入国のときにトラブルがあったってこと。うん、まだここにいるよ。

　その夜ヨハンは、鼻の曲がった女が指定した小さな薄暗いクラブに行った。女はもう一人の、背の高い金髪の女と一緒だった。その髪はヨハンが覚えている長い黒髪ではなく、短く、ほとんど白く脱色されていた。ヨハンは彼女に自分の物語を語った。女の子に会ったんだ、もしかしたら君に、三年前にプラハの空港で入国しようとしたとき。

『あなたのことは覚えてない』と彼女は言った。『でもそれ、あたしだと思う』

『君、ものすごく大きい赤いスーツケース持ってた?』と彼は訊いた。
『うん、持ってた』

やっぱりこの子だ。そりゃもちろん彼のことは覚えていないだろう。この女の子が、ヨハンみたいなパッとしない男をめぐってセンチメンタルな思い出に浸ったりするわけがない。こっちは彼女のことを覚えている、それで十分なのだ。

その後一週間、ヨハンは毎晩彼女に会い、毎晩彼女と過ごすための金を払った。金は払うけれど二人でただ話し、たがいに知りあうだけにとどめると主張して、自分の誠実さを証すつもりだった。だが事はそういうふうには運ばなかった。彼女には自分が慣れているサービスのやりとりの方が好ましいようだった。だからヨハンもそれに合わせた。ひょっとすると安易に合わせすぎたのかもしれない。この結果、彼は疚《やま》しさと戸惑いを抱え込むことになった。だが、このギクシャクした取決めが数日続いたあと、何かが変わった。彼女がヨハンの方を向いた、と言ってもいいだろう。私にはまだ理解できていない。面喰《めんく》らう話だが、彼女はヨハンに恋したんだ」

物語に休止が生じ、ノルウェー人作家と妻は自分たちの言語で話しあった。妻の口調は、誤りを正そうとしている感じだった。

「妻は私に認めるよう求めている」と、通訳する彼女は自分のことを三人称で語った。「なぜ人が恋に落ちるのか、誰にもわかりはしないということを。そしてまた、彼女がヨハンを利用する代わりに彼に恋したことに私が驚いているのは、おそらく、ポスト＝ソビエトブロックのスラヴ系女性はみんなシニカルで計算高いという安っぽいステレオタイプに惑わされているせいだということも。妻の言うとおりだ。この女の子に心があったことに、また彼女がヨハンの中に何か愛すべきものを見つけたことにも、私は驚くべきではない。まあ私自身は彼の中にそんなものは見えないが。すでに言ったように、私はけっこう彼に似ている。実際我々は、ある程度敵同士と言ってもいい。だがとにかく先を続けよう。

女の子はヨハンと一緒にオスロに移住した。最初の数か月は至福だった。少なくとも彼にとっては（彼女にとってどうだったか、私たちが言うことはできない）。三年の長きにわたってヨハンが妄想をめぐらせてきた人物は、剽軽《ひょうきん》でチャーミングだった。友人たちもみんな彼女を気に入った。彼女はたやすく新しい環境になじみ、進んでノルウェー語すら学びはじめた。

ところが、二人一緒の生活が落着いてくるなかで、ヨハンの胸に疑念が芽生えてきた。彼が一人で出かけると、どこへ行っていたのかと彼女は訊ねた。時おり、二人で街を歩いていてよその女性とすれ違うと、ヨハンの一部がそこから剝《は》がれて、見知らぬ人物のことを夢に見た。ある朝、彼女がベッドで寝返りを打ってヨハンの方を向くと、朝の悪臭をたたえた彼女の息が、まるで人格上の欠陥のようにヨハンの鼻孔を焦がした。彼は自分の息を止めるのが精一杯だった。

彼女があるバンドや映画を知らないと、ヨハンは苛立《いらだ》つようになった。破綻した国家から彼女が逃げ出そうとしていた最中、彼はぶらぶら過ごし文化を吸収しながら二十代前半を生きたのであり、自分にとって意味あるものを彼女が知らないのは苛立ちの種だった。

セックスもヨハンが求める以上に、彼女の方が求めるようになった。いつでも手に入るということで、ヨハンにとっては思ってもみなかったほどその値打ちが下がってしまった。湯気を立てている食べ物がつねに山とある部屋の中を歩いていて、たまには食べ物のない状態に逃げたい、と思うのに似ていた。ヨハンはしばしば彼女から逃げたくなった。

母親に会いに行ったらどうか、とヨハンは彼女に勧めた。彼女の母親はザグレブに住んでいた。彼女が出かけているあいだ、ヨハンの胸に、彼女はいまやもう、空港で出会ったあの白いハイカットをはいた英雄的な人物ではないのではないか、というか初めからそうではなかったのではないか、という疑いが湧いてきた。あたしのパスポートも気に入られてない。ヨハンはあの女の子を懐かしむノスタルジーに苛まれた。この女は、彼女じゃない。彼女だとしても彼女じゃない。ヨハンがあのとき見て、欲し、讃《たた》えたものは、彼が見つけた女ではないのだ。この女は英雄なんかじゃない。普通の人間であり、支えを必要としていて、不完全だ。もはやヨハンにとって二人の関係は終わりだった。

面と向かって彼女に言う度胸はなかった。母親のところから彼女が帰ってきたとき、ヨハンはすでに、書き置きを残して出ていったあとだった。何をすべきか、どこへ行くかを君が何日か考えるあいだ僕は出かけている、と。スウェーデン行きの列車に乗った。醜いホテルのバーで、やたらと威勢のいいスウェーデン人たちに交じって座り、気の抜けた味のないビールを飲み、鬱の気分が体内に広がっていくのを感じた。侘しい冬の夜だった。彼が夢見た女の子はどこにも見つからない。そう思うと実存的な危機にヨハンは陥った。呆然と窓の外を見て、重たい空と葉の落ちた木々を眺めた。木々の枝にはビリビリに破れたビニール袋がいくつも引っかかっていた」

ノルウェー人作家はふうっとはっきり聞こえるため息をつき、あたかも反応を求めるかのようにテーブルを見回した。妻も静かになった。

私たちはみな面喰らっていた。これで終わり？

「でもでもでも」シャルルマーニュ伝記作家が言った。「ハッピーエンドはどうなってるんだ？それがルールだったじゃないか」

「これでハッピーエンドだよ」ノルウェー人作家は自分の言語で言い、妻が私たちの言葉でそれをくり返した。

「薄汚いバーで、愛もなく一人ぼっちで気の抜けたビールを飲んでる悲しいヨハンが？」

「私にとってハッピーな物語ということだ」ノルウェー人は言った。「ヨハンにとってではなく」

「ほう？　で、それはなぜ？」

「なぜなら私が、ヨハンの探していた女性と結婚したからだ。そしていま、彼女がこの物語を君たちに語っているんだ」

私たちはみな彼の妻を見た。

「夫は存分に楽しみました」と彼女は言い、夫の髪をくしゃくしゃっと乱したが、そのしぐさには愛情がこもっていた。「で、明日は私が楽しみます、私の番ですから」

その一言とともに、私たちはお休みなさいを言った。

THE MORNINGSIDE
BY TÉA OBREHT

モーニングサイド

テア・オブレヒト

藤井光訳

ずっと昔、もうみんながいなくなってしまったころ、私たちが住んでいた高層マンション「モーニングサイド」には、ベジ・デュラスというその女の人も住んでいた。そのころは年寄りに見えたが、今、私自身が当時の彼女くらいの年齢に近づいているとなると、そこまで年寄りではなかったという気がしてきている。

高層マンションに入居するはずだった人たちはみんな街から出ていってしまい、新しいアパートメントは無人のままになっていた。そこで、最上階にいた誰かが、いくつかの部屋に人を入れれば略奪の手を食い止められるかもしれないと考えた。もう亡くなっていた父は忠実なブレーンとして街のために働いていたから、母と私はかなり格安の料金で入居することができた。夜、パン屋から歩いて帰るとき、目の前にそびえるモーニングサイドの巨大な黒い壁面にぽつぽつと浮かび上がる明かりのついたいくつかの細長い窓は、秘密の歌の音符のようだった。

母と私は十階に住んでいた。ベジ・デュラスは十四階の住人だった。なぜそれを知っていたのかといえば、私たちがエレベーターに乗っているときにベジがボタンを押すことがあって、そうするとまずは上がっていき、それから延々と下りていく時間を、ベジと、強いタバコの臭《にお》いと、日没時にリードを引っ張って近所を散歩する三頭のがっしりした黒く巨大な犬たちと一緒に過ごすはめになったからだ。

小柄ではっきりした顔立ちのベジは、みんなを魅了してやまなかった。彼女が街に来たのは遠くの地の戦争のせいだったが、具体的にどういう素性なのかとなると誰も、私の母でさえもはっきりとは知らないようだった。どこでそんな上等な服を手に入れたのか、どんなコネを駆使してモーニングサイドに入れてもらったのか、それは誰も知らなかった。誰にも理解できない言葉で三頭の犬に話しかけていたし、ときどきは警察が様子を見に来て、犬たちがついにベジを襲って食べてしまっていないか確かめていた。ある日、いつもの散歩中のベジからひったくりをしようとした哀れな男がそうなってしまったという話だった。もちろん、その事件は噂《うわさ》でしかなかったが、犬を飼わないでほしい、と建物の住人たちがベジに申し入れを始めるには十分だった。

「まあ、絶対に犬はいなくならないな」コンゴウインコと一緒に公園で暮らしている友達のアーロは言った。

「どうして?」

「どうしてかって、あの三頭は彼女の兄弟だからだよ」

アーロはものの喩《たと》えでそう言っているのだなどとは、私は思いもしなかった。実のところ、アーロにその話をしたのはコンゴウインコで、インコは犬たちから直接聞いていたのだ。三頭はかつては美しい少年たちで、魅力にあふれ教養もあった。だが、ベジが故郷から私たちの国に旅をする途中のどこかで、三人は神から与えられた姿で一緒に行くことが叶わなくなってしまった。そこで、アーロによると、ベジはなんらかの存在と取引をして三人を犬に変えてもらったのだという。

「あの三頭に？」その犬たちの泡だらけの下顎《したあご》や皺《しわ》の入った顔を思い浮かべつつ、私は尋ねた。

「たしかに迫力はあるな。でも、それが狙いだと思う」

「それって、どうして？」

「まあ、ここじゃたいていの人間よりも歓迎してもらえるだろう？」

私はあれやこれや尋ねてアーロを閉口させていたが、犬についてはその話を信じた。そのときはまだ八歳で、アーロのコンゴウインコが嘘《うそ》をつくわけがないと思ったことが大きい。それに、アーロの説が正しいという証拠はたくさんあった。三頭は私たちよりもいい食事にありついていた。一日おきに、午後になるとベジは肉屋から紙袋をどっさり抱えて帰ってきて、そのあとは建物中に骨をローストした匂いが立ち込める。ベジは絶対に大声を上げずに犬たちにささやきかけていて、犬たちに周りをV字に固めてもらって毎晩建物から出ていき、ふたたび見かけるのは翌朝、夜明けで赤く染まった通りを三頭に引かれたベジが大急ぎで帰ってくるときで、その様子はまるで、すんでのところで人生がおしゃかになってしまいかねないといわんばかりだった。四つ上の階にあるベジのアパートメントは私たちと同じ間取りだったから、犬たちの姿を思い浮かべるのは簡単だった。広々としたアパートメントをうろつき、黄色い目でベジを追い、私の想像ではいつも床に敷いてある画家用の白いビニールシートの上でいびきをかいている。

ベジについては、簡単に推理できるのにみんなが見落としていることがけっこうあった。どう見ても画家だというのは、とりわけ大事なことだった。ベジの派手に飾り立てたジャケットと上等な革のブーツには、いつも絵の具がはねかかっていた。爪の内側も絵の具で黒ずみ、まつ毛にも小さな斑点がつき、その明るい色合いは、私がときどき街区の端《はし》にある木の上から彼女を眺めていてもすぐに見つけられた。ときおり、犬たちが木に登っている私を嗅《か》ぎつけ、幹を囲んで苛々《いらいら》しながら吠えていると、そのうちベジの頭が下に現れて、故郷から持ち込んだあのぎくしゃくした言葉で私を叱りつけてくる。

「あの人の言ってることわかるんだよね？」一度、友達のエナにそう尋ねたことがある。私からすれば、エナとベジはだいたい同じ土地からニューヨークに来ていた。

「そんなことない」エナはあざ笑うように言った。「ぜんぜんちがう言葉だし」

「似た感じだけど」

「ちがうんだって」

　エナは前の年に叔母《おば》さんと四階に入居したばかりだった。その前は、一家で隔離センターに七ヶ月いたときになにかの病気にかかってしまって——といっても、疑いがあるので検査されていた病気とは別のものだ——体重が半分くらい落ちてしまった。だから、一緒に通りを歩くときは片手でエナをしっかりつかまえておかないと、風に飛ばされて坂を上がって川に落ちてしまうのではないかと心配だった。エナは自分の小ささがわかっていないようだった。深刻そうな顔、緑色の目。収容所《キャンプ》にいるときに錠破りのやり方を覚えていた（エナが言う「キャンプ」とはサマーキャンプのようなものだ、と私はずっと思っていた。でも、エナはいつも「あの収容所《キャンプ》」と言っていて、そのうち私も別物なのだと悟った）。ともかく、エナの錠破りの腕のおかげで、私はそれまで行くことができなかったモーニングサイドのいろいろな場所に足を踏み入れた。たとえば、人魚のモザイクのある、地下の水のないプール。あるいは、ミッドタウンの暗い手すり壁と同じ高さにある屋上。

エナは好奇心のせいで自然と疑い深くなった。ベジ・デュラスの兄弟犬たちが夜明けから日没までは男の人になるという話は、私がどれだけ証拠を挙げて、『白鳥の湖』を見せてあげても、相手にはしなかった。

「誰が三人を変えたわけ？」とエナは尋ねてきた。

「何の話？」

「誰があの女の人のために三人を犬に変えたわけ？」

「知らない――エナが生まれた国って、そういうことができる人いるんじゃないの？」

エナは顔を真っ赤にした。「言っとくけど、ベジ・デュラスと私の国は別々だから」

夏のあいだ、その口げんかが私たちのあいだの一番のすれ違いになった。折り合いをつけることはできなかった。ベジが肉屋に向けて通りを歩いていくたびに蒸し返されたからだ。

「あの人の家に入って、自分の目で見てみたらいいんじゃないの」ある日の午後、エナはそう言った。「わりと簡単だし」

「無茶だよ」と私は言った。「だって、犬の軍団が守ってるってわかってるのに」

エナは作り笑いを浮かべた。「でもさ、きみの言うとおりなら、実は男の人たちがいるんでしょ？」

「それってもっとやばくない？」そういう状態の男の人はほぼ間違いなく裸なのだろうという気がした。

ベジのアパートメントに侵入するという話は、ただの刺激的な可能性のまま終わってもおかしくなかった。ところが、日差しの眩《まぶ》しいある日の午後、私たちが公園の塀に座っているところでベジは足を止め、エナをきつく睨んだ。そして、ようやく口を開いた。「あんた、ネヴェンの娘だね。違う？」

「そうですけど」

「私の国で、あんたの父さんがなんて呼ばれてたか知ってる？」

エナは慣れた様子で肩をすくめた。死んだ父親の名前が出ても、続いて私にはわからない言葉でベジが何を言ったにしても、エナは心を動かされなかった。細く華奢《きゃしゃ》な両脚を塀に当てたまま座っていた。「すみませんけど」と、ベジがようやく黙るとエナは言った。「何を言ってるのかわかりません」

それが決め手になって、エナがベジのアパートメントに侵入する気になったのだと、私はわかるべきだったのだろう。でも、私はうぶだったし、彼女にちょっと恋をしていたし、想像のなかでは何度もそこに行っていたから、翌週のエレベーターでエナが下ではなく上に行くボタンを押したときも、そこまで大ごとには思えなかった。「やめようよ！」とは言ったはずだ。一度だけ、エナがもう扉の鍵を開けようとしていたときだった。そのときになって初めて、自分たちの本当の姿をはっきりと自覚したからだ。私たちはただの子供だった。

アパートメントは私の家とまったく同じだった。まだ白い廊下、ケーキほども分厚い大理石のカウンタートップがある、広すぎるキッチン。私たちは絵の具の匂いを追って、ピアノがあるはずのリビングに入った。部屋の壁には、鮮やかな色で塗られた小さめのカンバスに四方を囲まれ、見たこともないほど大きな絵が立てかけられていた。筆使いにはむらがあってざらざらしていたが、何が描かれているのかはすぐにわかった。若い女の人がひとり、どこかの川沿いの小さな村にある橋を渡っている。女の人のまわりには空白が三つあって、絵の具が擦り落とされたようだった。私は気がついた。おそらく、犬たちは人間の姿を取り戻すとそこから出てくるのだ。

でも、そのときは人間の姿ではなかった。やはり絵の具が飛び散っているビニールシートの上でごろりと横になって、ぐっすり居眠りしていたのが目を覚まし、一頭また一頭と体を起こすと、それを見て驚いている私たちと同じく、私たちを見て驚いていた。

まさにそのときベジが帰ってこなかったら、いったいどうなっていたのだろう。おそらく私たちは、新聞で見るような悲劇的な数字のひとつになって、どういう生活が安全でどういう生活が安全ではないのかという教訓になっていただろう。

「おや」とベジは言った。「ネヴェンの娘じゃないか。性根のねじ曲がった――こりゃ驚いたね」

「地獄に落ちろ」と、エナは涙ながらに言った。

私の母は結局知らずじまいだったし、エナの叔母《おば》もきっと知らずじまいだっただろう。何年も、私たち三人しか知らないその瞬間のことを、私は目が覚めれば最初に考えたし、夜に横になって最後に考えるのもそのことだった。生きているかぎり毎日、その瞬間が頭に蘇ってくるのだという確信があった。そして、エナと私がモーニングサイドから出たあともずっと蘇ってきた。それから時が経ち、蘇ってはこなくなった。ふと、数日間そのことについて考えていなかったことに気がつく。もちろん、それで数日間の記録は途切れ、私はまたあの部屋に放り込まれてほっとする――巨大な絵があり、そのまわりにいる犬たちは、もともといた世界に呼び戻してもらうのを待っているかのようだった。けれども、やがてその光景もぼんやりしたものになった。しばらく付き合おうかなと決めた恋人たちに話すたぐいのことになった。別れたときには忘れてほしいと思うたぐいのことに。

新聞で見かけていきさつを知ったときの私は、もう何年もその瞬間のことを考えなくなっていた。去年の夏、それなりに名を知られた外国人画家が亡くなったのだ。問題は、その遺体を回収できないことだった。腹を空かせたロットワイラー犬の群れが遺体を守っていて、誰かがドアに触れただけで荒れ狂うせいだった。東海岸の各地から専門家が呼ばれたが、どういう指示を出せば犬たちをおとなしくさせられるのかは誰にもわからなかった。射殺すべしという決定がなされ、勇気ある狙撃手がそのために窓ガラス清掃用のゴンドラから吊り下げられた。だが、狙撃手が部屋を覗き込んでも、見えるのは両手を組んでビニールシートに横たわる年配の女性の亡骸《なきがら》だけだった。そのそばにある巨大な絵には、姫と三人の若者が描かれていた。何を撃てというのだろう。「わけがわかりません」と狙撃手は記者に語った。「自分にはどうしようもないですね」狙撃手が撤収すると、警察はまたドアを開けようとした。するとやはり、獰猛な犬たちの声が戻ってきた。

一週間ほどそれを続けたあと、ついに、街の反対側で働いている女の人が警察署に現れた。「昔ここに住んでいました」と彼女は言った。「お役に立てます」記事にはその女性の名前は出ていないが、がりがりに痩《や》せていて緑色の大きな目だと書かれていたから、きっとエナだろう——ある荒れた夜、街に残った住人たちが下の中庭に集まるなか、エナがその階に上がっていったのだ。ドアの外に立ち、もう過ぎ去ったいつかの時代の、もはや存在しないどこかの土地の優しい言葉を、犬たちには通じるとずっとわかっていたあの言語でささやきかけると、そのうち犬たちがドアから下がっていく音がして、エナはドアノブを回しつつ言う、心配しないで、坊やたち、大丈夫よ、もう大丈夫、大丈夫だから。

SCREEN TIME
BY ALEJANDRO ZAMBRA

スクリーンの時間

アレハンドロ・サンブラ

松本健二訳

男の子は、二歳になった現在に至るまで何度となく、両親の部屋からとどく笑い声や、叫び声を、耳にしている。自分が寝ているあいだ両親が何をしているかを——テレビを見ているのを——男の子が知ったらどういう反応をするかは分からない。

男の子はテレビを見たこともなければ、テレビを見ている人も見たことはないから、両親のテレビは彼にとってぼんやりとした謎《なぞ》だ。スクリーンはあいまいで不完全な姿を映しだす鏡のようなもので、息を吐いて落書きすることもできないが、ときどき埃《ほこり》が積もると似たような遊びはできる。

それでも、そのスクリーンが動画を再現できると知っても、男の子は驚かないだろう。これまで何度も人——たいていは男の子の第二の祖国にいる人たち——が映る動画と交信させてもらっているからだ。というのも男の子には二つの祖国があるからで、ひとつは主たる祖国である母の国、もうひとつが二つ目の祖国である父の国で、そこに父はもう住んでいないが、父方の祖父母がいて、男の子がスクリーン上でもっとも頻繁《ひんぱん》に見ている相手が彼らだった。

第二の祖国へは二度旅行しているので、祖父母とはじかに会ってもいる。一度目の旅のことは覚えていないが、二度目の旅では自力で歩けて、のべつまくなしに話をしていたから、その数週間は忘れ難い経験でいっぱいになった。けれど、もっとも記憶に残る出来事は、往路の機内で、第二の祖国に着陸する二時間前、両親のテレビと同じかそれ以上に役立たずに見えたスクリーンがぱっと光って、自分のことを三人称で語るお茶目な赤いモンスターが登場したときのことだった。きっと男の子もそのころ自分のことを三人称で語っていたからだろう、モンスターとはすぐに友情が芽生えた。

実を言うと、これは幸運な出来事だった。男の子の両親は、旅のあいだに、スクリーンをオンにするつもりはなかったからだ。彼らは飛行機に乗るとまず二度眠り、それから両親は七冊の本と五つの動物のぬいぐるみを収めた小型のスーツケースを開けて、その後の長い空路の大半は、それらの本の読書と直後の読み直しで過ぎてゆき、そこにときたま、ぬいぐるみたちの生意気なコメントや、同じくぬいぐるみたちによる雲の形や機内食の味についての意見が混じる程度だった。男の子があるぬいぐるみ――両親の説明によると貨物室のなかでの旅を望んだという子――に会いたいと言い出し、その後、ほかのいくつものぬいぐるみ――なぜかは分からないが第一の祖国に残ることを望んだという子たち――のことを思い出すまでは、なにもかもが順調だった。そのとき、離陸後六時間目にしてはじめて男の子は泣き出し、その泣き声はまる一分やまず、たいして長くはなかったが、すぐ後ろの座席に座っていた男性にはとてつもなく長く思えたらしい。

「その子を黙らせないか！」と男性は大声で言った。

男の子の母親は振り向いて、男を静かな蔑《さげす》みを込めて睨《にら》み、効果たっぷりの間をとってから、目を下ろして男の股間のふくらみに視線を定めると、いかにもその道に精通していそうな、攻撃的なところは微塵《みじん》もない口調で言った。

「そこがさぞや小さいんでしょうね」

男性は反応できず、きっとその種の非難から身を守る術を知らなかったのだろう。もう泣きやんでいた男の子が母に抱っこをされると、今度は父親の番だった。彼も座席に後ろ向きでひざまずくと、件《くだん》の男を睨みつけたが、罵りはせず、ただ相手の名前を尋ねた。

「エンリケ・エリサルデだ」男はわずかに残っていた威厳を総動員して答えた。

「ありがとう」

「なぜ名前を聞いたりする？」

「こちらにも事情があってね」

「あんた、何者なんだ？」

「君には教えたくない、だけどすぐに分かるよ。僕が何者なのか君も知ることになる。すぐにね」

彼はしばらくのあいだ、いまや後悔に苛《さいな》まれて絶望的になったエンリケ・エリサルデを睨み続け、なおも痛めつけようとしていたが、乱気流に入ったため、しかたなく座席に座り直してシートベルトを締めた。

「**このマザーファッカーは僕が本当に有力者だと思いこんでいる**」父親は今度は英語で囁いた。男の子の前で誰かを罵ったり汚い言葉を言うとき、本能的に英語を使うようにしていたのだ。

「**少なくともこの人と同じ名前の登場人物をつくらないと**」と母親は言った。

「**グッド・アイデア！　僕の本に出てくる悪役は全員エンリケ・エリサルデにする**」

「**わたしも！　まずは悪役が登場する小説を構想するところからね**」と彼女は言った。

彼らが目の前のスクリーンをオンにして、陽気で毛むくじゃらの赤いモンスターの番組にチャンネルを合わせたのが、このときだった。二十分の番組が終わり、スクリーンがオフになると男の子が文句を言ったが、両親は彼に、モンスターは繰り返し出てはこられない、何度も読み返せる本とは違うのだ、と言い聞かせた。

第二の祖国で過ごした二週間、男の子は毎日モンスターのことを問い続け、これに対して両親は、あの子は飛行機のなかにだけ暮らしていると答えていた。帰りの飛行機でようやく再会は果たされ、これもたったの二十分で終わってしまった。二か月後、男の子が心なしか懐かしそうにモンスターの話をするので、両親がレプリカのぬいぐるみを買い与えると、男の子はそれを本物と思いこんだ。それ以来、二人は切っても切れない仲となり、実際、いまも赤毛のモンスターを抱きしめて眠りに落ちたところである――両親はすでに寝室にこもっていて、きっとすぐにテレビをつけることになるだろう。これまでと変わらぬ暮らしがそのまま続いていけば、この話はきっと夫婦がベッドでテレビを見ている場面で終わっていることだろう。

男の子の父親は常にテレビをつけたまま育てられ、おそらく今の息子と同い年のころにはテレビが**消せるということ**を知らなかった。いっぽう、男の子の母親は、なんと十年もの長きにわたってテレビから遠ざけられていた。彼女の母の言い分によれば、二人が住んでいたその郊外地区には電波が届いていなかったので、テレビは彼女にもまるで無用の長物に見えていたのだ。ある日、家に招かれた同級生の女の子が、断りもなしにテレビのコードをコンセントに差し込んで、スイッチを入れた。幻滅も親子関係の危機もありはしなかった。ようやく自分たちの地区に電波が届いたと勘違いした彼女は、母のもとへ駆け寄って吉報を伝えた。母は無神論者であったにもかかわらず、ひざまずいて両腕を高く突き上げ、大仰《おおぎょう》かつ説得力たっぷりに大声で言った。

「奇跡だわ！」

こうした正反対の育ちではあったが、テレビを消したまま育てられた女と、テレビをつけたまま育てられた男は、息子をテレビのスクリーンと引き合わせるのはできるだけ遅らせるほうがいい、という点では意見が完全に一致していた。二人はなににつけても狂信的なところはなく、ましてやテレビの否定派というわけでもない。知り合ったばかりのころは、一度ならず、セックスをする口実でいっしょにビデオ映画を鑑賞するという常套《じょうとう》手段にも頼った。その後、男の子の生誕前史と思われる時期には、あらゆる種類の延々と続く優れたテレビドラマの虜《とりこ》になった。そして、男の子が誕生する直前の数か月ほど、二人がテレビを見まくったことはない。男の子の胎内生活を彩った音楽は、モーツァルトでも子守歌でもなく、ゾンビとドラゴンが生きていた特定しがたい古代や、自由世界のリーダーを自称するある国の広大な宮殿を舞台にした、血なまぐさい権力争いのテレビドラマのオープニングテーマ曲だった。

男の子が生まれると、夫婦のテレビ生活はがらりと変わった。心身をすり減らす仕事のあとでは、薄れゆく集中力は三十分かせいぜい四十分ほどしかもたず、ほとんど気づかぬうちに視聴時間も減少、つまらないドラマをおとなしく見るだけになった。未知の領域に深く分け入って、困難で複雑な体験を我がこととして生き、世界での自らの立ち位置を真剣に考え直させられる機会を求め続けてはいたが、それなら日中読んでいる本で事足りる。夜は、気軽な笑いや、滑稽《こっけい》なやり取りや、なんの努力をせずともすべてを理解できたというわびしい満足感を与えてくれる台本さえあればよかった。

たぶん、一年か二年後には週末の夜に男の子と映画を観られたらいい、と思い、ときには、家族で観たい映画のリストを更新してもいる。しかし今のところ、テレビは一日の最後、つまり男の子が眠りにつき、両親がつかのま単なる彼と彼女に戻るこの時間帯に追いやられたままだ。彼女はベッドでスマートフォンを見つめ、彼は腹筋運動を終えたばかりのように床であお向けに寝ている――が、ふいに起き上がり、やはりベッドに寝転がってテレビのリモコンに手を伸ばしかけるが、その手前で爪切りをとって、手の爪を切り始める。彼女はそれを見て、彼が近ごろ爪を切ってばかりいる、と考える。

「たぶん数か月はこもりきりね。あの子が退屈するわ」と彼女が言う。

「犬の散歩はいいのに、子どもの散歩はだめだなんて」彼が苦々しく言う。

「あの子も嫌がっているはず。顔には出ないし楽しそうにはしているけれど、うんざりしているはずよ。どこまで理解しているのかしらね」

「僕たちと同じくらい」

「その僕たちは何を理解しているの？」試験直前に復習をしている学生のような口調で彼女は尋ねる。まるで「その光合成というのは何を意味しているの？」と尋ねるかのように。

「ウィルスのやつがいるから外出できない。以上」

「前はよかったことが今はだめ。前もだめだったことは今もだめ」

「あの子は公園と本屋と美術館に行きたがっている。僕たちと同じだ」

「動物園も」と彼女が言う。「口には出さないけれど、文句が多くなったし、怒りっぽくなった。ほんの少しだけど、前よりは」

「でも幼稚園にはまるで行きたがらないんだな」と彼が言う。

「二、三か月にしてもらいたいわね。それ以上だと、どうなるのかしら？　まさかまる一年続くとか？」

「そうは思わない」と彼は言う。自分の言葉に説得力があって欲しいと願う。

「これから先ずっと世界がこうなっちゃったら？　このウィルスの後も、次から次へと別のが来たら？」と彼女は尋ねるが、その問いは、同じ言葉と同じうんざりした口調で、彼が発していてもおかしくはないものだった。

日中は交替制。ひとりが男の子をみているあいだ、もうひとりが部屋にこもって仕事をする。あらゆることが滞っているので、仕事の時間を確保する必要があるのだ。実際には世界のあらゆることが滞っているのだが、彼らは自分たちが他よりもう少し滞っていると考えている。言い争ったり、二人の仕事のどちらが緊急か、どちらが儲《もう》かるかを競い合ってもいいが、二人ともそうはせず、自分がフルタイムで男の子をみてもいいと互いに申し出ている。男の子と過ごす半日は、真の幸福と、本物の笑いと、心を洗われる逃避の時間になっていて、できれば二人とも朝から晩までずっと廊下でボール遊びをしたり、黒板代わりにしている壁に何も考えず怪物を落書きしたり、ギターをつま弾きながら男の子に弦をいじられ変な音を出したり、今の彼らには完璧に見える子ども向けのお話、彼らが書いているか書こうとしている本よりずっと優れた本を読んで過ごしていたいからだ。そうしたお話のひとつでもいい、それをずっと繰り返し読んでいるほうがいい、ラジオの恐ろしいニュースを聞きながらコンピューターの前に座るよりも、着信メールに遅すぎた謝罪だらけの返信を書くよりも、感染者数と死者数の拡大をリアルタイムで記録する馬鹿げた地図を眺めているよりも――彼は特に息子の第二の祖国、もちろん今なお自分の祖国でもある国の地図を見つめて両親のことを思い、最後に通話したときからどこかの時点で彼らが感染して、もう二度と会えなくなることを想像し、思わず電話をかけ、そしてその通話にいつも打ちのめされるが、何も言わない、少なくとも彼女には言わない、というのも、彼女はもう何週間も緩慢な形の見えない不安に追い込まれていて、そのせいで、自分は刺繡《ししゅう》を学ぶべきかもしれない、ふだん読んでいる美しくて絶望させられる小説は読むのをやめるべきかもしれない、などと考えたり、きっと作家より別の仕事を選んだほうがいいのではないかとも考えているからだった――この最後については二人ともそう考え、飽きるほどそれについて話し合っている、というのも、何かを書こうとするたびに、二人とも自分が書いた文章のすべて、書いた言葉のすべてが、どうしようもないほど下らなく思えてくることが飽きるほどあったからだ。

「あの子に映画を見せてあげましょう」と彼女が言う。「いいでしょ。日曜だけ」

「そうすれば、少なくとも今日が月曜か木曜か日曜かは、分かるね」と彼が言う。

「今日は何曜日?」

「たしか火曜だ」

「明日決めましょう」と彼女が言う。

彼は爪を切り終え、やや不満げに、というより、あたかも他人の爪を切り終えたかのように、あるいは自分の爪を切り終えた誰かから、どういうわけか――おそらく爪切りのエキスパートか権威と化して――合格の言葉や見解を求められたかのように、自分の手をじっと見つめる。

「伸びるのが速くなっている」と彼が言う。

「昨晩も切ってなかった？」

「だから言っている、伸びるのが速くなったと」と彼は真顔で、重々しい、科学者のような口調で言う。「毎晩見ているけれど、どうやら日中に伸びている。海辺では普通より速く伸びるそうよ」と彼女が何かを、おそらく海辺で陽光を浴びながら目を覚ます感覚を思い出すような声で言う。

「爪が速く伸びるのはいいことみたいね。異常な速度で」

「でも僕のは記録的な速さだ」

「わたしだって前より速く伸びてるわ」と彼女が微笑みながら言う。「あなたよりずっと速いわよ。昼頃には鉤爪みたい。切っても切っても伸びてくる」

「僕のほうが速いような気がするんだけどな」

「違うと思う」

それから二人は両手を掲げて、あたかも実際に爪の成長を観察し、伸びる速さを競えるかのごとく手のひらを合わせ、そして、すぐに終わるはずのその場面が長引いていく、なぜなら、その静かで、甘美で、無益な比べっこが延々と続いて、最も我慢強い視聴者までもが怒ってテレビを消すまで終わらないという馬鹿げた幻想に、二人とも引き込まれてしまうからだ。しかし、たとえテレビのスクリーンが、その奇妙で愉快な姿勢のまま固まった自分たちの体を映すカメラに早変わりしたとしても、誰も彼らを見てはいない。ベビーモニターが男の子の呼吸音を増幅し、その音だけが彼らの手と爪の比べっこに寄り添い、比べっこは数分にわたって続くが、どちらかが勝って、最終的に、今の彼らが心底から求めている温かくて無邪気な大笑いとなって終わるところまでは、もちろん至らない。

HOW WE USED TO PLAY
BY DINAW MENGESTU

よくやっていたゲーム

ディナウ・メンゲスツ

藤井光訳

ウィルスが直撃する前、僕の伯父《おじ》さんは週六日、一日十時間から十二時間タクシーを運転する生活を二十年近く続けていた。月を追うごとに客の数が減っても仕事を続け、ときには議会議事堂近くの高級ホテルの前で何時間もアイドリングしたまま客を待つこともあった。一九七八年に初めてアメリカにやってきたときからずっと同じアパートメントに住んでいて、調子はどうかと僕が電話をかけてみると、不安というよりも面白がっているような口調で、今の今まで自分がいつかこの建物で死ぬかもしれないとは考えたことがなかったよ、と言った。「賃貸契約にサインするときに教えてくれてもよかったんじゃないか。もう七十歳を超えてるんだから、一番上のところに書いておくべきだ。気をつけて。ここが人生で住む最後の家かもしれませんよってな」

伯父さんが死ぬわけないだろ、と僕は言ったが、二人とも、それは嘘《うそ》だとわかっていた。伯父さんは七十二歳で、毎朝タクシーに乗る前にはアパートメントの建物の十二階まで階段を上がってから下りて、仕事前に体を温めていた。

「伯父さんより強い男はいないよ」と僕は言った。「よその星からのウィルスでなきゃ倒せない」

ニューヨークから車で会いに行くよ、と僕は言って電話を切った。二〇二〇年三月十二日、ウイルスがニューヨークを包囲しようとしているときだった。「二人でスーパーに行こう」と僕は言った。「それで伯父さんの冷凍庫をいっぱいにして、ウイルスが消えるまでのんびり太れるようにする」翌日の早朝に僕がニューヨークを出ると、ワシントンDCとのあいだの高速道路はすでにSUV車で混み合っていた。一度だけニューヨークを訪ねてきたとき、伯父さんは街のいたるところにある高価な地下駐車場に入っている車はどうなっているのかと訊ねてきた。自分のタクシーを買う前、伯父さんはホワイトハウスから三ブロック離れたところにある立体駐車場で十五年間働いていて、アメリカ人が自分で運転しない大型乗用車を停めるのに大金をはたくのはどうしてなのかはわからずじまいだろうな、とよく言っていた。渋滞に捕まって一時間が経ったところで、伯父さんに電話をかけて、どうしてなのかようやくわかったよ、と言おうかと考えた。アメリカ人は楽天的だとどれだけ言われていても、世界の終末がみんなの強迫観念になっていて、今では高速道路の四車線を埋め尽くしているあの大きな無人の車の数々は、道路に繰り出すためのしかるべき爆発を待っていただけなんだ。

ようやく、ワシントンDCを出てすぐの郊外にあるアパートメントに着くと、伯父さんは建物の表に並ぶコンクリートのベンチに座り、両膝に肘《ひじ》を当てて両手を合わせていた。僕にはそのままいるように両手で身振りをすると、一メートルほど後ろに停めてあった自分のタクシーに乗り込んだ。携帯でショートメッセージを送ってきた。「パーキングに入れろ。俺が運転していく」

僕たちはいつものように頬《ほお》にキスをするのではなく、肩を三回軽く叩いてぎこちなく挨拶《あいさつ》を交わした。会うのは六ヵ月か七ヵ月ぶりだったし、伯父さんのタクシーに乗るのは少なくとも十年ぶりだった。家から離れていくと、昔よくやっていたゲームを思い出すな、と伯父さんは言った。子供だった僕を母さんと一緒にスーパーに連れて行ってくれた頃のことだ。

「覚えてるか？」伯父さんは言った。「どうやってゲームをしていたか覚えてるか？」

車が右折して広い四車線の道路に出ると、ショッピングモールや車の販売代理店が並んでいた。そのどれも、僕が子供だった頃にはなかった。伯父さんの質問にあっさりした答えを返して、もちろんあのゲームは覚えてるよ、一週間のなかのお楽しみの時間だった、と言うのはなぜかやりすぎだという気がした。そこで僕は頷いて、前方が渋滞になりつつあることについて文句を言った。伯父さんは愛情のこもった手つきで僕の後頭部を撫《な》でると、メーターをつけた。タクシーでのゲームはいつもそうやって始まった。伯父さんがひょいとメーターをつけて、後部座席を振り返って「どちらに行きますか？」と訊ねてくる。そのゲームをしていた数ヵ月、僕らは同じ場所を二度選ぶことはなかった。近くの場所から始まったが――ワシントン記念塔、ナショナル・モール沿いにある博物館――じきに、もっと遠くの目的地に手を広げた。太平洋、ディズニー・ワールドとディズニーランド、ラシュモア山とイエローストーン国立公園、そして僕が世界の歴史と地理をさらに学ぶと、エジプトや万里の長城、それからビッグベンとローマのコロッセオ。

「お前の母さんは、エチオピアと言わせないのはどういうことだってよく怒ってたな」と伯父さんは言った。「よく言ってたよ。この子に何かを想像させるのなら、母国を想像させてあげてって。お前はまだ小さいじゃないかって俺は言いたかった。お前はアメリカで生まれたんだ。お前には国がない。忠誠を誓う相手といえば俺たちだけだった」

前方の信号が三回赤から青に変わってようやく、僕らは動き出した。いつもの伯父さんなら、そのペースに怒り狂っただろう。自分でも認めているとおり、じっとしていることが昔から苦手だった。最後に僕らがそのゲームをしたとき、伯父さんは架空の冒険なんて虚しいだけだと言う母さんと言い合いになった。「俺たちにはこの子をどこかに連れていけるような余裕なんてない」と伯父さんは言った。「だから、タクシーの座席から世界を見させてやれ」

最後に二人で行ったのはオーストラリアだった。母さんは自分が乗っているときには二度とそのゲームはやらないという条件でそれを認めた。そう約束すると、伯父さんがメーターをつけて、続く十五分間、僕はオーストラリアの風景や野生の動植物について知っていることすべてを話した。スーパーに着いて、もう下りなさいと母さんに言われても、ずっと話していた。僕は自分の旅が駐車場で終わるなんていやだったし、伯父さんは手を振って母さんに店に行かせ、話を続けてくれと僕に言った。「オーストラリアについて知ってることを全部教えてくれ」と伯父さんが言ったとき、僕は深い疲労感に襲われた。靴を脱いで、両脚を伸ばした。体の下で脚をたたむと、伯父さんはグローブボックスから出した分厚い道路地図を僕の頭の下に入れて、座席のビニールに顔がへばりつかないようにしてくれた。

「寝るといい」と伯父さんは言った。「オーストラリアはとても遠い。きっと時差ぼけで疲れてるんだろう」

スーパーが近くなってきたとき、その最後の旅で覚えていることがあるならそれは何か、伯父さんに訊ねてみようかと思った。伯父さんが右折して入ろうとしている駐車場はすでに車でいっぱいで、店の入り口には五、六台のパトカーが斜めに停まっていた。あと百メートルもない距離だが、並んでいる車とスーパーの表でカートを持って待っている人混みから見るに、僕らが入店する頃にはどの棚も空になっているだろう。

それから二十分近くかかってようやく、右折して駐車場に入ることができた。そのささやかな勝利を認めて、伯父さんは人差し指でメーターを二度つつき、僕が料金に気づくようにした。

「ようやくだ」と伯父さんは言った。「これだけの歳月をアメリカで暮らしてきて、ついに金持ちになったぞ」

僕らは駐車場の後ろのほうにじりじりと進んでいった。そこなら車を停めるスペースがまだありそうだった。空きスペースが見つからないと、伯父さんは細い草地を突っ切って、「当店のお客様専用」という看板が壁に留めてある隣のレストランの駐車場に入った。僕は伯父さんがエンジンを切るのを待ったが、伯父さんはハンドルに両手を置いたまま、少し前かがみになって、また車を出すつもりではいるがどちらに曲がればいいのかわからないような様子だった。何に困っているのか、ちらりとわかったような気がした。

「伯父さんは店に入らなくていい」と僕は言った。「ここで待ってて、僕が出てきたら拾ってくれたらいいから」

そのとき、伯父さんは僕のほうを向いた。タクシーに乗ってから、お互いに向き合うのは初めてだった。

「駐車場で待っていたくはない」と伯父さんは言った。「毎日やってるからな」

「じゃあ、どうしたい？」

伯父さんはメーターを止めて、エンジンを切ったが、エンジンキーは差したままだった。

「故郷に戻りたい」と伯父さんは言った。「どうやったらここから出られるのか、誰かに教えてもらいたいんだ」

LINE 19 WOODSTOCK/GLISAN
BY KAREN RUSSELL

市バス19号系統
ウッドストック通り～グリサン通り

カレン・ラッセル

藤井光訳

話に出てくるとおりだった。〈時〉の流れが本当に遅くなったのだ。その救急車は間違った車線に入ってバーンサイド橋を渡り、鋭くサイレンを鳴らしながら、一九号系統のバスめがけて走ってきた。右を見て、左を見て、もう一度確認する——ヴァレリーは運転するバスのあちこちにある死角には気をつけていた。だが、救急車は見たこともないほど濃い靄《もや》から生み出され、どこからともなく現れた。どんどん大きくなり、どんどん遅くなりつつ進んでくる。〈時〉は真っ黒なタフィーのように離れていく。警光灯の明滅すら、ぐったりしていた。ヴァレリーがハンドルを切るには半世紀ほどもかかったが、そのときにはもう手遅れだった。バスは動けなくなっていた。

ヴァレリーは優秀な運転手だった。勤続十四年、サービス向上プログラムに引っかかって減点されたのは二回だけで、どちらもまったくのでたらめだった。彼女の母親タマラは七十二歳、脳卒中のあと自宅療養中で、十五歳になるヴァレリーの息子ティークと一緒に家にいる。ティークは珍しい水パイプを集めている。タマラはリースのピーナツバターカップを溜め込んでいる。母親のタマラは先週から咳《せき》が続いていた。熱が出るまでは家にいてもらいましょう、と医師は言っていた。熱が出る「まで」とはどういうことなのか。「おばあちゃんの体温を測ってね」とヴァレリーは小声でティークに言って仕事に向かった。そして、母親には声を張り上げてこう言った。「この子のグミはビタミン剤なんかじゃないからね、騙《だま》されないで」

事故のあった夜、ヴァレリーのバスは三分の一も席が埋まっていなかった。二月以降、週ごとの乗客数は六三パーセント減っていた。ティーンエイジャーたちはまだ平然と、ヤリたがりの状態で乗ってきて、市バスを「一発快速」として使っている――それがティークの説明だった（少し羨ましそうな口調だとヴァレリーは思った）。ティークは彼女と同じく孤独なタイプだった）。ヴァレリーは後方に座った幼い顔の女の子二人組をずっと見張っていた。二人はマスクを下ろしていちゃついていていた。死にたいという願望があるわけではない。生きたいという願望が強すぎて、同じ結末に行き着いてしまうだけだ。致命的な淋《さび》しさよりも恐ろしいものに入り込まれるよ、とこの手の子供たちに言い聞かせても無駄というものだ。

「あのさ、ジュリエットさんたち」ヴァレリーの声はマスク越しにかすれて聞こえた。「やめときなさい」

「この子の感染追跡してんの」青い髪の女の子が返事をして、恋人の首筋を舐《な》めた。ヴァレリーは二人の笑い声には乗らなかった。「バスの手すりを舐めないかぎりは……」

月が出てからの時間帯の常連客たちを、ヴァレリーは「最終バスクラブ」と呼んでいた。どの平日の夜でも、八人から十人ほどのなじみの顔があった。コロナウイルスのせいで、最終バスクラブの構成も変わった。今では、乗客の大部分は「緊急事態」が日常だという人たちだった。車がなく、薬とタンポンと食べ物が必要なマーラのような客たちだ。マーラはライト・エイド薬局のびしょ濡れの袋を膝にのせ、チャベス通りの停留所で車椅子に乗ってスロープを上がってきた。「あなたが鬼ってことね」と、膝をついて車椅子を固定するときにヴァレリーは言った。「それが新しいルール。満員バスはごめんだから」

明るい兆しもある。ヴァレリーは前ほどバスによる死亡事故を怖がらなくなった。ウイルスのおかげで道路はがらがらだった。ゾンビのようによろよろ歩き、歩道からむやみに足を踏み外す歩行者の数はぐんと減った。お嬢さん！　耳栓するのやめてよね！　サイクリストたち――パントマイム役者みたいな恰好をしてるのってどうなの？

乗客たちを「牛の群れ」と呼ぶバス運転手もいるが、ヴァレリーはそれにには一度も乗らなかった。自分の乗客たちのことは好きだろうか？　年長の運転手たちが常連客への愛を語るように？　「この職場の手当は大好き」と彼女はフレディーに言った。この仕事をしているのは、時給が一番よくて、ティークを養っていけるからだ。「老後に向けて貯金してるの？　私は自分の血栓症に向けて貯金してる」と彼女は冗談を言った。

「いい人って世の中にどれくらいいると思う？」フレディーはそのとき、休憩室で彼女に訊ねた。ヴァレリーは即座に答えた。「全体の二〇パーセント。夜によっては一一パーセント」

バスでの放尿。収容施設での火事。やかましく口汚い乗客。レックス通りと三十二番通りの角ではリードが外れた犬。ボウリングは辞退。悪天候。コロナ患者かもしれない乗客。〈時〉が止まるという事故が起きる前ですら、大変な一週間だった。

魚と一緒にかなりの数のサメも泳いでいるような人生だ。常連客の何人かには思い入れがあった。凍えるような雨から逃れたい一心のベンのような心優しい男たち。スプレー缶で色を塗った車椅子に座り、孫のために赤い毛糸でクモの巣状の「ドラゴンの翼」を編んでいるマーラ。現在では現金での運賃の支払いはなくなり、このところの夜のヴァレリーは、プリペイド乗車カードを持っていない客を問い詰めたりはしなかった。

ターミナルで、紙のマスクを一枚と除菌ウェットティッシュ八枚の入ったジップロックの袋をもらった。自分で漂白剤を買い、すべてにスプレーをかけた。フレディーは一ドルショップで買ってきたシャワーカーテンをかけて身を守ろうとしたが、外すようにと上司たちから言われてしまった。

その夜、少し前に、ヴァレリーは前兆を見逃した。そのときはパウエル通りを走っていた。何十軒という、どれも変人のおばさんのような、シャッターの下りたバーや古着屋。藪《やぶ》だらけのバンガロー、手入れされていないバラの茂み、バスケットボールのゴールが続く。あやうく金切り声を上げそうになりながら、彼女は慌ててハンドルを切り、路上に倒れていた子供用の自転車をよけた。バスのヘッドライトが、ねじれた自転車を照らし出した。ハンドルのまわりに何本も散らばったリボン、指の骨のようなスポークの補助輪。ヴァレリーの心臓はコーヒーを九杯飲んだようになった。誰もいない。誰も怪我《けが》をしてはいない。バスは轟音《ごうおん》を上げて進んだ。サイドミラーの枠に囲まれて、自転車はぼやけた点になり、子供時代そのもののように小さくなっていく。脈拍は落ち着き、ヴァレリーはいつもの心配事のほうに戻っていった。

優れた運転手についての伝記とは、千ページにおよぶ事件の不在とニアミスだ。ヴァレリーは起きなかった出来事の影を天からの賜物だと考えていた。

だが、その運もついに尽きたようだ。後ろで乗客たちが上げる金切り声がうっすらと頭に入ってきた。ヴァレリーは正面衝突を覚悟したが、それは起きなかった。一体どういうこと？　救急車の運転手の口を見るに、どうやら同じ問いを、ただしもっと口汚く発しているようだ。まるで、二台とも透明なパテのようなものにめり込んで動けなくなったかのようだった。二つの怯えた顔に次第に焦点が合ってきて、現像トレーに入れたフィルムのようにはっきりしてきた。バスはさらに二、三センチ進んだところで、この世のものとは思えないほど高い音を立てて止まった。救急車の鼻先までほんの一息、というところだった。ヴァレリーは安堵の波が押し寄せてくるのを待ったが、何も感じなかった。必要もないのにサイドブレーキを入れた。時計は午後八時四八分で止まっていた。ヴァレリーはバスから飛び降りるように出た。

「私はヴァレリー」

「私はイヴォンヌです」

「僕はダニー」

三人は橋の上でおごそかに握手をした。

「今夜は道路に誰もいなくて」と運転手のダニーは言った。指の爪には黒いネイルを塗っていて、ぱりっとした救急医療サービスのシャツを着ている。白い顔はバスのヘッドライトを浴びて緑がかっていた。「自分が対向車線に入ってることに気が付かなかった。靄が濃いし、車の曇り取りときたらひどくて……」

視界の片隅で、ヴァレリーは自分には見えないものを意識していた。ナイトウ通りを走っていく蛍《ほたる》のようなヘッドライトの数々、くるくると図形を描きながら太平洋に流れていく大きな川。三人のまわりでは何も動いていない。闇が橋に蓋をしている。

「またバスを動かせたらそれでいい」とヴァレリーは言った。またサービス向上プログラムで減点されるのは困る。それは乗車記録に一生残り、不公平だと文句を言えばそれも自分に跳ね返ってきてしまう。

「あら、しまった」と、助手席に乗っていた医療補助員のイヴォンヌは言った。透明なリムの眼鏡をかけた、大きな琥珀色の目をした黒人女性で、ティークより二、三歳年上だろうか。その二人の若者を見て、自分の白髪交じりの頭を意識してしまうことがヴァレリーには意外だった。それに、永遠を目の前にしているというのに自分の髪が気になることも意外だった。

「ごめんなさい。握手するつもりじゃなかったのに」

ヴァレリーは頷き、マスクをしていてよかったと思った。彼女もうっかりしていた。母親を感染させてしまったらと思うと怖かった。母親はペリカンのような笑い顔になっている。右半身が麻痺してしまったのだ。そのせいで意地悪そうに見えないか本人は心配しているが、ティークからは、大丈夫だよ、おばあちゃんは卒中の前から本気で意地悪そうだったよ、と言われていた。母親の目に笑みをもたらすことができるのはティークだけだった。

「もうほんと怖かった」とイヴォンヌは言った。「バスが速度を落としながらどんどん近づいてきて――」

「私のほうが近づいてたって?」

「それから、すべてがただ……止まって――」

三人とも、静かな救急車をまじまじと見つめ、それからバスのほうを見た。バスの乗客たちは、フロントガラスのアーチ形の眉のようなワイパーの奥で大げさに身振りをしていた。動揺しているが、怪我はしていないようだ。

かなり奇妙なことが外界では起きていた。ウィラメット川の流れが止まっている。橋の欄干《らんかん》の向こうに見える川は、氷の彫刻のようだった。橋の架台や深い水の上に光の筋が何本か現れ、消えた。紫色、栗色、ごく薄い緑色。まるで、月がトランプのカードを配っていて、でたらめに色を放っているかのように。

ヴァレリーはバスの運転席に戻った。操車係に連絡を入れた。「一九〇二号車です。バーンサイド橋で事故に遭いました。二つの世界のあいだで身動きが取れなくなったようです。それか、死んだのかも」

どうやら、操車係にはもう彼女の声は届かないようだ。「一九〇二号車はここ、橋の上です。聞こえますか?」

「助けて」とヴァレリーはささやいた。

返事があるとは思っていなかった。意外だったのは、自分の混乱がすぐに恐怖に、そして恐怖がぼんやりした諦めに変わっていくその速さだった。一九号系統は〈時〉のなかで迷子になったのだ。

ヴァレリーは自分が軽やかな人間だとは思っていなかった。扁平足《へんぺいそく》で喘息《ぜんそく》持ちだった。全長一二メートル、重量二〇トンのバスを運転している。だが、思考は体操選手のように跳躍して、最悪のシナリオに達した——もう二人のいる家に帰ることはないかもしれない。

まったく知らなかった恐怖の味を、どうにか飲み込んだ。バスがひょっこりテーブルからすべり落ちて、間違ったポケットに落ちるビリヤードの玉のように時空間の袋小路に入り込む。そんなふうにして人生は終わったりするのだろうか。

乗客たちは必死に携帯電話からショートメッセージを送り、半狂乱の独白を親指で打ち込んでいた。

午後八時四七分に抱えていた心配事の数々が懐かしくなり、ヴァレリーの胸は疼《うず》いた。「やかましい」のと「口汚い」のなら理解できる問題だ。

「静かなるこの夜」と、通じないレシーバーにつぶやいた。

〈パニック〉を飲み込んだ。〈静かな不満の声〉を飲み込んだ。

「みんな降りて！」

ヴァレリーとイヴォンヌは歩いて助けを求めに行くことにした。振り返らなくても、みんながついてきていることがヴァレリーにはわかった。救急車のところに着くと、ヴァレリーは強風のなかを歩いていくような感覚になった。体を折り、これ以上進めないというところまで進んだ。振り返ってみると、乗客の半分は逆方向に進もうともがいていて、濃くなっていく靄のなかで太極拳をしているような足取りになっていた。木々がゆっくりと根を持ち上げ、また地面に下ろしているようだった。

「盛り上がってるね、ママ！」とティークは言うだろう。また会うことができたなら。

叫び声を上げ、ヴァレリーは目には見えない壁に走り寄ると、拳を振り回して宙を殴った。救急車を越えて三メートルほど進んだ。両脚は押し潰《つぶ》してくるような圧力に耐え、両腕は体の脇にぴたりとつけていた。

「事故っていうのは違うんじゃないかな?」ダニーは少し言い訳がましく訊ねていた。「何も起きてないし――」と言って、救急車のほうを身振りで示した。ボンネットは潰れていない。フロントガラスが粉々になってもいない。エアバッグが膨らんでいるわけでも、シートに血が飛び散っているわけでもない。

「何言ってんの？〈時〉が止まったんだよ！」とヴァレリーは言った。

名札に「バーティー」とある常連客のウンベルトは、古風な腕時計を着けていた。ウンベルトが彼女に見せた腕時計は、分針が止まってしまい、小さな歯車が固まっていた。「偽物なんだ」と、恥ずかしそうだが興奮した口調でウンベルトは言った。「その、時刻は正確だけど、本物の金じゃない」腕時計を腹立たしそうに振ると、叫び声を上げて欄干の向こうに放り投げた。二五メートル近い落下。腕時計はすっぽりと夜に飲み込まれた。水面に達することはあるのだろうか、とヴァレリーは自問した。

「おい、気をつけて！　一・八メートル間隔！」

「そうだった。ごめん」夜中が近くなっても、人の顔が赤らむのが聞いていてわかった。

被害妄想を抱えるベンは、妙に快活な様子だった。「ほら、ちょっとだけどスパイシーチキンを持ってるんだ。だからみんな飢え死にはしないよ」ベンはバケツ容器の蓋を外し、差し出して回った。何も入っていなかった。

ヒマワリ色のヒジャブをかぶった若い母親が泣き出した。「私たちは死んだ。もう死んでしまった」

分娩看護師のファティマだった。最終バスクラブのメンバーになってからもう三年になる。病院で夜勤をしていた。息子は暗い川を渡った先のモンタヴィラ地区で祖母に抱かれ、お迎えを待っていた。

「ああ、赤ちゃんのところに行かないと――」

「みんな行きたいところがあるんだ。あんただけじゃない」

「みんなってわけじゃないよ」とベンは穏やかに言った。

ヴァレリーはその言葉をファティマのために言い換えた。

「そのとおり。あんただけじゃない。私の息子も待ってる」

すると、みんなが溜め息をついて、体から幽霊が抜け出るままにした。美しき幽霊が、橋のどちらかの端から呼びかけてくる。

「フィアンセが妊娠中なんだ……」

「病気の弟が……」

「カイマンのジュヌヴィエーヴに餌をあげなきゃ……」

ダニーが咳払いをした。「張り合ってもしょうがないのはわかってる。ここのみんなに勝とうとか、そういうんじゃない。でも、僕らは風呂で発作を起こした女の人を助けるために出動したんだ……」

ヴァレリーの乗客たちには受けが悪かった。「おや、俺たちを道路から追い出す前にそれを考えるべきだったな！」

「若いの、車線をよく見ろよ」

「できれば、次回は私たちの車線はやめてもらいたいかも」

「そんなに運転がうまいならさ」ダニーは我慢できなくなった。「みんなどうしてバスに乗ってるんだよ？」

実のところ、そういった応酬を耳にするのはいい気分だった。それはヴァレリーがよく知る歌、がっかりした乗客が奏でるバラードだった。彼女のバスは幾度となく故障した。ヴェスヴィオ山のような七月には、フラヴェル通りでタイヤが二つパンクした。パイオニア・スクエアの向かいにある通りでは電気系統の問題が発生した。大丈夫だよ、目的地に着くまであと一時間待っても平気だから、とは誰も言ってくれない。

今回は前例のない危機ではある。だがようやく、なじみの感覚になれた。ヴァレリーは宣言した。誰も助けには来ない。自分たち九人で解決策をひねり出さないといけない。

すると、最終バスクラブの雰囲気が変わった。誰もが力になりたがり、その思いが打ち寄せて、百ものささやかな行動となって飛び散った。ウンベルトはボンネットのなかを覗き込む。青い髪の女の子は後部タイヤのあいだに潜り込んで手がかりを探る。イヴォンヌとダニーは救急車の時計を再開させようとする。そうした小さな努力がやがて増大していって、その瞬間にふたたび重みをかけたことで、宇宙の泥から身を引き剝《は》がせたのだろうか？　それとも、ファティマの分娩計画のおかげだろうか？

「聞いて。どうして今まで思いつかなかったのかはわからないけど。私たちは八時四八分と八時四九分の谷間で動けなくなってる。出産の最中にもそういうことはある。恐怖ですべてが止まってしまう」

バスは欄干に叩きつけられるのを辛抱強く待っているかのようだった。

逆子をもとに戻すやり方を、ファティマは説明した。そのテクニックをみんなで一九号系統に試してみようと言った。「ダニー、バスの後ろに立って。ウンベルト、そんなふうに首を曲げてはだめ。こっちに立ってもらって……」

安全にやらなきゃだめだ、とファティマはこだわった。九人はしっかり間隔を空けてバスの前後に陣取った。大事なのは歌うことだとファティマは言った。出産を早める昔ながらの秘訣なのだ。「そうすると口と喉《のど》が開くし……すべてが開くから」彼女は指で宙にSの字を描き、自分の唇を、そして星空を指した。「何かが詰まってる。なぜこうなったのかはわからない。でも、いったん止まってしまった出産を再開する方法ならわかる」

ほかに何ができるだろう。最終バスクラブはファティマの指示に従った。声を合わせて歌った。二回浅く息を吸って、一回でお腹から吐く。九人で言葉のない動物の歌を歌っていると、ぴりぴりした不安定な空気にかかる圧力が高まっていくのがわかった。橋はほんのわずかに震え始め、さらに歌うと呻《うめ》き始めた。九人の肺と腕は燃えるようだが、バスはまだ動こうとはしない。ダニー、ウンベルト、ベン、マーラ、イヴォンヌ、ヴァレリー、ファティマ、そして二人のジュリエットは一体となって息を吐き出し、バスに向かってうねった。ファティマは微笑んで指差した。ほとんど見えないほどわずかに、タイヤが回り始めている。

いきんで！　いきんで！

火花の雨。オレンジ色の小さな火が紺色のタイヤの溝をぎざぎざに走る。

ファティマはダニーとイヴォンヌのほうを向いた。

「二人は救急車に戻ったら？」

「死にたくないよ！」ダニーは金切り声を上げた。

「車のギアをバックに入れればいい」ファティマは穏やかに言った。

ファティマとイヴォンヌは視線を交わした。「長い夜ね」とイヴォンヌは口だけ動かした。

あとになれば、議論を戦わせる時間はたっぷりあるだろう。何人かは、〈時〉がひとりでに雪解けして動き出したのだと主張する。自分たちの行動はまったく関係なかったのだ、と。ほかの人たちは、一致団結して体を張った努力が自分たちを救ったのだと確信していた。とはいえ、どの努力が実を結んだのだろう。歌ったことなのか、いきんだことなのか。

「みんな席に戻って！　さっきまで座ってたところに！」そう言い出したのは、蘭好きのマーラだった。蕾《つぼみ》のなかで花弁や萼片《がくへん》がみっちりと左右対称に並んでいる状態を「花芽」という。土から押してくる花のエネルギーを伝えるのだ。最終バスクラブは、遠足でダンテ風のパーキングエリアにいる生徒のように、バスの後ろで声を合わせて歌った。ヴァレリーは頭をのけ反《ぞ》らせて吠えた。ついに、マスターキーがエンジンの轟音を蘇らせた。

すると、タイヤが鋭い音を立てて回り、腹がでんぐり返るほど加速する。霧は晴れ、流れている水をあらわにした。一羽のタカが空を横切る。星がひとつ落ちる。救急車はバックして、次の緊急事態に向けて走り去った。新たにいくつも生まれた影が、川の上で形になった。その影のひとつが少しけだるげに泳ぎ、一九号系統の後を追った。バスの車内では、ティーンエイジャーの恋人たちがすっかり盛り上がり、ひどく音程を外しながらまだ歌っている。橋の下をくぐる魚たちが、川面に平らに映るバスの車体を横切っていく。

セロファンのように光を放つ月の下で、ヴァレリーはバーンサイド通りを飛ばしていった。時計の針はカチリと八時四九分にさしかかる。前兆は一日の、一生の織り目に隠れ、思い出してもらうのを待っている。ヴァレリーはあの小さな自転車を思い出した。どこかで女の子が一人眠っていて、その体を赤い血が巡っているが、それは道路の近くではない。

まるで、麻痺していた片足に感覚が戻ってきているかのようだった。

運転していると、さまざまな瞬間が万華鏡のようにヴァレリーの体を駆け抜ける。痛々しく、鋭く――床に倒れている母親、ティークの誕生という幸せ、火傷するほど熱いコーヒーに涙が出るほど笑っているフレディー、燻《くすぶ》るゴムの匂い、電気回路のように巻かれていく彼女の歳月。今、街の本物の明かりが見える。分譲マンションの後光がかったロビー、港に入った骸骨のようなボート、川のまわりを蝶《ちょう》の翅《はね》のように囲むテント村や空っぽのホテル。自分たちが去った世界に、そのまま戻ったのだ。体を震わせ、雨に濡れ、みずみずしく、ふらふらになって、生きて戻ってきた。

橋を渡り終えたら、みんなはその先も連絡を取り合うだろうか。お互いにクリスマスカードを送るだろうか。ショートメッセージのグループを作るだろうか。それはおそらくないだろう。すでに、ヴァレリーは乗客たちがまた分断されていくのがわかった。時給と月給。南東と北西。仕事と家と目的がある人たちと、ベンのような人たち。川を渡ったとたんに忘れてしまう人もいれば、一生取り憑かれる人もいるだろう。それでも、全員でひとつの悪夢を分かち合った。奇跡の脱出を分かち合ったのだ。ヴァレリーはブレーキをかけ、信号で止まった。明日にはバス路線の途中で、ゲートウェイからマウント・スコットに向かう果てしない回転木馬のような乗車をするベンに会うだろう。二人でその話をするかもしれない。お互いマスク越しに。信号が青に変わる。そうすることはないだろう、とヴァレリーはもう思い始めていた。

IF WISHES WAS HORSES
BY DAVID MITCHELL

願い事がすべて叶うなら

デイヴィッド・ミッチェル

中川千帆訳

「オーシャンヴューはないのかよ？　一週間で九百ポンドもするくせに？　トリップアドバイザーに書きこんでやるぞ」

彼女は鼻を鳴らす。「ポジティブに考えれば、陛下、ペントハウスは一人占めですよ。ジャクージ、サウナ、ミニバーもね」彼女がコードを打ち込み、カードをスワイプすると、LEDライトが緑色に変わった。「自分の家だと思ってくつろいで」錠《かぎ》がガチャンと動き、ドアが開いた。何のへんてつもない八×十四フィートの居室。便器。デスク。椅子。ロッカー。汚ない窓。最高とは言えない。最低でもない。

ドアが背後で閉まる。すると二段ベッドと、上段に誰かが寝ているのが目に入る。アラブ人か、インド人か、アジア人か、何か。俺が奴を見てうれしくないように、奴も俺を見てうれしくなさそうだ。俺はドアを叩く。「オイ、看守！　この房には先客がいるぜ！」

反応なし。

「看守！」

バカ女はもう行ってしまった。

今日の見通し――垂れこめた雲、一日中。

自分のベッドの上にバッグを投げる。「最高だな」アジア野郎を見る。奴はロットワイラーみたいに黒光りはしていないが、何事にも例外はある。ムスリムだろう。「ワンズワースから来たとこだ」俺は言う。「隔離されるはずなんだ。一部屋に一人で。相部屋の奴がウイルス持ちだったからさ」

「私はテスト結果が陽性だった」アジア野郎が言う。「ベルマーシュからだ」

ベルマーシュはカテゴリーＡ《最重警備》の刑務所だ。テロか、と俺は考える。

「いいや」アジア野郎は言う。「ＩＳＩＳシンパではない。いいや、メッカに向かって祈ったりはしない。いいや、四人の妻と十人の子供がいたりはしない」

奴の言うことを考えていなかったとはいえない。「お前は病気には見えねえぞ」

「無症状だ」奴は認める。それがどういうことか俺にはさだかではない。「抗体があるから、病気にはならないが、ウイルスを持っているから、他の人に感染《うつ》すかもしれない。あなたはここに入れられるべきではなかった」

ほらな。おなじみの法務省のヘマだ。緊急ボタンがあったので、俺は「呼出」ボタンを押す。

「ここの看守は回線を切っていると聞いた」アジア野郎は言う。「平穏のためなら彼らはなんでもするのだ」

納得だ。「まあ、時すでに遅しだろうな。ウイルスってことからすれば」

奴は手巻たばこに火をつける。「そうかもしれない」

「お誕生日おめでとう、くそったれ俺様ってわけだ」

水がゴボゴボとパイプを流れ落ちる。

「今日が誕生日なのか?」と奴は訊く。

「ただの表現さ」


二日目。ワンズワースで同室だったポゴ・ホギンズは、ハリアー攻撃機みたいないびきをかいた。アジア野郎のザムは静かに寝てくれたから、俺の目覚めは悪くない。床に接した小窓が開いて朝食のトレイが差し込まれるときには、俺はひざまずいて係の注意を惹《ひ》く準備をしている。「オイ、看守」

これ以上ないくらいうんざりした声。「なんだ?」

「まず最初に言っときたいのは、ここには俺たち二人が入れられてるってことだ」

ナイキのスニーカー、脛《すね》、そして台車の車輪が見える。「プリントによると違うぞ」声からすると、デカい黒人ジジイだ。

ザムも開いた小窓までやってくる。「そのプリントは間違っている、聞こえるだろう。私たちは一人ずつ、一つずつの部屋に隔離されることになっているはずだ」

デカい黒人ジジイは窓を足で閉める。足がそこにある間に、俺はもう一つ朝食のボックスを頼む。

「はいはい、残念でした」小窓がぴしゃっと閉められる。

「あなたが食べろ」ザムが言う。「私は腹が減っていない」

ボックスには豚の絵が描いてあって、ふきだしにはこう書いてある――二本のジューシーなポークソーセージ！「なに、お前は豚が食えねえからか？」

「私はほとんど食べない。私のスーパーパワーの一つだ」

そこで俺はソーセージを一本がつがつと食らう。ジューシーでもなければ、ポークでもない。ザムにクラッカーと賞味期限切れのヨーグルトをやる。ザムはまたいらないと言う。二度言われる必要はない。

今日の見通し――曇、ときどき晴れ間。

テレビはボロいガラクタだが、今日は少しだけチャンネル5を見せてくれる。「リッキー・ピケットショー」だ。再放送に違いない。みんなスタジオにぎっしり詰めこまれて、お互いのバイキンを吸いこみあっている。今日のショーのタイトルは、「ママがわたしのボーイフレンドを取っちゃった」だった。カイリーのおなかにジェマがいたころ、「リッキー・ピケット」を一緒に見たもんだった。怒り狂ってののしりあい、つかみあっている哀れでみじめな奴らを見て面白がったもんだ。今は違う。もっとも哀れで、貧乏で、情けない奴だって、俺より幸せだ。奴らはそれさえ知らない。

三日目。調子が悪い。たちの悪い咳《せき》が出る。デカい黒人ジジイに医者を呼んでくれと言った。リストには載せておくと言ったが、それでも朝食は一つ、昼食も一つの箱しかくれなかった。ザムは俺に食えと言った。精力をつけておかなければならないと言う。部屋から一度も出ていない。運動場にも行けない。シャワーもなし。隔離なんてちょろいと思っていたが、独房と同じくらいつらい。テレビは三十分ITVニュースを見せてくれた。〈精出し野郎《スパッファー》〉のジョンソン首相が「気をつけろ！」という。〈とても安定した天才〉のトランプ大統領が「漂白剤を飲め！」という。アメリカの半分は彼が神から与えられた賜物だとまだ信じている。あきれた国だ。スターたちがどんなふうにロックダウンを過ごしているかについての映像が流れた。笑うべきか泣くべきかわからなかった。そしてテレビがイカれた。何回か腕立て伏せをしたが、また咳が出てきた。俺に必要なのは空気だけじゃない。デカい黒人ジジイにヤクを手配してもらおう。ダブルバブル《コカイン》を後払いでってことにしよう、仕方ない。昼食は粉を溶かしたオックス《雄牛》テールスープだった。どっちかというと、フォックス《狐》テールだ。飲み干して、シンクの端っこにネズミがいるのを見つけた。大きな茶色いヤロウだ。爪先をかじり取られるかもしれない。「ネズミ氏を見たか？　まるでここの主みたいな顔をしやがって」

「ここの主なんだ」ザムが言う。「いろいろな意味において」

　ネズミに向けてスニーカーを投げた。外れ。

　俺が立ち上がると、やっとネズミ氏はトイレの下の穴に走って消えていった。『デイリー・メール』紙のページを何枚か詰めて、穴をふさいだ。

　この騒ぎでエネルギーを使い果たした。

　目を閉じると、すべり落ちるように体を横たえた。

　今日の見通し――曇、のち雨。

　ジェマのことを考えた。カイリーが最後にワンズワースに連れてきてくれたときのことを。五歳だった。今は七歳だ。外では、ときは早くそして遅く流れる。内では、ときはゆっくり流れる。死にそうなくらい。俺からの誕生日プレゼントだと言ってカイリーが買い与えた、新しい「マイリトルポニー」をジェマはワンズワースに持ってきていた。実は、一ポンドストアで買った、にせものの「マイリトルポニー」だったが、ジェマは気にしていなかった。ブルーベリー・ダッシュという名前をつけていた。ふだんは良いポニーだが、悪い子のときもある、お風呂でおしっこしたんだよ、と言っていた。

「最近の子供用のおもちゃときたら、驚きだね」ザムが言った。

四日目。ヤブ医者が言った。「ウィルコックスさん、医師のウォングです」

マスクの上から中国人の目が見えた。のどが痛かったが、ジョークを言わずにはいられない名前だった。「ウォング《ロング》じゃなくてライト先生の方がよかったな」

「そう言われるたびに十ポンドもらえてたら、今頃ケイマン諸島の豪邸に住んでるでしょうね」まあいい奴のようだ。耳に入れるヤツで俺の体温を測った。脈を取った。鼻の穴を綿棒でこすった。

「テストはまだお粗末な信頼性に欠けるものですが、あなたはかかってるといっていいでしょう」

「ってことは、きれいな看護師でいっぱいの病院行きってこと?」

「きれいな看護師の半分は病欠ですし、病院は満員です。予備病棟もです。ただ体調が悪いということなら、ここで耐えてやり過ごした方がいいでしょうね。信じてください」

見通し――今日一日はどうなることか不明。

耳がおかしかった。ザムがイースト・ロンドンのコーヴィッド特別病院について何か尋ねたが、その声は遠くに聞こえた。

「そこには四人は入れません」ウォング先生が言った。

くそったれめが。「俺が自分の人工呼吸器を盗んで、イーベイで売り払うとでも心配してんのか?　それとも女王陛下のお慈悲にあずかっている俺たちは、他の奴らと同じように生きる価値はねえってか？」

ウォング先生は肩をすくめた。答えはお互いわかっていた。パラセタモール六錠とベントリン六錠、そしてコデインの小さなボトルを一つくれる。

ザムは俺がちゃんと指示に従うよう見ておくと言った。

「幸運を祈ります」ウォング先生が言った。「またすぐ来ます」

そしてまた俺とザムの二人きりになった。

水がゴボゴボとパイプを流れ落ちる。

気をつけろ。漂白剤を飲め。


六本の太いソーセージがフライパンの中でじゅうじゅういっている。カイリーにクレイジーな刑務所の悪夢について語っている。ラバーティのフラットのこと、刑務所のこと、ザム、カイリーとジェマとスティーブンのこと。ああ、すごくリアルだったんだ。カイリーが笑った。「かわいそうなルーキー……私、スティーブンなんて知らないわよ」それから俺はジェマをギルバーツ・エンドにある学校まで歩いて送っていく。明るい緑、みずみずしい緑。日光が顔に感じられる。『レッド・デッド・リデンプション』みたいに馬が端を横切って走っている。ジェマに、俺も昔、セント・ゲイブリエルの学校に通っていたと話す。ここ、ブラック・スワン・グリーンに住んでたロスおじさんとドーンおばさんのところにいた年のことだ。今でもまだプラットリー先生が校長先生だ。ちっとも年を取っていない。俺が招待を受け入れて、やって来たことに礼を言っている。俺は自分が通った中で、セント・ゲイブリエルだけが、いじめるか、いじめられるかじゃなかった唯一の学校だったと彼に言う。次には、俺は昔の教室の中にいる。そこにいるのは、俺のいとこ、ロビーとエムだ。それにジョーイ・ドリンクウォーター。サクラ・イューもいる。「新型コロナウイルスが世界を変えてから、三十年が経ちました」プラットリー先生が言う。「でもルークはまるでそれが昨日のことだったかのように覚えているんです。そうですよね、ルーク?」みんなの目が俺に集まる。コロナウイルスはもう歴史の授業の内容ってことか。俺は五十五歳ってことか。外ではあっというまにときが過ぎる。そして俺は彼を見る。教室の後ろに。腕を組んでいる。彼は彼だ、俺は俺。名前で呼びあう仲じゃない、俺と彼。首の銃創が、デイヴィッド・アッテンボローの番組に出てくる深海生物の弁膜みたいにパカパカ開いたり閉じたりしている。俺は彼の顔を自分の顔よりよく知っている。凍りついた顔。わかったような顔。悲しそうな顔。静かな顔。ラバーティのソファの上で血を流して死んでいったときの顔だ。のどの半分はなくなっている。それは奴の銃だったんだ。俺らはそれを取り合った。バン。起こらなかったらよかったのにと本気で思う。でも、願い事がすべて叶うなら、貧乏人なんていない。目を覚ます。体調がめちゃくちゃ悪い。最悪な気分だ。仮釈放審理委員会が俺の書類を見るだけでも、三年もかかった。隔離五日目。嵐が近づいている。雷。なんで目を覚まさなきゃいけないんだ? なんでだ? 毎日、毎日、毎日。もうやってられない。もうやってなんかいられない。

六日目。考える。大風。雷が突き刺すように光る。俺の体は死体袋だ。その中には、痛みと、熱い小石と、俺が入っている。三歩足を運んで便器に到着する。これ以上動けない。痛い。息をすると痛い。息をしなくても痛い。何もかもが痛い。夜だ、昼間じゃない。七日目の夜。八日目の夜か？　ザムは俺が脱水状態だと言う。奴は俺に水を飲ませる。ザムは俺が寝ているあいだにトイレを使ってるに違いない。如才ない奴だ。ポゴ・ホギンズは朝も昼も夜もくそをした。ネズミ氏は俺より前に朝食の箱にありついた。内側まで食い破って、ソーセージを盗みやがった。腹は減っていないが、それでも、だ。ここで死んでしまうと、パンデミックが終わるまで誰も気づいてくれないかもしれない。ネズミ氏は気がつく。ネズミ氏と腹を空かせた仲間は。もし俺がここで死んだら、ジェマは俺のなにを覚えているだろう？　刑務所のパジャマを着たやせたスキンヘッドの頭蓋骨《ずがいこつ》が、彼女の描いたマミー、ダディー、ジェマとブルーベリー・ダッシュの絵を見て、おいおい泣いているところ。数年すれば、思い出も色あせる。俺はただの名前になる。いつか削除される、電話の中の顔になる。一家の恥。一族の厄介者。ドラッグと殺人。すばらしい。ジェマの未来の家族の絵には、彼女、母親、スティーブン、そして弟が描かれるだろう。「異父」弟じゃない。ただの「弟」だ。そして知ってるか？

「なにを？」ザムが俺のコデインを出してくれる。「飲め」

俺は呑んだ。「ジェマは俺のことなんて忘れたほうがいいんだ」

「どうしてそう思うのだ？」

「誰に食わしてもらってる？　服を買ってもらってる？　冬に凍えないようにしてもらってる？　マイリトルポニーの魔法の城を買ってもらってる？　模範市民のスティーブンだ。プロジェクトマネージャーのスティーブンだ。ビジネス学を学んだスティーブンだ」

「そうなのか？　ルークは自分憐憫学を学んだのだな」

「腕をあげられたら、一発お見舞いしてやるのに」

「お見舞いされたことにしよう。でもジェマの意見はどうなる？」

「次にあの子が俺に会うときには、俺は三十を過ぎてる」

「年寄りだな」ザムはそれより年上だ。奴の年齢はわからない。

「もし運がよけりゃ、アマゾンの奴隷鉱山で働いてるだろうよ。もっとありそうなのは、テスコの外で物乞いして、やがてここに戻ってくるってパターンだ。ジェマが――どんな娘でも――俺を見て『あの人がわたしのパパ』って言いたがると思うか？　スティーブンには勝てっこねえだろ？」

「勝たなくていい。ルークであることに専念しろ」

「ルークはヤク中のホームレスのみじめな野郎だ」

「ルークはそれだけではないはずだ。ベストのルークになるんだ」

「『Xファクター』のジャッジみたいな口ぶりだな」

「それはいいのか悪いのか、どっちだ？」

「それは簡単だってことだ。ザム、お前はちゃんとした言葉で話せる。銀行口座がある。教育。人間。困ってもひでえことにはならねえ支えがある。外に出れば、お前には選択肢がある。俺が外に出ても、二十八ポンドの出所金と……」目を閉じた。ラバーティのフラットが目に浮かぶ。これからもずっと死んだままの男が見える。死んだ。俺のせいで。

「自分の過去の行動によって、今の自分がどんな人間なのかは決まらないのだ、ルーク」

俺の頭はハルクと一緒にケージの中に押し込められたフェザー級ボクサーだった。奴はただ殴り続ける。「お前はなにものなんだ、ザム？　司祭か？」

これまで奴が笑ったのを聞いたことはなかった。

「おはよう、ウィルコックスさん」中国人の目。マスク。熱が下がっていた。「ライト先生」

「ケイマン諸島がまた近づきました。大丈夫ですか？」

今日の見通し――ところどころ明るい陽射し、雨はなし。「まだ死んでねえ。気分はいい。看護師ザムのおかげでね」

「よかったです。サムとは誰ですか？」

「ザムだ。点々つきの」俺は二段ベッドの上の段を指さす。

「それは……神様のことですか？　それとも刑務所長のことですか？」

俺は戸惑っていた。彼も戸惑っていた。「いや、ザムだ。俺の同居人だ」

「同居人？　ここに？　隔離中に？」

「ショックで愕然《がくぜん》ってのはちょっと遅すぎるだろうよ、先生。前に会っただろ。アジア野郎さ」俺は上に向かって呼ぶ。「ザム！　姿を見せろよ」

ザムは無言のままだ。ウォング先生は途方に暮れているようだ。「隔離棟の一つの部屋に二人を入れることは許してはないはずですが」

「残念ながら許してたってことさ、先生」

「ここにもう一人いたら、気づいていましたよ。隠れる場所がいっぱいあるわけではないですからね」

水がゴボゴボとパイプを流れ落ちる。

ザムに呼びかける。「ザム、先生に言ってやれよ」

俺の房仲間は答えない。寝ているのか？　かついでいるのか？

ウォング先生は心配そうだ。「ルーク、こちらから渡したのではない娯楽用のドラッグを呑んだりしていませんか？　看守には言いません。でも医者として、知っておく必要があります」

「面白くないぜ、ザム……」そこで俺は身を起こし、立ち上がって、ザムの空っぽのベッドにシーツも何もないのを見る。

SYSTEMS BY CHARLES YU

システムたち

チャールズ・ユウ

円城塔訳

それらは互いを必要とする。互いにまとわりつくのを好む。互いに触れあうのを好む。

それらは何かを求めている：
ハリー　めーがん
はりい　めがん　カナダ
新年の抱負
新年の抱負　いつまで

それらは、家族といるのを好む。それらは、新顔の個体たちといるのを好む。それらは、狭い空間で活動する。それぞれの箱に入り込み、その分の空気を押しだす。箱の中で眠る。互いを必要とする。互いに触れあう。それらは、世界を巡り、移動していく。世界中のいたるところに。我らもまた。

それらは何かを求めている：
ハリー　ウィリアム
めーがん　けいと
メーガン　ケイト　確執
NFC《ナショナル・フットボール・カンファレンス》　プレーオフ　予想

それらは自問している：
おびえるべきか。
どのくらい、おびえるべきか。

それらは自問している：「コロナウイルス　とは」「コロナ　ウイルス　とは」「パーティ　面白グッズ」「一般教書演説」「一般教書演説　いつ」「オッズ　スーパーボウル」「ビーンディップ　激辛」「ビーンディップ　辛くない」。それらは、おびえるべきなのかを自問しており、それらはすでにおびえている。

それらは日々のパターンを持つ。週末。夏休みの計画。それらには、ものごとに取り組むやり方がある。それらはそのパターンを停止させる方法を知らない。

それらには弱点がある。それらは互いを必要とする。互いにまとわりついているのを好む。それらはノイズをつくりだす。口を開け、周囲に空気を押し出して、互いにノイズを形づくる。は、は、は、はノイズ。ありがとう、はノイズ。めーがんとはりいのニュース見たかい、はノイズ。

それらはシステムである。システムは圧力を属性とする。育ちゆく圧力。さらなるものをつくりだしていく。どんどんどんどん。

それらは、がらんとした箱に入っていき、中には、もっと小さな、もっともっと小さな箱があり、多くはそうした箱に入り込んでいき、そこに留まり、空気を分けあう。

最初のうちはそれらの動きはランダムに見える。でも動きを追いかけていくと、システムがパターンを持つことは明らかである。太陽光がそれらを小さな箱から外へと誘い、流れが生まれる。抗《あらが》うことのできない流れで、ときに住《す》み処《か》の箱からはるかな遠く、集積地や分配センターへと流れ流れて、大きな箱へと集められる。地を行く流れ。それらには空の旅も可能である。それらは手分けして、作業を分担する。さらにつくりだすための作業を。どんどんどんどん。日がな一日、グループに分かれてみては、また新たなグループをつくる。空気が押される。触れあう。月光の下、それらは自分の箱へと、あるいは別の箱へと流れ戻る。

あたたかくなると、箱ですごす時間は減る。寒くなると、自分の箱をあたためる。それらは、地球と月と太陽の周期に従う。多くの個体は数多の周期を生きる。
それらは何かを求めている：「デート　はじめて　プラン」「人気　バル」「隠れ家　バル」「武漢」「武漢　どこ」「すし　近所」「口説き方　男」「口説き方　女」「デート　はじめて　会話　成功」「デート　二度目　プラン」「イタリア」「ロンバルディア　イタリア」「中国　ウイルス」「トランプ　中国　ウイルス」「コロナウイルス　対　インフルエンザ」「Covid ただの風邪」
それらは何かを求めている：「コロナウイルスはただの風邪　なぜ」「ニュースソース　信頼度」「ファウチ」「ファウチ　資格」「ファウチ　失笑　gif」「ファウチ　イケメン」「ファウチ　既婚」
それらは自らをグループへと分断する。それらは言う：我らは、我らと我らではないものよりなる。それらは事実ではないことも語る。それらは思い込みをまき散らす。どんどんどんどん。
それらは自問している：
コロナウイルス　開発　誰
ＷＨＯ　開発　コロナウイルス
それらは何かを求めている：「知事」「ロックダウン」

それらはパターンを変化させる。

それらは何かを求めている：
「6フィート　どれくらい」

それらは自問している：「Zoom　とは」「Zoom　使い方」「学校　成績」「成績　評価」

それらは何かを求めている。それらはパターンを求める。それらはデータを集める。それらはデータの中にパターンを発見し、それまで予期しなかったことをはじめる：それらはパターンを変化させる。大きな箱への流れは途絶える。集積所はカラになる。流れは消え去る。空を行き交うことは終わる。それらは小さな箱の中で静かにしている。

それらは自問している：「お手ごろ　Chromebook」「Zoom　有料」「子供　退屈」「子供　退屈どうすれば」「先生　ありがとう　週間　五月」「先生ありがとう週間　どうする」「ネギ　成長」「ネギ　成長　速度」「二次方程式　解の公式」「サイン　コサイン　タンジェント」「こどものためできること」「こどものため　できない　どうすれば」「ロックダウン　いつまで」「こども　伝え方」

高齢の個体は箱の中に一人きりで座っている。より小さな箱を見つめている。高齢の個体たちは空気との間に問題を抱えている。

それらはパターンを発見するが、さらなるパターンを必要とする個体もある。
　検索結果表示：コロナウイルス
　もしかして　：コロナウイルス　陰謀

それらは自問している：「髪　切り方」「子供　髪　切り方」「帽子　子供用」

若い個体たちは何かを求める：「宇宙飛行士　インタビュー」「美術館　VR」「学校　再開　いつ」「ザ・シング　vs　ハルク　強さ」「ハルク　vs　ソー　ハンマーなし　強さ」「ハルクとザ・シング　vs　酔っぱらったソー　強さ」「コロナウイルス　現実」「コロナウイルス　子供」「母の日　おすすめ」「母の日　プレゼント」「母の日　プレゼント　作り方　無料」「スパイダーマン全員　vs　ハルク　強さ」。

それらは互いを必要とする。それらは互いがいなければだめだ。

それらは自問している：
「猫　鬱《うつ》」

それらは何かを求めている：
「フードバンク　寄付」「フードバンク　近所」
「パンデミック　とは」「一時解雇　とは」「子供　守る　やり方」「高齢者　守る　やり方」「高齢者　いつから」「年寄り　とは」
　とは
どうやって
アリか
ナシか
数々の数。数が増える。数字が成長していく。
コロナウイルスが発症するまでの時間は？　コロナウイルスにワクチンは効くか？　コロナウイルスを避けるには？　コロナウイルスの発祥地は？　ウイルスは強毒化するか？　メンタルヘルスとは？　鬱を判定するには？　一番安全な持ち帰り料理は？

それらは何かを求めている：
給付停止措置
給付停止措置　意味　失業
職業安定所　電話番号
レキシントン市　機能　再開　いつ
フリント市　再開　機能　いつ

ボーリンググリーン市　機能　再開　いつ

あたたかくなると、それらはまた行動パターンを変える。それらは温度に敏感で、箱の中ですごす時間は減少する。

それらのうちの多数が死ぬ。死んで、空気を押しだすのをやめる。死に、それ以上何かを求めることをやめる。

気候が変わり、また行動パターンが変わる。重なりあう周期の下、小さな箱で静かにすごしてから、それらは動きはじめる。腹をすかせている個体もある。

腹をすかせている個体がある。それらはシステムを再起動する。ゆっくりと、流れが再開される。圧力が生まれる。どんどんどんどん。食事をつくる。食事をとりすぎる個体がある。食事を分けあう個体がある。食事のための列をつくる個体がある。

それらは何かを求めている‥
猫　鬱　治らない
市場　弱気

市場　弱気　とは
給与税減税　とは
戒厳令　とは
指定隔離場所
安全　都市　一番
熱がでたとき。乾いた咳がでたとき。病院にかかるには。
今開いている施設。戒厳令とはなにか。手の消毒液の作り方。マスクの作り方。シャツをマスクに。下着をマスクに。N95とはなにか。熱を下げるには。ひとり暮らし。ひとりきりならどうしたら。

それらはグループ内にまたグループを形成する。グループは見分けにくい。遺伝的なつながり。それらは同じグループに属する仲間を判別するのに、目に見えない印でやりとりする。それらは自身を分断している。それらは言う：我らは我らと、我らではないものよりなる。

それらには弱点がある。

攻撃的な個体がある。混乱している個体がある。忘れっぽい個体がある。パターンを変えられない個体がある。それらはシステムである。空気循環システム。情報システム。思考システム。

呼吸を享受する個体がある。

呼吸のできない個体がある。


状況にかんする不正確な情報を発信する個体がある。

誤情報は速やかにそれらの間に拡散する。

誤情報は口や目を通じて広がっていく。

そうした信号がそれらの混乱を増大させる。


我らを調査する個体もある。

それらの個体は、我らが何者なのかを知っている：生きているとはいえない。目には見えない。情報のようなものだ。

それらの個体は、見えない信号を利用する。

それらの個体は互いに語りあう。それらの個体は空気を押しだす。それらの個体は互いを必要とし、お互いを好む。互いがいなければだめだ。互いのことを考えている。

それらの個体は見えない力を利用する。電磁気。光。それらの個体と我らは似ている。それらの個体はコードよりなる。文字列によるコード。それらの個体は情報を記し、拡散する。

それらの個体は小さな箱の中におり、互いにコード化された信号をやりとりし、その行動を位置づける。それらの個体は個にして多であり、それでもなお個をなしている。それらの個体は粒子を用い、通信手段を保有し、魔法の力を備えている。それらの個体は時空間を超えてやりとりする。

それらの個体には科学がある。

それらの個体は知っている。

人類のゲノムの八%はウイルスに由来する配列よりなる。

それらの個体は我らが決して切り離せない相手であることを知っている。グループはない。彼我の区切りはない。

それらの個体は何かを求めている‥

抗議　どこ
抗議　安全
抗議　方法
それらの個体は理解している‥

共同体が拡大の要因である。

共同体が解決の方法である。


それらは先へ進み続けるだろう。箱の中の箱の中の箱から、太陽光に導かれて外へでる。循環がまたはじまる。それらは互いにメッセージをやりとりするだろう。混乱する個体もいるだろう。食べ物を分けあう個体もでるだろう。それらはどんどんどんどんつくり続けることだろう。死ぬ個体がでるだろう。腹をすかせた個体がでるだろう。ひとりきりになる個体がでるだろう。

システムはやはりシステムだろう。だが、システムを変化させる個体もでるだろう。再構築して。新たなパターンがつくりだされる。それらはまた空を飛びはじめ、集積所に集い、数千個体が集まって空気を互いに押しやり、互いに、は、は、は、や、その他のノイズを見えない信号として利用するだろう。

変わらないものもあるだろう。それらは互いを必要とする。お互いのことを好む。互いがいなければだめなのだ。それらには弱点がある。そして強さが。それらは、こう自問している：ハリーとメーガンは今どうしているんだろう。ハリーとメーガンは一体どうなるんだろう。

THE PERFECT TRAVEL BUDDY
BY PAOLO GIORDANO

完璧な旅のおとも

パオロ・ジョルダーノ

飯田亮介訳

禁欲はミケーレの到来とともにはじまった。

ミケーレは僕の妻の息子だ。四年前から彼と僕らは別々の家に暮らすようになった。彼がミラノの大学に通いだし、僕とマヴィが、ふたり用の、前より小さな家に引っ越した時から。

北部の状況が相当に悪化した時、ミケーレから僕に電話があった。彼は言った。今夜、そっちに行くよ。

えっ、どうして？

ミラノは危ないからさ。

でも列車は満員だろうし、チケットもかなり高いと思うよ。

列車だって危ないさ。ブラブラカーで行く。

僕は反対した。たとえ汚染された列車であっても、カーシェアリングで赤の他人の運転する車に六時間乗るよりは安全に思えたからだ。

異議は認められなかった。評価の高い運転手なんだ。ミケーレはそう言うのだった。

彼を迎えにいく数時間前、僕はマヴィの隣に横になり、彼女に告げた。僕、三人暮らしなんて、やり方を忘れちゃったよ。

残念だけど、わたしは覚えてるわ。電気消してくれない？

でも僕は気が立ってしまって、彼女を寝かせてやらなかった。それで愛を交わしたのだけれど、すぐに終わってしまった。家の空気の密度がどこかいつもと違っていて、何かに体を押されているような感じだった。

たぶん緊張しているんだと思う、バスルームから戻ると僕は言った。

マヴィは眠ってしまったようだった。

うん、これは緊張のせいだな、僕はまた言った。ウイルスの流行とか、その他もろもろのせいだよ。

彼女の手が慰めるように僕の前腕に触れた。その手をしばらくそのままにしておいてから、服を着て、僕は出かけた。

僕はミケーレを約束の場所で待った。ローマの環状線のずっと外側の、わびしい広場だ。アスファルトのあちこちのひびから雑草が生えていて、バールがひとつあった。店の客はみんな、どう猛な目つきでこちらを見ていた。僕がもう三十分以上も車のなかでじっとしていたからなのかもしれない。夜の三時だったし。

昔、よくこんな風に待ったな。僕は思い出した。ミケーレが九歳、十歳、十一歳のころの話だ。あのころマヴィと元夫も人質交換のたびに、必ずそうした殺風景な場所を選んだ。大型スーパーの駐車場とか、どこかの十字路とか。僕はひとり、そこにいないふりをしながら、車のなかで待っていた。それからマヴィとミケーレが乗ってきて、家に着くまで三人ともひと言も口をきかなかった。移動中、僕はいつも慎重にBGMを選んだ。悲し過ぎず、陽気過ぎず、なんの感情も湧《わ》き上《あ》がらない音楽。でも本当にうまく選べたためしなんてなかった。

ミケーレがやたらと大きなスーツケースをトランクルームから出すのが見えた。そんなに長く滞在するつもりなんだろうか。運転手の男も降りてきた。小さな犬を腕に抱いた女の子も出てきた。三人はいかにも仲がよさそうに別れを告げた。

そのすぐあと、車のなかでミケーレは、先ほどの女の子に対する憤まんを僕に向かって漏らしていた。あの子のせいでボローニャまであり得ないような遠回りをさせられた、しかも、犬を連れてくるなんて誰も知らされていなかった、というのだった。もしも俺がイヌアレルギーだったらどうするんだよ？

でもミケーレはイヌアレルギーではない。ネコアレルギーなのだ。うちの両親に紹介しようと実家に連れていった時、ミケーレはうちの戸口で動かなくなり、猫の毛のせいで喘息《ぜんそく》の発作が出ると言って、なかに入ることを拒否した。

怒りをぶちまけてしまうと、彼はしばらく黙った。そして窓から暗い夜の町を眺め続けた。

やっぱり連中、出歩かなくなったじゃないか。やがて彼は言った。

連中って？

中国人さ。

九歳、十歳、十一歳のころ、ミケーレはイケアのナイフとフォークとスプーンを使うことを拒否した。中国製だから、というのが理由だった。どう頑張っても、イケア＝中国という関連付けを忘れさせることはできなかった。僕らもついには観念した。いや、マヴィが観念したのだ。彼女は息子のために専用のカトラリーセットを用意した。MADE IN ITALYの刻印があるやつを。

出歩くには遅い時間だからかもしれないよ、と僕は言った。

しかしミケーレは納得しなかった。連中のこと、俺の言ったとおりだったろう？ 認めろよな。

僕は認めなかった。彼が車のなかのどこに触っているか、僕は横目で監視していた。つまるところ彼はミラノから来たのだから。ミラノと言えば、感染者多発エリアの中心地だ。

とうとう我慢できなくなって僕は訊《き》いた。手は消毒したよね？

もちろん。

それから、彼がそこにいることに対するこちらの反感に気づいたか、ミケーレはこう続けた。俺、ブラブラカーで最高評価なんだぜ。乗客としてさ。どうやら旅のおともには、俺って完璧《かんぺき》らしいんだ。

その数日後、イタリアはひとつの巨大なレッドゾーンとなった。異なる州のあいだの移動は一切できなくなり、自宅から二百メートル以内に留まることが義務づけられた。つまりは、今いるところを動くな、という命令だ。ミケーレも含めて。僕らは罠《わな》に落ちた。

スーパーから帰ってきて、僕はマヴィに言った。マスクをしてたら、息が少し臭《にお》うんだよ。

マヴィはめくっていた雑誌をめくるのをやめなかった。

日光不足のせいじゃないかな、僕は何気ない口調で続けた。ビタミンDさ。あり得る話だろう？

ちょうどそこへミケーレがやってきてキッチンを横切った。上半身裸だった。本音としては、何か着ろ、そんな恰好で家のなかをうろつかれてはたまらない、と言いたかったけれど、寝起きのミケーレとは口をきかぬほうがよいので、やめておいた。

ぱっと見、僕より体重がありそうだった。ミケーレの体がやたらと場所を取っているような感じがしてならなかった。そして思い出した。まったく同じことをずっと前にも考えたことがあった。彼の体重が今の三分の一ほどしかなくて、あらゆるまっとうな子どもが継父《ままちち》を嫌うように、僕のことをはっきりと嫌っていたころの話だ。

バスルームのドアが閉まるやいなや、僕はマヴィに言った。ねえ、見た？　あいつ、僕の靴下を履いてたぞ？

わたしがやったのよ。薄いの持ってなかったから。

でもあれは、僕の大切な靴下なのに。

妻は妙な顔をして僕を見た。大切な靴下？

ちょっとだけどさ。

心配しないで。靴下って洗えるから。

心ならずも僕は動揺してしまった。口臭と靴下のせいだ。どちらの比率が高いかはよくわからなかったけれど。あるいは、ミケーレが来てからというもの、マヴィとまったく触れあわなくなってしまったせいなのかもしれなかった。ふたりの距離を生んだ最大の原因がなんなのかすら、僕にはよくわからなかった。はたしてミケーレなのか、ウイルスの流行なのか、それとも彼が来たあの晩の、大失敗だった最後の愛のアプローチのせいなのか。ともかく夜、ベッドに入り、暗がりに浮かび上がる妻の背中を見つめるたび、僕にはそれが高い山に見えてしまうのだった。よじ登らなくてはならないのに、どうにも高過ぎる山だ。

ある歌手のインタビュー記事を僕はしばしば思い出すようになった。9・11テロの直後に『ローリング・ストーン』誌で読んだ記事だ。彼は自分と恋人の女性が、煙を上げるビルの映像が流れる画面の前でどれだけ激しく愛を交わしたかを語っていた。何時間もぶっ通しでさ、と歌手は言っていた。恐怖への対抗手段としてのセックス。破壊に対抗するための生殖行為。コスミックパワーにエロスにタナトス……。そんな感じの話だった。

ところがマヴィと僕ときたらどうだろう？　じっと動かず、離れ離れじゃないか。外の世界はますます恐ろしいことになっているというのに。


靴下はただのきっかけだった。ミケーレの征服が今後は多方面に展開されるであろうことを僕は知っていたし、事実、ことはそのように進んだ。

我が家に一本しかないイーサネットケーブルを彼はただちに徴発した。安定したネット接続を確保するための必需品だ。大学のオンライン授業のためだよ、というのが彼の言い分だった。その次は僕のヘッドホンの番だった。

イヤホンってあんまり長い時間していると耳に悪いからね、とマヴィは息子の要求を支持した。

我が家唯一のバルコニーはミケーレの度重なる休憩時間の支配地となった。彼は毎日、白い吸い殻を胸壁の上に並べた。僕はそれをゴミ箱に捨てる前に、どうしても数えずにはいられなかった。

風で下の階のバルコニーに落ちたら迷惑だと指摘したら、そんな仮定は馬鹿げていると言い返された。

そしてついに敵は僕の仕事部屋を使わせろと要求してきた。こちらが何か断るための言い訳を思いつくより先に、彼はこう付け加えた。どうせ夜は仕事していないじゃないか。

ロックダウンが始まって最初の金曜日のことだった。僕は口のなかの鶏肉をゆっくりと咀嚼《そしゃく》した。

何に使うんだい？

ハウスパーティーだよ。

ハウスパーティーとはなんなのかさっぱりわからなかったけれど、それは白状しなかった。得意がられてはかなわない。

お宅の部屋は落ちつくからさ。ミケーレはあきらめなかった。

そりゃそうだよ。だからこそ僕の仕事部屋なんだ。

マヴィががっかりした顔でこちらをちらりと見たので、僕は立ち上がり、何を探すでもなく冷蔵庫のドアを開いた。テネンツ・スーパーの小瓶が六本入っていた。パーティーに備えた弾薬か。

ハウスパーティーね……。僕はひとりつぶやいた。

その晩はテレビのボリュームを上げ、ミケーレの高笑いと彼のノートパソコンから流れる音楽をかき消す羽目になった。向こうがハイになればなるほど、こちらは気分が暗くなった。

あいつのパーティーを盗み聞きするなんて倫理的によろしくないだろう？　僕はマヴィに言った。

友だちと気晴らしをしているだけよ。遠く離れて、寂しいのね。

もっと静かにやってほしいよな、本音ではそう言いたかった。

でも僕はこう言った。ディスコの外に停めた車のなかでミケーレを待っていた夜を思い出すよ。

なぜか急に、マヴィとミケーレとともに過ごした歳月がすべて、終わりしれぬ待ち時間だったように思えてきたのだ。ディスコの前か駐車場で待った時間。黙って、身じろぎもせずに寝室で待った時間。彼が成人し、マヴィと僕が普通の夫婦として暮らせるようになるまで待った時間。普通の若いカップルになりたくて、年を取るのを待った時間。どうしてああも正反対にしか機能しなかったのだろう？　そしてどうして、待ちに待った日がついに来たかと思ったら、僕らはスタート地点に戻ってしまったのだろう？　妙に心地いい自己憐憫の波に僕は身をゆだねた。

あの子の迎えなんて、せいぜい四回ぐらいしか行ったことないでしょ？　マヴィは言った。

僕はまたボリュームを上げた。

そんなことないさ。僕はつぶやいた。四回どころか、もっともっと行ったさ。

翌朝、デスクの白い天板を丁寧に調べてみた。ビール瓶の底が残した琥珀色《こはくいろ》の輪がいくつも残っていた。僕は物置から消毒用アルコールと雑巾をわざとものものしく取り出した。マヴィに気づいてもらいたかったから。

またあなたはすぐにそうやって。彼女はため息をついた。仕事部屋はもう使わないように言っておくわ。

ぜんぜん構わないよ。僕は答えた。友だちと気晴らしをしていただけなんだろうし。

それからまた幾週間かが過ぎた。同じような昼と同じような夜ばかりが続く日々だった。僕の仕事部屋ではさらに九回、金曜日のハウスパーティーがあった。マヴィと僕が一度も愛を交わさずに過ごした最長記録は完全に更新された。僕らは試してみようとすらしなかった。そんなことをすれば、きっとふたりは、何もかも逆境のせいだ、なんて言わねばならなくなり、嘘《うそ》をつくことで余計に自分に嫌気《いやけ》が差しただろうから。

七十一日目の夜、僕は彼女の山のような背中を眺めながら、自分が『ローリング・ストーン』誌にインタビューを受ける場面を想像していた。

感染症の流行に君はどう反応した？

じっと動きませんでした。

ロックダウンが終わったら、まず何をしたい？

男性科の診察を受けたいと思います。

時々、ミケーレのバリトンの馬鹿笑いが聞こえた。もうじき彼はミラノに帰り、向こうで新しいフェーズを過ごすことになっていた。ミラノは急に安全になったのだろうか？　そうじゃない、とミケーレはやや申し訳なさそうに僕らに説明した。俺、三人でこんなに長く一緒に暮らすのは、自分にはもう無理だって気づいたんだ。

感染者数は減少を続けていた。近所の商店主たちが店を掃除し、営業再開に備える姿も見かけた。どこもかしこも、日常に戻れそうだという興奮に満ちていた。それなのに僕ときたら、気づけば、ベッドのなかでまた祈っていた。ウイルスが勢いを取り戻しますように、ロックダウンがこのまま終わりませんように、感染症の流行がこの先もまだまだ続いて、ミケーレがミラノに戻りませんように、彼が毎晩眠ることなく、僕のデスクでオンラインパーティーをしますように……。さもないとマヴィと僕は互いに問いかけねばならなくなる。なぜ、こんなことになったのか。なぜ、最後のセックスはあんなに駄目で、あれ以来、二度としなくなってしまったのか。そしてなぜ、僕らはセックスで恐怖に対抗しなかったのか、と。

窓は少し開いているのに、不意に息苦しくなった。シーツをよけて、僕は体を起こした。眠れないの？　マヴィに尋ねられた。彼女の声はベッドのやけに遠い場所から聞こえた。喉《のど》が渇いたんだ。

僕はキッチンに向かった。するとミケーレがいた。ジェラートを箱から直接食べているところだった。僕はコップを手に取り、水を入れ、彼と向きあって座った。

今日はハウスパーティーはやらないの？　僕は訊いた。

もう飽きちゃったんだ。

例のごとく彼は、柔らかくなるまで待てずに、硬いジェラートにスプーンを無理やり突っこんで食べていた。ステンレスの柄が曲がっちゃうぞ、そう言ってやろうかと思った。それに彼がなんのためらいもなくイケアのスプーンを使っていることも指摘してやろうかと思ったけれど、やめておいた。

ひとり、女の子と仲よくなったんだ、と彼は言った。それで、ふたりでプライベートルームに移動してさ。するとその子はそこで……つまり、したがったんだ。でも、俺はその気になれなかったんだよな。

ミケーレは僕を見ずに話した。さもなければこちらの戸惑い顔に気づいていただろう。僕は話の内容そのものにはたいして驚かなかった。そうではなくて、そんな状況でも、つまりロックダウン中でも、ハウスパーティーで女の子と出会い、しかもセックスができるものなのだという可能性に、今の今まで自分がまったく気づかずにいたという事実のほうにショックを受けていた。ところが彼の口から、二十二歳の若者らしい無意識の輝きとともに聞かされると、それは完璧に自然なことに思えた。

いい子だったんだよ。でも俺って、そこまで単純な人間じゃないからさ。ミケーレは言葉を続けた。画面越しってどうも気まずいんだよな。ひとにはそれぞれ好みってものがあるだろう？

僕の答えを待つことなく、彼はジェラートの箱をこちらに押して寄越した。

あとは食べていいよ。塩キャラメル味。俺的に、こいつを超える味はないね。

僕は、クリームと唾《つば》が縞模様《しまもよう》を描くスプーンを数秒間、凝視した。感染リスクは極めて高い。席を立ち、きれいなスプーンを取りにいきたいところだけれど、ミケーレがのほほんとした顔でこちらを見ている。だからスプーンを手に取り、口に運んだ。ひと口、そしてもうひと口。

お宅、いつもそうやって端《はし》からきれいに取っていくよね。彼に癖を指摘された。俺なんてぜんぜん気にしないけどな。とにかくいっぱいあるところにスプーンを突っこんじゃうし。

彼はキッチンを出ていった。僕はジェラートを平らげた。といっても、たいした量は残っちゃいなかった。それからベッドに戻った。

何してたの？　マヴィが尋ねてきた。

別に。ちょっとジェラートを食べただけだよ。

僕は彼女の山のような背中に手を伸ばした。ゆるいキャミソールの下、背骨のあたりに触れてみる。

くすぐったいわ。彼女は言った。

じゃあ、やめようか？
ううん。やめないで。

AN OBLIGING ROBBER BY MIA COUTO

親切な強盗

ミア・コウト

福嶋伸洋訳

ドアを叩く音がする。叩き方は何かを告げる。わたしはあらゆるものから遠く離れて暮らしていて、訪ねてくるのは戦争と飢餓《きが》だけだ。そして今、何ということもない午後の永遠のような時間に、わたしの家のドアを、誰かが足で蹴りつける。わたしは走ってゆく。走り方は何かを告げる。足を引きずり、サンダルが床板をこすって音を立てる。わたしの歳ではそれが精一杯だ。床に目をやって深淵が見えたら、それが老い始めるということだ。

ドアを開ける。顔を覆った男がいる。わたしに気づくと、彼は叫ぶ。

「三メートルだ、三メートル離れろ！」

それが強盗なら、怯えているということだ。その恐怖でわたしも不安になる。怯えている泥棒がいちばん危ない。男はバッグからピストルを抜き出す。わたしに向ける。変てこな武器だ。白いプラスチック製で、緑の光線を発する。そのピストルを顔に向けられて、わたしは従順に目を閉じる。顔に当たるその光線は優しいとさえ感じられる。こんなふうに死ぬとしたら、神様がわたしの願いを叶えてくれたという徴《しるし》だ。

顔を覆った男の声は柔らかく、まなざしは繊細《せんさい》だ。まちがえる余地はない。もっとも残酷な兵士は、天使のような様子で現れる。しかしわたしはかなり前からひとりきりなので、このゲームに加わる他ない。

訪れてきたその男に、ピストルを下ろして、家にたったひとつ残っている椅子に腰掛けるようにとわたしは言う。そのとき初めて、彼が靴をビニール袋で覆っていることに気づいた。目的は明らかだ。足跡を残したくないのだろう。わたしは彼に顔の覆いを下げるように言い、わたしを信用しても大丈夫だと請け合う。男は悲しげに微笑《ほほえ》み、こう囁《ささや》く。近頃では誰を信用することもできない。自分が何を持っているか誰も知らないんだ。謎《なぞ》めいたその言葉の意味が、わたしにはわかる。彼はこう思っているのだ。わたしは貧しい身なりをしているが高価な宝を隠し持っている、と。

見回しても盗めそうなものがないので男は説明し始める。保健所から来た、と。わたしは微笑む。まだ若い強盗だから嘘《うそ》がへただ。あっというまに蔓延《まんえん》する、ある病気について上司たちが心配しているのだと。わたしはその話を信じる振りをする。

六十年前、わたしは天然痘《てんねんとう》で死にかけたことがあった。誰が訪ねてきた？　妻は結核で死んだが、誰が訪ねてきた？　たったひとりの息子をマラリアで失ったが、わたしひとりで埋葬してやった。近所の人たちがエイズで死んだが、誰も気にかけなかった。死んだ妻はこう言っていた。病院のないところを選んで住んでるんだから、わたしたちが悪いのよ。可哀想に彼女は、実際は逆だということを知らなかった。病院が貧民たちから遠いところに建つのだ。あいつらには、病院にはそういう癖がある。責めるつもりはない。わたしだってあいつらに、病院に似ている。わたしを収容して病気を治療するのはわたしなのだから。

嘘つきの強盗は諦めない。ぶっきらぼうにやり口を変えてくる。弁解しようとする。わたしに向けたピストルは体温を測るためのものだという。わたしが健康だと彼は無邪気に微笑んで言う。わたしは安心してため息をつく振りをする。咳があるかと尋ねられる。わたしは卑屈に微笑む。わたしは咳のせいで棺桶《かんおけ》に入りそうになったことがある。二十年前に鉱山から帰ってきたときに。そのときから肋骨《ろっこつ》はほとんど動かなくなり、胸は埃《ほこり》と石だけでできているかのようになった。ふたたび咳をするようになった日には、わたしは天国の聖ペトロの扉を叩いているだろう。

「病気には見えない」とペテン野郎は言う。「しかしあなたは持っているのに無症状なのかもしれない」

「持っている？」とわたしは訊《き》く。「何を持ってるって？　お願いだ、もういちど家を見させてくれ。おれは真面目な男で、ほとんど家から出ないんだ」

訪問者は微笑み、文字を読めるかとわたしに訊く。わたしは肩をすくめる。彼はテーブルの上に、衛生の指針が書かれた文書と、石鹸の入った箱と、「アルコール溶液」とかというものを置く。可哀想に、他の孤独な老人と同じようにわたしも酒浸りで過ごしていると思っているようだ。別れ際に侵入者は言う。

「一週間後にまた来ますよ」

そのとき、訪問者が話していた病気の名前が思い浮かんだ。その病気ならよく知っている。「無関心」というのだ。その疫病に対処するには世界規模の病院が必要だったのだ。

彼の指示に反して、彼の方に歩み出て抱擁《ほうよう》する。その男は力強く抵抗し、わたしの腕から逃れる。車のなかで慌ただしく服を脱ぐ。疫病そのものを脱ぐように、服から逃れる。

わたしは微笑みながら彼に手を振る。苦しみの年月のあとで、わたしはようやく人類と和解する。これほど不器用な強盗は善人でしかありえない。来週、彼がまた来たら寝室にある古いテレビを盗《と》らせてやろう。

SLEEP BY UZODINMA IWEALA

眠り

ウゾディンマ・イウェアラ

くぼたのぞみ訳

目が覚める日？　明日かな、そう、水曜日かも、手に触れるものがそばになくて、裏切られた感じがして、ムカッとくる、どう考えても当然のこと。明日が、今日を昨日にして、ありふれた一日にしてしまう、これから長く記憶される日じゃなくて、この指にずっと印がつくことになる特別な日じゃなくて。たぶん大きくて、明るくて、きらきらして、たぶん繊細《せんさい》で優雅な、でもひょっとしたら印はこの指に、じゃないかも。ただの思いつき、たぶん、安心の。ただの思いつき、幸せの。ただの思いつき、愛の。ただの思いつき、永遠の、記憶されることになる前のあの瞬間のすべて、過ぎてしまった瞬間の、ふたりが分かちあった大切な瞬間のすべて。あの微笑《ほほえ》み、ハグ、キス、交わり、何度も何度も交わったこと。

　明日、やわらかな夏の光のなかでちょっと体を動かして、顔に温《ぬく》もりを感じて、体に温もりを感じて、エアコンの乾いた冷風を感じる。明るく澄んだ光が、空っぽのきみの枕を照らすと縫い目から、くるっと巻いた、きみの髪が、黒くてちいさな芽のように生えているのを見せてくれるだろう。きみは若いうちにハゲちゃうかもね。ストレスだね、いっとくけど、ぜんぶ抜けちゃってもずっときみを愛していく。あたしが死んでしまっても。ここでニヤッとなる——ちがう、声をあげて笑う——それからまだきみの温もりが残っている凹《へこ》みの上に自分の体を広げて、きみがいたところに身をのばすときみになれるかどうか試してみる。うまくいくわけがない。無理無理。シーツなんか好きじゃない——きみのシーツなんか——きみが行ってしまうとあっという間に、めちゃくちゃ冷たくなってしまうシーツなんか。

またひとりになるんだろうな、いっしょなのは自分の思いだけ、憧れだけ、憂鬱《ゆううつ》になる山のような材料と不安だけ。そこではたと考える、そうか、とどのつまり和解とはこういうことかって。またしても元の木阿弥《もくあみ》？ きみは夜明け前に仕事に出かけてしまった、そこにいた痕跡だけ残して——ベッドのかたわらに冷めるばかりの熱を残して、そしてこっちはまたひとりで、人生はもっと良くなるかな、ひょっとしてカップルとして正式に、国が、神が、神々が、認めるようになれば、人生はもっと良くなるかな、と考える。そう、きみとあたしがいっしょになる。そう、なんとか正式に完全になったあたし。でも明日だって、今日みたいに、昨日みたいに、そんな幸運を運んできやしないかもって不安から、ふたりのシーツ——きみのシーツ——なんか絶対に好きにならないって思うんだろうな、だってシーツはグリーンで、きみが病院で着る手術衣みたいで、それで思い出すのはきみにとって仕事は生きることで、生きることは苦しむことや憂鬱になる山のような材料のことだから。

起きあがり、胸に陽の光を感じて、お腹《なか》に陽の光を感じて、きれいに剃った脚と脚のあいだの三角地帯に陽の光を感じよう。すると光のせいで、前の夜に逃してしまったチャンスのことが頭に浮かんでくる、束の間の欲情、焦《じ》れる思い——きみの肉あたしの肉、きみとあたしがいっしょになる。

そう、あたし、一瞬だけ、なんとか正式に完全になる。でも、それはみんな昨日のことになって、明日は今日になってしまうから、ベッドから抜け出してバスルームに向かいながら思うんだろうな、あたしって刹那《せつな》刹那で生きてるって――ひょっとしたらきみがあたしと結婚できないのはそのせいかもって。ひょっとしたら、あたしたち相性が悪すぎるのかも。

きみの部屋全体があたしの刹那の産物で――壁にはあたしの絵、古代アートのモダンなプリント、友人のアーチストたちからもらったオリジナル、家具の上にあたりかまわず放り出されたあたしの服、古い茶色の革張りの安楽椅子にシャツ、ベッドの足元にジーンズ、屑籠《くずかご》のそばにショーツ。こんな刹那の産物がバスルームまでずっと続いて、そこにはあたしが見つけてきた真鍮《しんちゅう》で縁取りした曇《くも》った鏡がある。きみが大嫌いで、あたしが大好きだった鏡、きみが、自分の家なのにいまから七十年前に逆戻りしたニグロの執事の写真をスクラッチしたみたいに感じる鏡。そんな幸運あるわけないか。すごい幸運。きみはあたしたちの歴史が――あたしの歴史が――絶対に好きじゃなかった、だって王様を召使いに、狂人を王様にするから。

その鏡を見てあたしは、きみがそれを変えたいっていうのを聞くの、うんざりって思うんだろうな。鏡をのぞきこんで、自分を見て、まぶたの細かな皺《しわ》が目に入って、目尻近くにうっすらカラスの足跡がついてるのを見て、視線は下へ向かって、へその周りのたるみを過ぎて、毛がないためにすごく敏感になった、脚と脚のあいだの三角地帯の真上の、指が擦《こす》れて赤くなってるところに手のひらを当てて、突きあげる感じを想像して、思うんだろうな――トビー、あたしはもう若くないんだって。ぶつぶつと口のなかでいうんだろうな、この世に永遠なんてないんだって。

鏡を見てあたしは思うんだ、きみがもうすぐそれを変えられるようになるよって。鏡をのぞきこんで、自分の白い顔を、涙が伝っていまは赤らんだ、ひどい顔を見て、皮膚の下で潰れた血管を見て、思うんだろうな――これであたしにもとりあえず色がついたって。それから自分の白い顔を、涙が伝っていまは赤らんだ、ひどい顔を見て、皮膚の下で潰《つぶ》れた血管を見て、思うんだろうな――トビー、きみにとって白人はあたしだけ？

さえない日々、いつも。すてきな日々、ときどき。そして、劇的な瞬間がある。

自分に、かわいそうなおまえ、といってから、そこに素っ裸で立って、胸の前で腕を交差させて、自分を抱きしめて、自分をじっと見ている自分を観察して思うんだろうな――トビー、きみにとって白人はあたしだけ？　あたしはいう、アシュリー、ほらあ。服を着なさいよ。こんなふうじゃやってけないよ。こんなってなに？　とあたしはきく。こんなふうにだよ、自分の感覚を麻痺《まひ》させて、自分の人生をドラマ仕立てにして、とあたしはいう。彼を愛してるなら、出てっちゃダメ、今度こそって出てくなら、彼のことは放っておくこと。付き合う相手はほかにもいるんだから。あたしはベッドの、きみが横になってたところに腰掛けて、もう一人のきみなんて絶対にいないって思うんだろうな。あたし怖いって、一オクターブも調子っぱずれの、聞き取れないほどの声でいうんだろうな。

シャワー浴びて、髪から床にぽたぽたと、ベッドにも、カーペットの上にも雫をたらして、ドレッサーまで行く――きみのお父さんのお母さんがきみのお母さんにくれたマホガニーのドレッサー、いつかきみのお母さんがあたしにくれないかな。ありえないかそんなこと。無理無理。まだきみの温もりが残っている凹みに自分の体を横たえて、きみがいたところにいると、きみといっしょにいたほうがいいって、なんとか分かるかな。そんなのうまくいくわけないか。無理無理。あたしはぶつぶついうんだろうな、ふたりのシーツ――きみのシーツ――なんか絶対に好きじゃなかった。口のなかでぶつぶつと、悪循環を断ち切れっていうんだろうな。ここには歴史がありすぎるって。

それは明日のことで、今夜は、サイレンとヘリコプターと、盛りあがるチャントにも負けないで、しばらくきみはテンポよく息をして、あたしは刹那刹那に息をする。きみがあたしの上に乗る。きみの体があたしの隣にある。あまい匂い、セックスの匂い、そしてすべての感覚――この爪の下のきみの肌、あたしの喉《のど》に巻かれるきみの手。トビー。やめて、あたしはいう、やめて。なんで？ ときみはきく、なんで？

だっていまは、あたしたちのあいだになにかハードなものがあるから。

トビー、本心から答えて、とあたしはいう。トビー、あたしと結婚するって考えたことある？ きみからの沈黙。きみからは無音。きみの熱い息と、あたしたちのあいだのハードなもの。トビー、とあたしはいう。あたしはトビーにきく、きみにとって白人はあたしだけ？ 沈黙。姿勢が変わる。きみは身を引く。

さえない日々のことを考える。すてきな日々のことを考える。劇的な瞬間があることを考える。涙のことを。微笑みのことを。愛とそれが運んでくる人生のことを。でもそれはぜんぶ未来のこと。過去はまったく違ってた――そう思う。

それじゃ、とぼくはいった、きみがそうしたければ。眠ろうか。きみが電話を切って、ぼくも電話を切って、ぼくはまたひとりになったのが分かった。両方の手のひらを頭の下に入れて、きみの体で一度は温まり皺の寄ったシーツのあいだに身を伸ばした。一度はきみのせいでもつれて、しゃくにさわるほどとんでもない場所に置かれたシーツが——固く丸めてぼくのあごの下に置かれたり、ぼくの脚のあいだに押しこまれたりしたシーツが——いまは真っ平らで、活気も精気もない。きみの場所に枕を置いて、それをシーツでくるみ、思いにふけった。きみがいた場所にそれがあるかぎり、それをきみだと夢想することもありだ。しなかったけど、そして陽の光がぼくのまぶたを鮮やかなオレンジ色に温めると、目が覚めて思った。ああ、クソッ！　遅刻だ。やばい。

両足をベッドの端《はし》から勢いよく床に下ろして、本も、靴も、下着も、シャツもペンも踏んでない、なにも潰してないし、なにも蹴散らしてないと確認して、きみにひどい態度をとったことで電話にメッセージが届いてなかったのを見て、もう一度ホッとした。喜ぶべきだったかもしれない、でもこの家に、きみの物がない、それで考えた、きみが眠ってるあいだに、きみの唇から軽くて早い息が漏れてるあいだに、ぼくはきみの前に立ちはだかってたのかって。きみは、神秘的で、魔術的で、ぼくの恋人で、ぼくの人生。どう思ってるんだろ、ぼくは？　きみは本当にぼくの恋人でぼくの人生なの？　だとすれば簡単な答えはないよ、ここには。

ぼくは大急ぎで歯を磨《みが》く、でも、ペッと吐き出したら、白い泡が排水口から流れようとしなかった。蛇口をひねって水を出しても、まだ白い泡が消えなかった。排水口の栓を引っ張ると、その先にきみの髪の毛が束のように引っかかってて、濡れてよじれて、ぼくの一日が前へ進むのを遅らせてた。ブルっと震えて、ぼくは屑籠へまとめて放りこんだ。それから顔を洗って、きみの鏡に映る、自分の不完全な顔を調べて、玄関のドアへ急いだ。

きみが廊下に座っているのを見て、どんなに驚いたか。起こしたくなかった、ときみはいった。ぼくはもう一度きみを見て、ドアに向かって、それから、そこにいるきみのところへ戻った。きみは腕を膝にのっけて、その目に、鼻孔に、唇に、沈黙の哀願を浮かべていた。あの意地悪な薄笑いも。

ぼくのほうへ手を伸ばすきみと、きみのほうへ手を伸ばすぼくを隔てる廊下で、中央の空調からくる緩慢な空気の流れに乗って陽の光が埃《ほこり》の粒子を躍らせていた。きみの白い手にぼくの黒い手、しっかり握りあう手の次は、ハグ。きみの息をこの体に感じて、ぼくは思った――愛着、癒し、欲望、あるいはそのすべて――きみの腹部がぼくの腹部に触れて、ぼくたちがキスすると、きみは前の日とおなじ味がした。ぼくは気にしなかった、できなかった、するときみはフラットのなかへぼくを押し戻した。きみは両手をぼくの顔に当てて、ほおを挟んだ。トビー、あたしはきみがほしい、ときみはいった。ぼくの胸に、腹部に、きみの手が触れて、それからもっと下のほうで止まって、なだめるように愛撫するもんだから、ぼくはきみがこの床で裸になって、ぼくがこの床で裸になって、ぼくたちいっしょに裸になるところを考えた。激しい攻勢にぼくはたじろぎ、まごついた。やめて、アシュリー、やめて、とぼくはきみにいった。なんで？　ときみはぼくにきいたよね、なんでって。

だってふたりのあいだにハードなものが立ちはだかると、きみは決まって姿をくらますから。もう遅刻してるんだよ、仕事に、とぼくはいった。

そう、ときみはいった。トビー。あたし。アシュリー――むかしの、未来のガールフレンド、神秘的で、魔術的で、きみの恋人で、きみの人生、昨夜きみが帰ってきてと頼んだ相手。あたしに会えて嬉しい？

会えて嬉しいかって？　咄嗟《とっさ》に、ぼくはイエスといって、そう信じた。きみに会えて嬉しい――

もちろんイエスさ。きみがいないのにきみのことが詰まったこの家に帰ってくるなんて嫌だ——隣の枕にきみの髪の毛がついてて、ぼくの髪やヘアブラシにも、シンクの周りにきみのデオドラントやローションや香水の匂いが残ってて、どれもこれもラベンダーの香りがするのに。きみに会えて嬉しいかって？　もちろんイエスさ、だって、こんなにいつもいるようになってたきみがいないなんてあんまりだったから。できすぎで——ある時点までぼくが望んでたことそのもので——アホすぎる。

びっくりした。きみがくるとは思わなかったから、とぼくはいった。でもきたよ、ときみはいった。きみが体をぼくに強く押しつけたので、洋服掛け用のクローゼットのドアがカタカタ鳴った。きみは指でぼくの胸をなぞってささやいた、きみを待ってる、家に帰ってくるのを。愛してるよ。

ぼくも愛してるよ、アシュリー、とぼくはいった。

病院では集中できなかったけど、みんなは、ぼくの混乱が時代の要請による、とんでもなく重い責任と複雑さが原因だと考えた。担当医は、カールした茶色い髪から眼鏡に白髪《しらが》の房を垂らして、ぼくの肩に手を置き、あたりに人がいないときに、これが永遠に続くわけじゃないさ、といった。これもまた、いずれ終わる。人間のいるところには希望がある、と彼はいった。彼のことばを信じたかったけど、ぼくは上の空、きみのことを考えてたから。

ぼくが家に帰るときみは真っ暗ななかでベッドの端に腰掛けて、開いた窓からじっと外を見ていた。シャワーを浴びなきゃ、とぼく。きみはなにもいわなかった。腰にタオルを巻いて、手の届かない背筋からぽたぽた水を垂らして出ていくと、きみが尋ねた。外で叫んでるコールやチャント、聞こえる？　ぼくはきみをベッドから引っ張りあげてキスした。きみの長くて白い脚に、下から上へ手を這わせた。皮膚がすごく白くて、その下に青い血管が稲妻みたいに枝分かれして浮いているのが見えた。ぼくはブルッと震えた——興奮からか、反感からか？　きみのタンクトップをまくり上げて、へその凹みを出して、きみの胸の真下についたブラの赤い跡を出して、きみの乳首の周りの斑点を露出させた。きみは屑籠に向かってショーツを脱ぎ捨て、ぼくを自分に引き寄せた。そしていま、ぼくはテンポよく息をして、きみは刹那刹那に息をして、最後にいう、やめて。きみはいう、やめて。

なんで、とぼくはきく、なんで？

きみからは沈黙、きみからの無音、それでぼくは考える、理由はいまぼくたちのあいだにハードなものがあるから。そしてふたりして横になる、こんなふうに——顔と顔を見合わせて、きみはぼくの興奮に気づいていて、ぼくは自分の興奮に気づいていて、きみはセックスをしたい気分じゃなくて、ぼくは押し寄せる衝動に抗《あらが》えないまま——ふたりして闇に目を凝らす、世界が燃えている、ぼくは愛のことは忘れて、熱情のことは忘れて、性的な和解も親密さもぜんぶ忘れようと考える。そして、きみが望むように、眠ろう。

トビー、本心から答えて、ときみはいう。トビー、あたしと結婚するって考えたことある？　それからきみはささやく、きみにとって白人はあたしだけ？

きみがいつもこんなふうに質問するのは、答えなんて簡単だと思ってるからだろ。最初はイエスといってもあとからノーといえるって、一千年の憎しみやふたりのあいだのハードなものとか、愛によって制圧させる方法とか、ぼくが学ぶだろうって思ってるからだろ。

むかしなら、ぼくたちがいまやっていることのせいで、きみは監獄行きになり、ぼくも監獄行きになったかもしれないんだ。むかしなら、ぼくは木から吊るされて、陰嚢《いんのう》をスパッと切られて睾丸《こうがん》が重さで垂れ落ちるままにされたかもしれないんだ。

でもそれはぜんぶ過去だ、とぼくは考える。未来はまったく違うんだ、とぼくは考える。

THE CELLAR
BY DINA NAYERI

セラー

ディナ・ネイエリ

上杉隼人訳

「こんなの何でもないよ」カムランがその晩そう言った翌日、パリに外出制限が出された。カムランと並んで歩いていたシーラは顔を上げた。

「身分証明書を警官に見せたくない」ヌシンを見つめながらシーラは言った。「警官はみんな若い……銃も持ち上げられないような若い子たちだから……」

これまでのことがあるから、ロックダウンが来ようが、食糧難が来ようが、力を振りかざす警察が来ようが、大丈夫さ。

自分たちに言い聞かせるようにカムランは言った。パンデミックに見舞われようが見舞われまいが、カムランとシーラは長い休暇にあった。外食はほとんどできないだろうが、新しい都市での生活を楽しむつもりだった。窓の外にゼラニウムを植えよう。家主が用意してくれたシーツや枕カバーはかび臭いから取り外してしまおう。

「そしてあの空を見てごらん。よく熟したグレープフルーツのようだ。あんな美しい空を壊せるものはない」とカムランは言った。

「次は何？　服装が制限されるのかしら、ムッラー〔イスラムの法・教義に深く通じた男性に対する尊称〕・カムラン？　妊娠検査を受けるの？」シーラはそうつぶやいたが、歳をごまかそうとして違う誕生日を書いたり、住所がわからないように部屋の番号を短くしたりした屈辱の日々を思い出した。

「パパ」四歳のヌシンがませた言い方をした。「ここにいたらやられちゃうよ！」

一日の死者数を見て、カムランとシーラはふたりが過ごした一九八〇年代の戦禍のテヘランを思い出した。当時ふたりはまだ子供で、ポケットの中はタマリンド〔アフリカ熱帯地方原産の果物〕が突っ込まれていてべたべたしていたが、毎晩BBCニュースでその日の死者数をチェックして、大人と同じように顔を曇《くも》らせていた。イスラム共和国が報道するニュースは嘘《うそ》にまみれていたから、ふたりとも真に受けなかったし、それは違うと声を上げるようなこともしなかった。ふたりは目もあわせず、父親たちがBBCにチャンネルをあわせるのをじっと待っていた。

ふたりは革命を非難し、戦禍で子供時代を迎えたことを呪いながら、しばし思い出にふけっていたが、コロナウイルスの感染者数も内心疑っていた。カムランは冗談まじりに、今のイラン人は運がいいよ、また死者の数をでっち上げることができるから、と言った。それでも毎晩ふたりが思うのは、BBCはやはり事実をつかんでいるということだった。

パスタやパンを手に入れようと大騒ぎする友人たちを、ふたりは陰で嘲笑《あざわら》っていた。

「わかってないね」とカムランは言った。「そのうち配給があるのにさ」

カムランは思い出していた。戦争がはじまると、父は牛乳を求めて出て行ったが、持って帰ってきたのはハエたたき三本と、防虫剤一缶、シャベル一本、釣り針数本だった。訪れた店の主が詰め込むのだ。

「あの頃が懐かしいわ……」シーラはため息を漏らしたが、はっとわれに返った。「でも……」

「僕もだ」とカムランは言った。そしてそこで言葉を止めた。「今は使われていない地下室があるよ」と彼は言った。「そしてセラーもあるんだ」

カムランは笑みを浮かべて、何かを卑猥《ひわい》にほのめかすような言い方をした。別世界から来たカムラン。

シーラはカムランのほのめかした物言いに胸がどきどきして、何もかもがよみがえってきた。何日もふたりはヌシンに前よりやさしくするふりをしていたが、頭をよぎるのは、あちこちの部屋に人がたくさん詰め込まれた光景だった。毛布のテントを作り、へとへとになるまで働いた人たちをほめたたえ、荒廃した母国を思って涙を流した。シーラは棘《とげ》が突き出したあのおそろしいウイルスが母の細胞を突き刺す様子を想像し、震えあがった。こうやって近所の人たちを頼りにしてただアパートに閉じこもっていたら、たちまち母を失ってしまうかもしれない。

気持ちを切り替えようと、カムランとシーラは棚を見てまわった。ふたりのアパートには、擦《す》り切《き》れていたが、貴重な本の山が築かれ、床をきしませていた。ポーランド語やフランス語で書かれた本、チェスワフ・ミウォシュやヴィスワヴァ・シンボルスカの詩集、ブルーノ・シュルツやシモーヌ・ヴェイユの作品集、軍事戦略や中国の薬剤やさまざまな地図の歴史を記した書籍まで、ありとあらゆる驚くような本が何冊も置かれていた。何時間もそうやって過ごしたあと、ふたりは真実を受け入れることにした。ニューヨークで何年も必死に学業を積んだあと、ふたりは新しい生活を求めたのだ。数十年前と同じような困難と興奮にふたりは包まれた。日々の生活は単調になったが、とらえた魚のような繊細な生き物とともに生きることにしたのだ。

ある朝、シーラは黒いつやつやした絵本を指でなぞり、あるおとぎ話の場面の上に記された金色の飾り文字を読み込もうとしたところで、エッグタイマーが鳴った。シーラが児童書の一冊だと思って、テーブルに運んでおいたのだ。ヌシンがその本の第一章をじっと読みふけっていると、カムランが入ってきた。

「この子はまだ小《ち》っちゃくて『ムーラン』はわからないだろうけど、古代のフランスのポルノはいいのかな?」

シーラは慌てて娘のヌシンからその本を取り上げた。『エロスの五感』〔カルロ・フェレーロ著〕と記された書名の下に、白雪姫のような少女が奇妙にねじれた紐を何本も体に巻きつけられて、草の上に横たわっている。少女のペティコートはめくり上げられ、大事な部分は華やかな羽根でパーン〔ヤギを思わせる森林の神〕を思わせる若者にいじられている。シーラは卵の黄身を手ににじませながら表紙をじっと見つめていたが、その顔には赤みが浮かび、しばらく引くことはなかった。

「この女王さま、お腹が痛いの?」ヌシンはそう言うと、首を伸ばして表紙をよく見ようとした。

カムランは本の扉ページを開いた。

「一九八八年、フランスでこの本が出版された。同じ年に、ムッラーたちは地震の際に叔母の上に倒れ込むのはハラルである、すなわちイスラムの律法に則っていると説いた」

革命後、聖職者たちがテレビでイスラム教は実生活に役立つと説いた。論説は実に奇妙であったし、微笑ましくすらあった。彼らが勧めたのは、スクワット・トイレを使うのであれば、左足から置くように、さすれば心臓発作を起こしても、左側に倒れて、トイレに倒れ込むことはないから、というものだった。

「あそこのトイレはどんなトイレだったか、覚えてないよね？」

午後、シーラとカムランは玄関で一緒になった。シーラはまだあの本のことが恥ずかしくて目を逸らしたが、カムランは彼女を引き寄せた。そして自分の温かい頰を彼女の頰に重ねた。

「きみはもう十日も外に出ていない」カムランはシーラの髪に口を近づけてささやいた。「ここにいたらやられちゃうよ」

シーラはカムランとの忘れかけていた親密さに身を預けようとしたが、突然耳に飛び込んできた怒声がふたりをしかりつけた。

「だめ！」ヌシンがトイレのドアの前で口をとがらせてふたりをにらみつけていた。スカートがめくりあげられ、パンツは足首のあたりまで下げられている。

「キスなんかしちゃだめ！」ヌシンは唇をぶるぶる震わせて言った。目に涙を浮かべている。

「ママはあの女王さまなんかじゃない」ショックを受けたのか、娘の小さな胸は膨らんでいた。そしてまたつぶやいた。「あたし、いやだからね」

ヌシンに気高さが芽生えつつあると感じながら、シーラは駆け寄って娘のパンツを引き上げた。

「二週間近く家に閉じこもってて」シーラはつぶやいた。「この子のセックスの好奇心をずっと刺激しちゃってるかも」

「僕らの親たちも僕らのセックスへの興味を刺激してくれたね」カムランは娘を抱き上げて言った。

ふたりがセックスしてるところ、ヌシンに見られたことがあるのかしら？

シーラは恥ずかしくて聞けなかった。シーラとカムランはずっと一緒におたがいを高めあってきた。仕事も、博士課程修了後も、友人としても。結婚後、ヌシンを授かると、性交の機会は徐々に減っていった。抑制したということではなく、熱が冷めていったのだ。

その晩、ヌシンを寝かしつけたあと、カムランはシーラに向き直って言った。

「このあいだの話のつづきがしたいんじゃないの？」

「今は話さないほうがいいと思う」

いつもあの頃、シーラは防空壕をかねた地下室で十五歳を迎えることをずっとひとりで考えていた。

一方カムランは、十三歳の時に、シーラとふたりでテヘランの町を練り歩いていたことを思い出していた。そこで、まだ十代と思われるイスラム革命防衛隊の兵士の一人に、シーラともに一時間くらいしかりつけられた。そのうちに、この兵士は自分の従兄弟であるとわかった。シーラと泣きながら家に向かったが、ふたりとも気持ちを落ち着かせることができなかった。カムランの少し後ろを歩きながら、シーラはひっくり返った社会と、ヒジャーブ〔イスラム教徒の女性が頭をおおうかぶりもの〕を着けなくてはいけないことと、まだ十代なのにまるで父のような言い方で自分をしかりつけたあの少年に腹を立てていた。玄関先で擦り減った靴を見おろしていると、空襲警報が鳴った。ただちに近所の人たちが防空壕を兼ねた地下室に流れ込み、ふたりも両親や勇敢な叔母と叔父に抱え上げられてそこになだれ込んだ。チャードル〔イスラム教の女性が信仰のしるしとして全身をおおう一枚の黒い布〕を握りしめた脚が不自由な祖母も、自分の息子に運び込まれながら、シーラとカムランを抱え上げようと手を伸ばした。

シーラは大きく息をついた。

「そしてあのセラーを見つけたのよね」

ふたりはそれを見出し、親たちはふたりが仕出かす過ちを取り繕い、誰もが地下の防空壕にこもって、死と向きあい、悲しみを耐え忍んで生き延びるための肉体的な苦行を強いられた……。

カムランはシーラの手のひらにキスをした。

「アパートから出ないで。明日、きみにビタミンDを調達してくるから」

「あそこにいたおばあちゃんたち、防空壕の中にどんな飾りをつけてくれたか、覚えてる?」

シーラはそうたずねながら、足元の地下室はどうなっているか想像した。フランスのセラーはどこもテヘランのセラーと同じように、砂糖のにおいや土を火で焼いたようなにおいがするのだろうか? それとも蜘蛛《くも》の巣があちこちに張ってて、ブーツの足跡があちこちについている?

「あの階段、覚えてる?」

どの段にもトールシ〔中東によく見られる酢漬けの野菜〕を詰めた瓶が置かれていた。大きな瓶も小さな瓶もあって、どれも蓋《ふた》の下に布がねじ込まれていた。それらがアラブの王子の寝室に迎えられるのを待っているかのように、いつ開けられるかと顔をそろえて待機していた。

「あのおばあちゃんたちが恋しいよ。戦争のさなかに漬物が切れちゃったら、耐えられないから」

「ロックダウンされてるあいだ、眉毛を伸ばそうと思うの」とシーラは言った。

「きみの眉毛はきれいだ」とカムランは言って両手でシーラの頬を包み込むと、日焼け止めを塗るように、その上に親指を走らせた。

「一度に髪の毛を三本抜いて、おばあちゃんをだまさなくちゃいけなかったこと、覚えてる?」

よい女の子は結婚するまで一本も毛を抜かない。だからシーラは母と話して、薄くした眉毛をあの建物にいた用心深い父たちや若い男たちには見せないようにした。黒髪がばっさり短くなれば、どんな鈍い男だってわかる。でも髪が一本一本抜けるだけなら、どんな言い訳もできる。デマを流せばいい。髪が何本か抜けたかわいそうな女の子は、甲状腺機能障害を起こしてるってすればいい……。

ああ、ママ、どうか持ちこたえて……感染者数を見て……外に出ちゃだめ。

「最後に、セラーから出てから」とシーラは言った。「父と母はわたしを見て三時間泣いた」

「僕の両親は僕が戦場に送られるかもってずっと心配してた」カムランは言った。

あの人たちは、どうしてそんなに長くおたがいに連絡を取らずにいたんだろう？

「戦争のない生活になったから？」とカムランは言った。

「そんなに長く連絡がないなんて、わたし、いや」とシーラは言った。「わたしたちは違うよね」

「同じかもしれないよ。僕らもいつか別々になってしまうかも」

ふたりがいた二棟の建物は、防空壕を兼ねた巨大な地下室と、じめじめした洞窟につながる二組の階段で結合していた。地下室のフロア中央を丸く囲むようにして十数台の冷蔵庫と冷凍庫が置かれ、自転車も数台止められていた。冷蔵庫、冷凍庫どちらにも調理された料理と材料がそろっていた。棚は缶や米や小麦粉や砂糖が載せられ、重みでたるんでしまっていた。冷蔵庫の上には家族のラベルが付けられた巨大なトールシの瓶がいくつもあった。

戦争がはじまると、祖母たちは椅子や、枕や、明るい色の敷物や、やわらかいキルトや、毛羽《けば》だった毛布を持ち込んだ。サモワール〔ロシアの卓上湯わかし器〕や皿やコップも出してきて、地下シェルターで食事をしたり、お茶を飲んだり、バックギャモン〔さいころとそれぞれ十五個のコマでプレイする二人用の盤上ゲーム」を楽しんだり、煙草を吸ったりできるようにした。空襲警報が聞こえたら、いつでも避難生活に入れる。シェルターには、シーラとカムランを含めて、十代の若者が五人いた。シーラとカムランはその中でいちばん幼かったが、勉強ができたので、大人たちに目をつけられることはなかった。最初に空襲警報がけたたましく鳴ると、どの家族も枕を用意したり室内暖房器が必要だろうかと考えたりしながら、そわそわとパイプを吸ったりお茶を飲んだりしていた。そんな中、シーラとカムランは小さなセラーにつながるトンネルを見つけた。トンネル内には棚が設置されていて、チーズや、乾物や、刻んだハーブを入れた小袋が置かれていた。セラーにつながるドアは閉じられていたが、ふたりが問題なく通れるスペースは空いていた。

その後、防空警報が鳴り響くたびに、父親たちは盤上ゲームに興じ、祖母たちはみだらなジョークを口にして、チャイが何杯も飲み干される中、シーラとカムランはセラーに籠《こも》った。

「何が僕らを救ってくれたか、覚えてる?」とカムランがたずねた。

「フィラデルフィアのチーズよ」

アメリカのチーズはなかなか手に入らなかった。配給で手に入るようなことがあれば大変な争奪戦になったし、闇取引で手に入れようとする人たちもいた。夕方になると、そのチーズを手に入れようと勇ましく飛び出していく親もいたが、せいぜいフランスのラッフィングカウチーズか、ひどい時はイタリアのごく普通のフェタチーズをポケットに入れて首をうなだれて戻ってくるだけだった。カムランとシーラは母親たちのヒールがパカパカ音を立てるのを耳にすると、シーラは急いで服を直し、カムランはポケットからブラ(自分に必要だと思い込んで作ったもので、カップもなければワイヤも入ってなかった)を取り出して彼女にはめさせた。ふたりは髪を整えて離れて立ってはいたが、部屋にはほかに誰もいなかったし、ずっと心は一緒だった。ふたりは罰せられるほど悪いことでなくていいが、何か罪をおかさなければならなかった。そこでカムランは近所の人の棚から貴重なフィラデルフィアのチーズの箱をひとつつかんで、厚紙もアルミホイルもびりびり引き裂くと、やわらかいクリームチーズにがぶりとかみついた。そして残りをシーラに渡した。

「わあ、すごくおいしい」と彼女がつぶやいたところで母親たちが入ってきて、ふたりがチーズを盗んで食べているのを見て大声を上げた。

「まあ、この子たち！　何してんの！　泥棒猫め！」

その晩はひたすら謝罪がつづいた。チーズの所有者たちは寛大だった。

まあまあ。まだ子供ですから。

カムランの父は子供たちが食べたチーズの三倍にあたる配給と現金を渡そうとしたが、彼らは食べ残しのビスケットを受け取っただけだった。

とんでもない子供たちだ。カムランとシーラがそこで本当は何をしていたのか、知る者はいなかった。そしてふたりは同じことを何度も何度も繰り返し、気づけば十四歳に、そして十五歳になって、シーラの黒い眉毛は薄くなり、唇は厚みを増し、一方カムランは脚が長くなって、母親たちにカッコいい男の子だと誉めそやされた。当時、セックスについて誰も何も教えてくれなかった。メディアは男の子たちの興味を戦争に向けて、女の子の下着のことなど一切考えさせまいとした。だが、若者たちは密かに雑誌や写真を取り寄せて、性教育も自習していたから、町のワインや食料の貯蔵室は、どこも自己流で知識を身につけた若者たちが激しく体をぶつけあう場と化した。

空襲警報がけたたましく鳴り響き、家族で慌てて地下室に飛び込もうとする人々の声が通りのあちこちに響き渡ると、シーラとカムランはセラーで合流した。警報が少し弱まり、近所の人たちが安堵のため息を漏らす頃になると、ふたりは枕を叩いて、ろくでなしのサダム・フセインに、もう一度覚悟を決めてミサイルを発射するよう頼み込むのだった。

ふたりはふたたび警報が鳴るのを待っていたが、そのうち恐怖と願望が混じりあっておよそ考えられない奇妙な飲み物に醸造され、シーラのブラにはワイヤが入ってもはやポケットには入らないサイズになり、チーズを盗むことは煙草を盗むことに変わり、祖母自家製の酒やアヘン茶が味わえるようになり、ふたりはすごくきれいでかわいいこともあって、言い訳する必要がなくなった。ふたりは見つめあった。僕らの若い歯はミルクのように白くてパン切りナイフのようにギザギザしているけど、そのうちこれをおたがいの性器に突き刺すのかもしれない。

四月の終わり、カムランはイランの映画監督アッバス・キアロスタミの昔の映画のDVDを見つけて、シーラと一緒に『桜桃の味』を観た。カムランはシーラにたずねた。きみの心だってきっと母国に戻ってると思うけど、どうして当時のことを思い出したくないの？

シーラは答えた。体に生えてる毛を一本一本母に調べ上げられたからだと。母と結託しておばあさんをだましたことを後ろめたく思っているからだと。脱毛した眉毛を縫い込むために両親に専門医に連れていかれ、結婚するまでこんなことはしないようにという医師の忠告があるまで、決して許されることはなかったからだと。

「みじめな一年だった。だからあなたと大学に進学することにした」

「かわいそうに」カムランはそう言って、シーラの指を握った。「きみが悪いんじゃない。お母さんたちの癇癪《かんしゃく》がみんなきみにぶつけられたんだ」

午前中、カムランはヌシンを連れて食料を買いに行った。

「あたし、何にも触ってないから、感染しないよ」とヌシンは言った。

シーラはBBC放送を聞いた。フランスは入国も出国も禁止されている。今はここがわたしたちの母国だ。ヨーロッパ各国でロックダウンが四月いっぱい、あるいは五月までつづくだろう。このアパートのすてきな窓から、グレープフルーツのような夕陽をこれから何度も見るだろう。どの窓にも視界を遮《さえぎ》るテープは貼られていない。すぐに春の葉が窓ガラスの向こうに茂るはずだ。だが、シーラが外に出ることはしばらくない。ここフランスにもまだまだ幼さの抜けない兵士が多いが、銃を携帯した彼らに身分証明書を見せるように迫られることがなくなるまで。

カーペットの上にしばらく座り込んで、ミサイルに反対する集会を開いて子供たちの意識を変えようとした祖母たちのことを考えた。あの人たちはひょっとすると、子供たちの本能を完全に破壊して、すべての感覚を正反対にあるものと融合することで、今後彼らが経験する苦難と戦争に備えさせようとしたのかもしれない。シーラの少女のような眉毛がふたたび長くなっていた。桜桃の味、子供の頃聴いた曲、混沌の時代にくすねたおいしい食べ物をまた味わいたい。床から体を起こし、クローゼットを開けた。家主のかび臭い毛布が何枚も押し込まれている。毛布の悪臭、別時代に経験した屈辱の数々が、ここの空気を汚している。

カムランにテキストメッセージを送り、いくつものクッションと、半分残った赤ワインのボトルと、ビスケットと、本を一冊抱えて、地下室に駆け込んだ。そこで陽の光が差し込むのを待つことにしよう。

THAT TIME AT MY BROTHER'S WEDDING
BY LAILA LALAMI

あのとき、弟の結婚式で

ライラ・ララミ

堀江里美訳

お困りのようね、お嬢さん。アメリカ領事館の窓口を探してるの？　わかるわよ、だって帽子にバックパック姿で、胸元に書類を抱えてたら。たしかにカサブランカじゃ、コソ泥は危険因子になりうるけど、だいじょうぶ、空港は安全な場所だから。だれもその紙を取っていきやしないわ。座って、座って。もちろん少し離れて、それがルールだもんね。まあ落ち着いて。領事館の人たちもあと数時間は来ないし、来てもまずテーブルを出して出発客を片づけはじめるのにしばらくかかるんだから。

どれくらい待ってるのかって？　長らくよ、残念ながら。この帰国便は米国市民専用で——もし余裕があれば——居住者も乗せることになってる。でもどうやら余裕はなさそうね、少なくともこの二週間は。申し込むたびに、おなじ答えが返ってくる。「申し訳ありません、ミズ・ベンサイード、この便は満席です」って。タンジェの空港に行ってみることも考えたけど、鉄道が止まってるし、いずれにせよ、待ってる人がここより多い可能性もあるしね。領事館の人たちに毎回言われてるわ、じっと待つことです、次こそは運がひらけますから、って。

そもそも三月にこっちに来ることになったのも、運みたいなものだった。ふつうなら、教員の仕事が休みになる夏に家族に会いにくるのに、今年の初めに、弟から結婚するという発表があって。四度目よ、想像できる？　それで式を、春休みのどまんなかに挙げることにしたというの、わたしに即座に断られるのをわかってて、それを阻止するためだけに。それでも、わたしは出席できないと伝えたのよ、バードウォッチング仲間とテキサスに行く予定があるから、って。ところが弟には、昔からわたしをやましい気持ちにさせる才能があった。母がわたしに会ったらどれほど喜ぶかとか、どれほど年を取ったかとか、母といっしょに過ごせる機会は逃さないほうがいい、みたいな話を持ち出してきたの。そしたらもう、ノーとは言えなかった。

ともあれ予定を壊されて落ち込んでたわたしは、メルジャ・ゼルガへ小旅行に出かけることにした。ここから百四十マイル北上したところ。行ったことは？　あら、いつか行くべきよ。潮の満ち引きがあるラグーンで、なんとラムサール条約に登録されてて、多種多様な鳥の生息地になってるの。わたしのお目当ては渉禽類《しょうきんるい》とアフリカコミミズクで、あとは運がよければフラミンゴやウスユキガモも、この時期にそのあたりを通る。

もちろん、その前には結婚式を耐え抜かなきゃいけない。なにも弟が幸せそうにしてるのを見たくないわけじゃないの、わかるでしょ、ただあいつ、女の趣味がひどくて。どの子もみんな若くて、初心《うぶ》で、弟に畏怖《いふ》の念を抱いてる。式では――これがきまって相手一家に借金を背負い込ませるような盛大なやつで――弟はいつも新婦の横に、ファッション雑誌よろしくポーズをきめて立つ。わたしの役目は野暮《やぼ》ったい姉で、それが後ろのほうに、かすかにピンぼけで立つことで家族写真が完成されるというわけ。そんな役をもう何度も演じてきたから、式場には、いつキューを出されてもいい状態で乗り込んだわ。今回は招待客が百人で、弟にしては控えめな数だけど、それでも一周するにはだいぶ時間がかかった。人を紹介されたり、お祝いやねぎらいの言葉をかけ合ったり。新婦のご両親の頭は質問でいっぱいだったわ。「カリフォルニアに住んでらっしゃるんですか？」って、お父様に訊かれた。

「ええ、バークレーに」って、わたしは答えた。

「なにを教えてらっしゃるんですか？」

「コンピューターサイエンスです」って、わたしの母が代わりに答えた。自慢なんでしょうね、なにしろわたしが初めは絵描きになりたがってたのを、なんの役にも立たない仕事だと母は考えてたんだから。

　それからお父様の目がまん丸になって、ひそひそ声とともにそのニュースが、近くに立ってたおばや、おじや、いとこたちのあいだに広がっていった。カリフォルニア、とだれかがつぶやいた。バークレー。ところが新婦は感銘を受けなかったみたいで、あからさまに気の毒そうな目でわたしを見つめてきた。そして「それはきっと大変でしょうねえ」なんて言ったの。なんとも耳障《みみざわ》りな声で。隣にいた弟は、そのとおりだ、というようにうなずいた。

「どういう意味？」って、わたしは訊いたわ。

「そんなに遠くで暮らしてらっしゃって」

「どこで暮らしたって大変なときは大変なものよ」うちのかわいい弟との暮らしをどうぞお楽しみにって、心のなかでつぶやいたわ。はたして人生がこんなにも大変なものだったと気づくのはだれかしら、って。

でも彼女の意識はすでに別のところに向いてた。「写真撮影の人たちが来たわ」みんなで集合写真を撮った——新婦、新郎、その親族や友人が、いろんな並び方で。すると急にわたしのホットフラッシュが始まっちゃったの、生地をたっぷり使ったカフタンじゃなく、袖《そで》なしのロングドレスを着てたのに。ハンドバッグをひっかきまわしてホルモンの錠剤を捜してると、新婦に身ぶりで、フレームの外に出るように言われた。「じゃあこんどは、モロッコの人たちだけで一枚撮りましょう」って。

信じられる？　わたしはなにかきついことを言ってやろうとしたけど、弟が止めに入った。僕の新妻は悪い意味で言ったんじゃない、たんに姉さんのドレスの色が彼女のカフタンと喧嘩《けんか》してしまうからだよ、って。そしてわたしをフレームの外にひっぱっていったあと、漂白した歯で撮影チームにニッと笑いかけた。とはいえ、弟はそれほど気にしてなかったでしょうね。心の底では腹立しかったんだわ、わたしは十八で親元を離れたけど、弟はいまも生まれ育った家で暮らしながら、母の面倒を見てるんだから。もし弟もわたしのように独身で、数年ごとに妻から妻へと飛びまわったりしてなければ、わたしたちの仲も違ってたのかもしれないけど。

そんな騒ぎがあったせいで、わたしはホルモン剤を飲むのを忘れた。撮影のライトをさらに数分間浴びたあと、めまいとともに崩れ落ちて、体を支えようとつかんだのが新婦の引き裾《トレーン》だった。意識を失う前、最後に聞こえたのが、生地がはらはらと床に落ちていく音だった。

翌日、メルジャ・ゼルガ行きの準備をしながら、ラグーンでボートに乗ってるところを想像してわくわくしてたら、モロッコの国境が閉鎖されるという噂が流れてきた。大慌てでここに来て、出国便に席を見つけようとしたけど、いまのところ運はひらけてない。なんて話をしてたら、領事館の人たちがやってきたわよ。あの青いシャツの若い男性がそう。二日前にも来てた。早くもこっちに向かって歩いてくる、ということは、きっとあなたが手にしたその青いパスポートに気づいたんだわ。いってらっしゃい。もしかしたらまた向こう側で会えるかもね。

A TIME OF DEATH, THE DEATH OF TIME
BY JULIÁN FUKS

死の時、時の死

フリアン・フックス

福嶋伸洋訳

そして、夜明けの曙光《しょこう》と、日中の眩《まばゆ》い陽光とのあわいのとある瞬間に、時間は意味を失った。類のない事態を告げる明白な出来事もなく、ざわめきも轟音《ごうおん》も立たなかった。時計が止まるとか、カレンダーがめちゃくちゃになるとか、昼と夜が混じり合って空が灰色になるとかと想像する人もいたかもしれないが、何もなかった。多くの人が、意味を失った時間を経験したが、それは心のうちでだけだった。ただ、無気力を、無関心を、例のない深い気落ちを引き起こしただけだった。

時間の不在が、それぞれの家に、無限の時のなかに囚《とら》われたそれぞれの人にどんな影響を及ぼしたか、その様々なありようを説明するのはむずかしい。不断に手を洗い、居間やキッチンやトイレを執拗《しつよう》に掃除するという普段の仕事をせわしなくこなすことで、静寂の空白をそれら無意識の動作で満たそうとする人たちがいた。体に取りつく無気力に抗《あらが》えない人たちがいた。ソファに身を投げ出して、身動きもせず、無力のまま、ほとんど同じようなニュースを、惨劇のあらゆる数字を、散漫に見ていた。時間の残骸を測ることもできた。分、時間、日を使ってではなく、テレビに映るグラフの累計死者数を使って。

わたしはすべてを窓から眺めた。近隣のマンションの部屋々々に視線を走らせ、建物の開けたところから差し出される人生で暇つぶしをした。時の死の瞬間に、記憶が正しければ、わたしはハンモックに寝転がって、ただ無人の街路を見ていた。その瞬間は、前の瞬間や後の瞬間から逸れて、意味を失ったまま永遠になり、重みを持った。現在という時間が腫《は》れ上《あ》がった。あたかもそのシルエットがふくらんで過去を覆い隠し、未来のすべてを見えなくしたようだった。間近の日々、自由と無垢《むく》の明るい日々も見えなくなり、わたしには、懐かしさに満ちた、忘れかけの遠い記憶しか残っていなかった。未来のことはあまりにも不確かで、すべてのことが完全にキャンセルされた。立てていた計画、望んでいた恋、書きたかった本はすべて、無意味に思えた。家々が、人びとの体が時の麻痺《まひ》に取りつかれて、脚も腕も手も存在も動けなくなっていることにわたしは気づいた。

その日、あるいは他のどんな日でも同じことだが、ブラジルは一〇〇一人の死を記録した。象徴としての数字が、時間の消滅に寄与したのだろう。時計からは針を奪い、最後の手段も尽きていた。一〇〇一の死は、千夜一夜と同じく千死一死であり、つまり無限の死とひとつの死であり、無限の死だった。終わりのないある瞬間、すべての国民が、死が時を超越するものであることを生きながらに経験しうることに気づいた。時の外に出るためには、痛みや不幸を味わう必要はなく、痛みや不幸が差し迫って感じられるだけで事足りる、ということに——その差し迫った感覚が、広く当てはまる、個人を超えたものとなるだけで、時間の秩序そのものが破綻するということに。

そして、どんな計測も意味を成さなくなったとき、すべてが方向を失い、恐れと倦怠だけが残ったとき、その状況に乗じようとする者たちが現れるのをわたしは見た。時の不在を、古い時代に作り替えようとする者たちが。しだいに——それは一瞬のことのように装われてはいたが——新聞に頻繁に現れる面々は、不気味な顔つきになっていき、その声は暗鬱《あんうつ》になり、表情は別の時代のそれに似通っていった。注意深く見れば、この国の権力者たちの姿には、時代錯誤の人物たちのほとんど戯画のようなイメージを見出すことができた。スーツには軍服が、革靴の影には軍靴の形が、その手中のペンには警棒が重なって見えた。

彼らの声を聞くことは、しぐさや衣服を熟視することよりも絶望をかき立てた。彼らの演説は他の演説の繰りかえしで、つねに思慮のない乱暴なものだった。死者や予防措置を軽視することから始まり、科学研究には反論し、疫病を終息させうる秘薬《エリクサー》を用いるよう説いた。どんな帰結が生じようとも「労働体制」を復活させる必要があるとしつつ、生産し、給料をカットし、森林を伐採し、「成長」のための土地を切り開きたいと述べた。演説が最高潮に達するといつも、自分たちに対して上がっている声を押し潰《つぶ》し、批判したり異論を唱えたりする人びとを侮辱し、コミュニストやテロリストや反体制派といった政敵を打ち負かそうとした。

口を閉ざすときには、沈黙以上のものが出てきた。その日、あるいは他のどんな日でも同じことだったが、わたしのなかに閉所恐怖症が生じ、いますぐに外に出たいという欲求が抑えられなくなった。閉じこもっていた部屋をあとにして、受け身で無意識のまま身を委ねていた、人びとに広がる無気力から逃れたい、と。速足で通りを歩き回ると足音が砂を生み、時の流れがふたたび存在し始めるようになったのを覚えている。無人の通りに、忌《い》まわしく伸びる影に、不吉で古い何かがあらゆる街角でわたしに襲いかかってくるかのような厳粛さを感じたのを覚えている。それでもなお誰かの顔が見たかった。わたしではない誰か、誰でもいいから、見知らぬ人の——マスクなしの、窓越しでもない、誰でもいい誰かの顔でじゅうぶんだった。

目指していたわけでもないのに両親の家にたどり着いたのは、驚きではなかった。上着の袖で覆った手で呼び鈴を鳴らし、推奨された距離を保つために数歩うしろに下がった。わたしの両親はゆっくりと出てきた。ふたりとも畳んだ椅子を脇に抱えていて、それを庭に、歩道から数メートル離して置いた。その動作には、この面会がごく当たり前のものであるかのような静謐《せいひつ》さが、平和と呼んでいいものがあった。これほど穏やかな人間だが、彼らはかつて軍事政権に立ち向かう反逆者、反体制派、地下活動家だった。いまは、かの病に対してもっとも弱い高齢者だが、それでも踏ん張り、わたしの恐怖を静かに無視しながら生き延びていた。

どんな話をしたかは覚えていないが、目の前に立ち上がったイメージの記憶ははっきりとしている。数十年の皺《しわ》を刻んだ血色の薄い顔、背景にはわたしが子ども時代を過ごした家。その壁には楽しく無頓着に過ごした年月のしみがついている。屋根の上にはわたしたちが遠いある日にいっしょに植えた木の樹冠。その家には時が住んでいて、そこにいるだけで時が駆けて続き、数々の出来事が断ち切りがたく連なっていくのを感じることができた。そしていつの日か、時が、わたしたちを支配する暗い人間たちを消し去り、わたしの両親を消し去り、わたしもまた消し去り、通りを、広場を、街じゅうを駆けてゆき、未来をまるまる引きずって跡を残してゆくのを。そんな思いつきで怖くて目眩《めまい》がしそうだった。よくわからないが、その瞬間、時の不確かさがわたしにただ平穏をもたらした。

PRUDENT GIRLS
BY RIVERS SOLOMON

思慮深い少女たち

リヴァーズ・ソロモン

押野素子訳

ロックダウンの前だって、ジェルーシャはみんながどこで遊んでいるのか知らなかった。ボウリング場はあるけれど、オーナーがビール販売の免許を取ってしまったから、ジェルーシャには もう入れない。テキサス州キャドーは、娯楽の少ない街だった。

エンバルカデロ通りにあるのは、H-E-B〔スーパーマーケット〕、ジョアン・ファブリック〔手芸用品店〕、カーディーラー、ホビー・ロビー〔インテリア雑貨店〕。側道には、チリーズ〔カジュアル・ダイニング・レストラン〕、ロザリータス〔タコス店〕、ベスト・ウェスタン〔ホテル〕が並んでいる。ローレンス・テイトが警官に撃ち殺されたショッピングセンター（現場には、今でもクマのぬいぐるみや風船が置かれている）には、ウォルマート、ロス・ドレス・フォー・レス〔ディスカウント洋品店〕、スターバックスが入っていた。ショッピングセンターのすぐ近くには、銃砲店と銃射撃場。図書館もあるけれど、ジェルーシャは絶対に行かなかった。フロントデスクの女性が、黒人とメキシコ人には二冊しか貸出を許してくれないからだ。本当は、十冊まで借りられるはずなのに。「読み切れないほど借りて、延滞金が発生しても、払えないでしょ？　まずは二冊、期限内に返してみせて」

キャドー・クリーク女子刑務所は、市境から八キロほど外れた位置にあるため、正式にはキャドー市内の施設ではない。そこにはジェルーシャの母がいるというのに、残念な話だ。十三年の禁固刑を言い渡された母がこの施設に入って、今年で九年目を数える。ジェルーシャにとっては、この辺りで唯一価値のある場所だが、母を脱獄させてしまえば、キャドーはその価値も失ってしまうだろう。

四チャンネルでは、KBCYのニュースキャスターが、厳しい面持ちでロックダウンの手順を説明していた。娯楽の少ない街の行動制限など、たかが知れている。ニュースを見ている誰しもが、そう思っているはずだ。

「ジェルーシャ、うるさいから消しておくれ」リタおばさんがキッチンテーブルから呼びかけた。彼女はあと一時間で始まる『マティス判事〔公開裁判番組〕』を待ちながら、暗号パズルをやっていた。「人間の運命は神が決めるっていうのに、なんでこんな対策を重んじているんだか、理解できないねえ。アボット知事が生放送のテレビで懺悔《ざんげ》でもするっていうなら、話を聞いてやってもいいけどさ。アルマゲドンを止める手立てなんてないんだよ」

でも、箴言《しんげん》二十二章三節には、「賢き者は危険を見て身を隠し、愚かな者は進み続けて罰を受ける」と記されている。リタおばさんは、ウイルスで人が死ぬことを案じていないの？　チャールズおじさんはCOPD〔慢性閉塞性肺疾患〕、ウィルマおばさんはループス〔狼瘡〕と糖尿病を患っている。リタおばさんだって、人工透析を受けているのに。

何よりも心配なのは、ジェルーシャの母だ。マスクも消毒液もなく、窮屈《きゅうくつ》な施設に閉じ込められている。それだけでも辛いのに、彼女は喘息《ぜんそく》に肝炎、ＨＩＶも抱えているのだから。リタおばさんは、自分の姪が死んでもいいと思っているのか？　たぶんそうなのだろう。ジェルーシャの母は背教者。リタおばさんにしてみれば、死んでもらった方がマシなのだ。

ジェルーシャは思慮深い少女である。こうした考えを口に出すことはなかった。聖書で讃えられている賢き者のように、彼女は危険を避けていた。大叔母《おおおば》という危険を。自分に危害を加える者たちから身を隠す術《すべ》を知っている少女は、「自由」を不用意に敵にひけらかす少女よりも、より多くの自由を手にしているのだ。

「ルーシャ、消せって言ってるでしょ」

ジェルーシャは消音ボタンを押して、キャプション機能を付けた。パズルに興じているリタおばさんは、テレビがまだついていることに気づいていない。

「明日だけど、ママに会えるかなあ？」ジェルーシャは尋ねた。

リタおばさんは、肯定とも否定とも取れるような唸《うな》り声《ごえ》をあげた。彼女はマグカップからペパーミントティーを飲みながら、暗号パズルを凝視し、「自分だけの時間」に入っている。ジェルーシャの「おふざけ」には一切関わらない時間だ。

「ネットで調べてみようか」ジェルーシャは、危険を承知で敢えて言ってみた。リタおばさんは、ジェルーシャが気に障《さわ》る言動をしなければしないで、何かを隠しているのだろうと勘ぐる。それに、又姪《まためい》に力を誇示できることが、リタおばさんの生き甲斐になっている。わざわざそれを奪う必要はない。どうせもうじき、リタおばさんは、このささやかな喜びさえも失ってしまうのだから。

リタおばさんはボールペンでテーブルを叩き、眉をひそめた。「インターネットなんて要らないよ。明日の朝、行政監察官のホットラインに電話して、面会ができるか確認してやるから」

リタおばさんは、そんなことしてくれるような人じゃない。でも、ジェルーシャにはどうでもよかった。明日、バスに乗って母に会いに行く気などない。明日が来る頃には、母と二人でとっくに逃げ失せているだろうから。


キャドー・クリーク女子刑務所で所長をしていたマイケル・ピアースが、頭部への一撃で妻を殺した時、目撃者はいないはずだった。娘たちは祖父母の山小屋に泊まっていたし、飼い犬のサンド・デューンは裏口にいた。計画的な犯行ではなかったが、禁じられた行為に手を染める者の例に漏れず、彼は捕まる確率を計算していた。ロックダウンのおかげで、マイケルの妻が姿をくらましていても、数週間は気づかれないだろう。そのあいだに、確実な隠ぺい工作を企てればいい。期せずして、完全犯罪を成し遂げてしまった、とピアースは思った。

十四カ月前、ピアース所長の妻は夜学に通えるよう、ベビーシッターを雇おうとしていた。ピアースにもう少し良識があれば、ベビーシッター候補三人のファイルにきちんと目を通していただろう。ジェルーシャの履歴書を見て、推薦人が抜けていることに気づいたはずだ。ジェルーシャは、履歴書に推薦人を書いていなかった。相手の懐具合《ふところぐあい》を推し量り、時給を変えていたことを、クライアントに知られたくなかったのだ。ファイルをきちんと見ていれば、マイケルはジェシー・タイラーかイザベル・エマーソンを選んでいただろう。ジェシーもイザベルも、盗みを疑われたからといって、クライアントの家に隠しカメラを設置したりはしなかったはずだ。

しかし、三人の情報が丁寧にまとめられたマニラ紙のフォルダを妻から差し出されると、ピアースはテレビの音量を上げ、ＥＳＰＮで流れていたポーカーの試合を観ながら言った。「まあ、好きにしてくれ。今、取り込んでるんだ」

ピアースの妻は、エホバの証人の信者だと噂《うわさ》されていた少女を選んだ。あの宗教はカルトだと聞いていたし、カルト教団から少女が逃れる力添えをしてやりたい、と密かに思っていたからだ。かつてテレビで見た、一夫多妻制の結婚からモルモン教徒の少女を救い出した人々のように。

控えめな服に身を包んだベビーシッターは、娘たちにも好影響を与えるだろう。品のない服装をした若い女は御免だ。お断り。節度ある好ましい娘には、節度ある好ましい服を。

ピアース所長がもう少しまともな男だったら、一年以上も働いているベビーシッターと、一度か二度は言葉を交わしていただろう。そうしていれば、彼女だってピアースに少しは優しい気持ちを抱き、情けをかけてくれたかもしれない。でも、彼はしなかった。ピアースは、彼女の名前すら知らなかった。聖書的な響きのある名前だったはず。それくらいしか覚えていない。彼女のことは、「黒人の娘」というくらいの認識しかなかった。

ジェルーシャが黒人であるという事実が、妻との喧嘩《けんか》の発端になった。ロックダウンに先立って、ジェルーシャは最後の給料を受け取りに来ていた。彼女が帰ると、ピアースは冗談半分で妻に言った。「あの娘たち、どうしてみんなストリッパーみたいな尻と胸をしてるんだろうなあ？　彼女はいくつなんだ？　十五か？　十六か？　尋常じゃないだろ」世界は一体どうなってしまったんだ？と言うかのように、彼は首を振った。実際、世界はどうなってしまったのだろう？　キャドーはすっかり変わってしまった。

「マイケル、そんなこと言うもんじゃないわよ。発育は止められないんだから」と妻は言った。この女は、いつも小言ばかりだ。

「っていうか、あの娘が貞淑なクリスチャンだって、本気で信じてるのか?」とピアースは尋ねた。彼は、ベビーシッターの視線に気づいたことがある。もちろん見つめ返したし、彼女の体の動きを見れば、暗に誘惑していることも分かった。

「他の娘を雇ってほしかったなら、きちんとファイルを見てくれればよかったのに。クビにしろって言うなら、そうするけど?」

「クビにしろなんて言ってないだろ。大げさだな。それに、ファイルって何のことだよ? 何の話をしてるんだ?」

彼女は首を振った。「ファイルよ、マイケル」

妻はやきもちばかり焼いていた。ちっとも気にかけてくれないなんて言っていた。しかしピアースにしてみれば、気にかけてほしいなら、面白い話でもしてみろと思う。

その後、あの娘とセックスしたいんでしょうと、妻に責め立てられた。馬鹿げている。お話にならない。体を押しつけてきたのは、あの娘の方だ。それを受け入れたとしたら(確かに受け入れたし、ピアースはそれを認めた)、彼女を求めていたわけではなく、無分別に挑発されたせいだ。

妻はピアースを突き飛ばし、「変質者!」と呼んだ。これだって、立派な言葉の暴力だろう。

脅迫というものは、刑務所のシステムに似ている。多少の血を流さないと、抜け出せないものだ。自分が妻を殺している動画が見知らぬ人から匿名で送られてきたら、脅迫者の要求に応えるしかないだろう。

ある程度までは、要求を呑むしかない。ピアース所長は、ロシェル・ヘイズの脱獄を画策することにした。しかし、ヘイズを尾行して脅迫者を突き止め、そいつの息の根を止めてやるつもりだった。

ジェルーシャは、クールエイド〔粉ジュース〕、サーモンのコロッケ、即席マッシュポテト、インゲン豆、三日月ロールをテーブルに並べた。「わあ、豪勢だねえ」とリタおばさんは言った。

「残りは冷凍しといたよ」

「ここ数週間、怒濤《どとう》の勢いで料理してたね。裏の冷凍庫もパンパンだし。ウイルスに怖気づいたのかい？」とリタおばさんは尋ねた。

ジェルーシャはペーパータオルを一束、テーブルの真ん中に置いた。「怖くなんてないよ。エホバは信じる者をお養いになる。平和な日々がやって来るんだから」と彼女は言った。

「その通り。お祈りは、あんたがするかい？　あたしがやろうか？」

ジェルーシャは大叔母と向き合って座った。二人で共にする最後の晩餐《ばんさん》。「私がやるね」とジェルーシャは言った。リタおばさんのお祈りは、長くなりがちなのだ。「エホバよ、目の前の恵みに感謝します。この食事が私たちの滋養となるよう、祝福したまえ。イエスの御名において祈ります、アーメン」

「アーメン」

ジェルーシャはこの夕食を二人分、クーラーボックスに詰めておいた。今夜、母に持っていく。母にとっては、ほぼ十年ぶりのまともな食事だ。その他にも、ナッツ、フルーツ、ペットボトルの水、クラッカー、パン、味付けしたツナのパックも用意してある。スーパーマーケットは品薄だったけれど、エホバの証人の教えを実践していたジェルーシャは、いつでも万全の準備をしていた。

「今日はおとなしいね」とリタおばさんは言った。

ジェルーシャは、マッシュポテトをおかわりして皿に載《の》せた。「考えごとしてるだけ」

「何について？」

「世界の終わりについて」とジェルーシャは言った。彼女が意味していたのは、リタおばさんとの生活の終焉《しゅうえん》だ。「ママが言ってた。ママの人生が終わりを告げようとしている時に、私が生まれたって。でも、それで良かったって。私のおかげで、エホバを抜けられたって」

リタおばさんのカトラリーが、皿にぶつかって音を立てた。「恥さらしめ」

ジェルーシャが生まれた翌日に撮った母の写真があった。母は剃りたての坊主頭で写っている。全部切りたい衝動に駆られた、と母はジェルーシャに話していた。ホルモンのせいだったのかもしれない。でも、ジェルーシャの誕生を目の当たりにして、母は悟ったのだ。古い人生を壊さない限り、新しい人生は始められないと。ロシェルは夫と離婚し、エホバを辞め、レズビアンになった。そして、娘を自分から奪おうとした夫の心臓を撃ち抜いた。

新しい人生を始めるために、人を殺《あや》めなければならないこともある。過去の人生に翻弄されるなんて、愚かなことだ。自分がどう生きるか、しっかり考えなければならない。新しい人生を受け入れなければ。死を含めた全てを。

夕食を終え、リタおばさんがリビングルームで『ジェパディ！〔クイズ番組〕』を見ているあいだ、ジェルーシャは最後にもう一度、バッグの中身を確認した。パンティが十枚、ブラが五枚、アンダーシャツが五枚、ブラウスが三枚、スカートが三枚、靴下が十四足、歯磨《はみが》き粉《こ》に歯ブラシ、デンタルフロス、マウスウォッシュ、デオドラント、聖書、出生証明書。そして、銃。

ジェルーシャは、スーツケースを転がしながらファアレス通りを進んだ。そして、エンバルカデロ通りに出て、空き店舗の前を過ぎた。ここには以前、ゲームストップ〔ゲームショップ〕が入っていたけれど、もう四年間も板張りのままだ。それから彼女は、デューイ・ジェイムズ・メモリアル・ベンチを通り過ぎた。一九八〇年代に白人のティーンが運転する軽トラックに引きずられて死亡した黒人男性を弔おうと、黒人の母親有志が寄付を募って設置したベンチだ。

街は荒廃しつつあった。アスファルトの道路からは、黄色や茶色の雑草が勢いよく伸びていた。壁のペンキは、剥がれかけていた。キャドー小学校はロックダウンで閉鎖する前に、生徒たちをトレーラーハウスに移していた。校舎本館にカビが蔓延《まんえん》していたためだ。売地の看板は十二月から剥がれ始めていて、電話番号はもう下二桁しか見えなくなっていた。

こんなにも醜い場所にだって、美点はあった。この場所でもう自分は成長できないと分かれば、簡単に立ち去ることができるからだ。

朝になって、又姪が出て行ったことに気づいたら、リタおばさんは考えるだろう。自分と又姪は、密かに反目しあっていたのだろうか？　それでも、ジェルーシャと大叔母はずっと、紛れもない真実をひとつ共有してきた。自分たちを取り巻くものは、全て破壊されなければならない、という真実。それができて初めて、新しい世界がやって来るのだ。

ジェルーシャの母は、電話で指示された通り、給水塔で待っていた。「ここまで歩いてきたの？」と母は尋ねた。

十五キロほどの距離だったが、ジェルーシャは歩きやすい靴を履いてきた。「あいつ、後をつけてきた？」

「案の定、ついてきたよ。ほら、あそこ。ライトは消えているけどね」と母は囁《ささや》くと、十メートルほど先を指さした。人がひとり死んだだけじゃ、満足できない輩もいるのだ。曇《くも》った三月の夜、霞《かすみ》がかかった暗闇の中、男は近づいてくる少女に気づかなかった。

ジェルーシャはピストルを手に、彼の方へと歩いた。自分にあんなことをした男を許すわけにはいかない。今夜救済されるのは、母ではない。ジェルーシャ自身なのだ。

賢き者がするように、彼女は敵の視界から隠れ、彼に忍び寄り、引き金を引いた。ジェルーシャは、これまでの人生に自らアルマゲドンを起こし、喜びを覚えた。

ORIGIN STORY BY MATTHEW BAKER

起源の物語

マシュー・ベイカー

上岡伸雄訳

配給制や絶望のなかから偉大なものが生まれることがある！　南北戦争中に経済封鎖されていた、十九世紀のルイジアナ。壊滅的な経済不況に見舞われた、二十世紀の日本。あるいは、二十一世紀の世界的なコロナ禍中、ここ、デトロイトにある、一階建てのピンク色の家。考えてみれば、驚くべきことだ。その数カ月間、この家でありとあらゆるドラマが起きたのに、あとで振り返ると、一つの出来事によって、ほかのすべての影が薄くなってしまったのだから。

「難問を解決したわ」と高らかに宣言するベヴァリーの声が聞こえてきた。ピンクのナイトガウン姿で、リビングルームのドアロに現われたのだ。

ロックダウンのために、家族全員がそこに揃《そろ》っていた。ベヴァリーの子供たち、孫たち、ひ孫たち、誰かが受け入れたスカンジナビアからの交換留学生。ベヴァリーの家が最も小さかったのだが、彼女がロックダウンのためによそに移ることはしないと言ったので、家族がここに集まったのである。みんながソファかリクライニングチェア、あるいは客間の予備のベッドで眠ることにした。地下室のエアマットレスも使った。ベヴァリーは九十歳で、夫をすでに亡くし、教育は高校まで。気難しく、人のうわさ話をひっきりなしにしている。その話はしばしば粉飾され、明らかにでっち上げであるスキャンダラスな細部が加わっているのだが、それでも家族は彼女の面倒をよく見ていた。家族全員といっても、エリーを除いてだ。鼻にピアスをし、タトゥーを入れているエリーは、大学の一年生。エリーが幼い頃、二人は互いのことが大好きだったのだが、エリーが大きくなるにつれ、その関係は気まずくなっていった。そしてここ数年、エリーとベヴァリーはめったに口をきかなくなっていたのである。おそらく、まさに二人の関係がとても親密だったからなのだろう。家族の集まりでは、二人を引き離すことができないほどだったので、いまの二人の不和は家族のほかの者たちにとって、ことさら残念に感じられた。この確執はロックダウンの最中も激しくなる一方だった。何しろ二人は目覚めている時間のすべてを一緒に過ごさなければならなくなり、キッチンも洗濯機も、扱いの難しいトイレのあるバスルームも、みんな共有しなければならなくなったのだ。エリーは特にアイスクリームに関して苦々しい気持ちを抱いていた。冷蔵庫のスペースは限られ、スーパーマーケットは在庫不足が続いていたので、ベヴァリーは食料の蓄えが長続きするよう、厳格な配給制を設定したのである。一日のアイスクリームの割り当てはわずかなもので、家の一人の者に対し、毎晩一スクープと決められた。そうしなければ、アイスクリームはすぐになくなり、その後はまったく食べられなくなってしまう。そこでエリー以外の家族は、この提案を最善の解決策——悲しい解決策ではあるが——として受け入れた。一週間ほど、家族は毎晩リビングルームに集まり、窮乏を耐え忍ぶという思いで、一スクープのアイスクリームを食べてきた。そしてエリーは、自分がこの状況にいかに不満かをことさら口にし続けてきた。ところがいま、家族の目は、両手にボウルを持ち、ドアロに立っているベヴァリーに注がれていた。

「それ、いったい何よ?」とエリーは言った。

「新発明よ」とベヴァリーは言った。

ボウルには山盛りの砕いた氷の上に、これまた砕いた氷をちりばめた一スクープのアイスクリームが盛られている。ベヴァリーの説明によれば、彼女は冷凍庫の角氷をビニール袋にたくさん入れ、ゴムのマレットで角氷をしばらく叩いたのだという。これで形勢が一気に変わるわ、と彼女は言った。

「冗談だって言ってちょうだい」とエリーが言った。

「これで私たちはみんなボウルいっぱい食べられるようになるのよ」とベヴァリーは言った。

「水増しされたアイスクリームなんて、誰も食べたくない」とエリーはうんざりという顔で言った。

「喜んで味見しますわ」と交換留学生が言った。

「これをアイス・アイスクリームって呼びましょう」とベヴァリーが言った。

「アイス・アイスクリーム」と交換留学生が驚嘆の思いを込めて復唱した。

「それって、あり得ないほど馬鹿げた名前だわ」とエリーが言った。

「言わせていただくと、これを考えるのに、かなりの時間を費やしたのよ」とベヴァリーは言った。

「『アイス』を二度言うのって無駄よ」とエリーは言った。

ここで交換留学生は——正直に言うと、彼女の名前は家族のほとんどが記憶できないのだが——英語という言語の習得ぶりが達人級であることを示した。実のところ、英語話者がアイスクリームと呼ぶものは、字義どおりにはアイスを含んでいないのだから、統語上、アイスを繰り返すことは重要な役割を果たすことになる、と言ったのである。

「こんなに不快なものって、生まれて初めてよ」とエリーは言った。

ベヴァリーはその晩、キッチンから出たり入ったりして、家族みんなのためにアイス・アイスクリームを作った。そして、水増しされたアイスクリームを食べさせられるのは誰しも嫌だったのだが、たっぷり盛られたボウルの魅力には抗しきれなかった。この日からロックダウンが終わるまで、家族は毎晩リビングルームに集まり、アイス・アイスクリームを食べ続けた。アイスクリーム一スクープと砕いた氷とを慎重に混ぜ合わす。エリーだけがこれを拒絶し、味見しようともしなかった。毎晩、ボウルにアイスクリームだけを一スクープすくい、そこから食べ続けたのである。食べ終わると、家族のほかの者たちがひと口ひと口味わいつつ食べ続けているあいだ、頑固にカーペットを睨みつけていた。

「これって、ちょっといい感じよね」とベヴァリーはある晩、スプーンいっぱいのアイス・アイスクリームを呑み込んでから、感慨深げに言った。

リビングルームの向こう側から、エリーが軽蔑《けいべつ》するように鼻を鳴らした。

ベヴァリーはロックダウンが明けて一カ月後、眠っているあいだに亡くなった。家族がチコリのコーヒーや玄米茶について知ったのは、それから数十年後だった。十九世紀のルイジアナ州では、経済封鎖のあいだ食料品が配給制となり、人々はコーヒーのかさを増すためにチコリの根を加えるようになった。ところが戦争が終わる頃には、州全体がこの飲み物を好むようになっていて、チコリのコーヒーはいまでも人気を保っている。二十世紀の日本では、大不況のあいだ食料が配給制となり、人々は炒《い》った米を茶に加えるようになった。ところが経済が回復した頃には、国全体がこの飲み物を好むようになっていて、玄米茶はいまでも人気を保っている。チコリのコーヒーや玄米茶を飲んだことのある者は、家族にはいなかったが、彼らはこうした出来事との関連性を強く感じるようになった。というのも、同じ現象がアイス・アイスクリームにおいても起きたからである。コロナの流行が収まっても、家族はアイス・アイスクリームを食べ続けた——最初のうちは懐かしさから、たまに食べる程度だったが、やがて驚いたことに、食べる習慣ができ上がり、みんなが実際にこれを好むようになった。アイスクリームのなかの砕氷が口のなかでザラザラする舌触りの絶妙さ。アイスクリームのなかにある氷の破片は何とも見事に滑らかな食感を与える。光が当たると、溶けつつあるアイスクリームが氷のおかげで美しく輝く。やがてこの発明品は家族の友人たちに、職場の同僚に、クラスメートに紹介され、そこからまったくの他人にも伝わっていった。ある夏、古い地区のカフェがメニューにアイス・アイスクリームを加え、次の夏には、川沿いにアイス・アイスクリームのスタンドが並ぶようになった。ローカルニュースの番組が、アイス・アイスクリームを初めて試す観光客の話を流した。市長がアイス・アイスクリームを市の文化の誇りと呼んでいる話が新聞記事になった。家族はこうしたことすべてを畏怖の念をもって受け止めた。ベヴァリーは九十年生きたが、正直に言うと、その最後の十年間、家族は彼女のことを過去の遺物と考えるようになっていた。彼女自身もそういう話し方をした——自分の人生の重要な出来事はすべて過去のものだというふうに話した。ところがそのとき、最後の最後になって——ピンクのスリッパとそれに合わせたナイトガウンを着て家のなかを歩き回り、補聴器の電池が切れかけていてピーピーいっているとき——ようやく彼女はずっと記憶されることをやってのけた。センセーションを巻き起こしたのである。

しかし、このサーガ全体で最大の驚きは、家族がその家を立ち去る前にすでに起きていた。ロックダウンが解除された日、ベヴァリーはエリーに退出の許可を与える前に、ひ孫をキッチンの椅子に座らせ、ボウル一つ分のアイス・アイスクリームを食べさせたのだ。エリーは苦々しげなしかめ面をしてひと口ずつ口に運び、呑み込むごとに眉間に皺を寄せた。そしてひと口ひと口食べるあいだに、氷がアイスクリームを完全に台無しにしている、といったコメントを加えた。料理という芸術の歴史においてこれ以上の暴挙はない、この考え方自体がまさに不快なものであり、天国で天使たちが泣いているに違いない。そして、それを言えば、いまだにアイス・アイスクリームという名前はくだらないと思っている、と。空っぽになったボウルを片づけてから、エリーが曾祖母のほうを見ると、相手はエリーのことを無感動な表情で見つめていた。

「なあに?」とエリーは言った。

ベヴァリーは突如として笑い始めた。片手を額に当て、こらえられないという表情を浮かべている。エリーは当惑して微笑んだ。

「私を騙《だま》せやしないよ」とベヴァリーは言った。

「あたし、マジで言ってるのよ」とエリーは言い張った。

ベヴァリーはのけぞり、カウンターで体を支えなければならなくなった。激しく笑うあまり、肩が震えている。そして曾祖母が大笑いしたのを見て、エリーも笑い始めた。最初は笑いが爆発しないように気をつけ、真面目な顔を保とうと無理をしたために、口が震えていた。しかし、最後には両手で顔を覆い、笑いを爆発させた。

「おばあさん、最初からあたしをからかうつもりだったのね」とエリーは言った。

「私はみんなの助けになろうとしただけだよ」とベヴァリーは言い張った。

二人は循環《ループ》にはまってしまったようだった。ベヴァリーが激しく笑えば笑うほど、エリーも激しく笑う。最後には、二人ともキッチンの床に倒れ込んで体を折り曲げ、目に涙を浮かべて笑っていた。

「私たち、何を笑ってるんだったかしら?」とベヴァリーが言った。

そのあと、二人とも何がそんなに可笑《おか》しかったのか説明できなくなった。しかしその瞬間、二人のあいだで何かが解き放たれたようだった。エリーはドアから出ていくときに、ベヴァリーの最後の抱擁《ほうよう》を受け止めることさえしたのである。

TO THE WALL
BY ESI EDUGYAN

長城へ

エシ・エデュジアン

高見浩訳

こんどのパンデミックが勃発《ぼっぱつ》する四年前、わたしは最初の夫トマスと共に、北京西郊の雪に覆われた丘陵地帯を旅した。

トマスはリマ出身のインスタレーション・アーティストで、当時、十世紀の修道院のレプリカを制作しようとしていた。それに先立つ数年前、彼は中世フランスのある尼僧の物語の虜《とりこ》になった。その尼僧はある朝悲鳴をあげながら目覚めて、そのまま悲鳴が止まらなくなったというのだ。その後、他にも一人、悲鳴が止まらなくなった尼僧が現れ、それからまた一人という具合に悲鳴が伝染して、とうとうその修道院全体に彼女たちの悲鳴が終日こだまする事態になってしまった。悲鳴がようやく止んだのは、現地の軍隊が出動して、黙らないと殴り殺すぞ、と脅したせいだった。トマスがそれほどその物語に引き込まれたのは、尼僧たちの暮らし、その人生には、自由意志というものがまったく認められていなかった点だったと思う。尼僧たちの親はみな貧困のあまり娘たちを養い切れずに、修道院に送り込んだのだ。尼僧たちにできたのは、悲鳴をあげることでしかなかったのだろう。いずれにしろ、トマスは当時、レプリカの仕事に没頭していた。が、旅に出たときは、作品の完成は無理かもしれないと思いはじめていて、わたしもそう見ていた。そのときすでに、トマスは何かを失いかけていたのである。

だが、万里の長城の見物に出かけたその朝は、何もかも満ち足りていて、不都合なことは何もなかった。実はそれまでの数週間、わたしたちは些細なことでいがみ合っていたのだが、初めて見る中国の風変わりな田園風景、気候、食べ物等に気をとられて仲直りしていたのだった。観光客用の入口に着いたとき、細面のトマスがにっこり笑うと、白いまっすぐな歯がひときわ目立った。

石の舗道《ほどう》沿いに並ぶ物売りたちが、白い吐息で大気をくもらせながら呼びかけてくる。女の売り子が、これ買わんかね、と大声で売り込んできた。艶《つや》めく水晶の文鎮。赤い糸でくくられた模造紙幣入りの、きらきら輝く布製の財布。透明な軸のペン。その軸の中ではプラスティックの小舟が揚子江をさかのぼるように粘液の中に浮かんでいた。冷たく澄んだ風にのって、街では感じなかった草のような香りが漂っている。

わたしたちは上層の通路まで運んでくれるガラス張りのケーブルカーに乗り込んだ。がくんと動き出して、褐色の渓谷や夜の川面のような黒い木々の上を渡ってゆくケーブルカーに揺られながら、二人とも神経質な笑みを交わしていた。しばらくして長城の上層に着いた。わたしたちは透き通った冷たい光を額に受けて、年古《としふ》りた石造りの通路を歩きだした。大気は微かに金《かな》くさい味がした。

「さっきの売り子のおばさんから、何か買ってあげたほうがよかったかしら?」わたしは言った。

「母へのお土産に?」

「ガブリエルのやつが中国製のタバコをほしがってるんだよな」強風で黒い瞳をうるませながらトマスは言う。「どうしてかな。あいつ、外国製のタバコをふかすのが恰好《かっこ》いいと思ってるんだ」

「あなたは弟さんに冷たいのね」

言ってすぐに、後悔した。トマスは無言でこちらを見た。あの頃、トマスは実弟のことを話題にしたがらなかった。二人のあいだには少年時代に根ざす敵意のようなものがわだかまっていて、その真相は結婚後十年を経たわたしにもよくわからなかった。ところが、その敵意は、この中国への旅からもどった二年後に起きた事故によっていちだんと深まることになる。トマスは誤って弟の息子を車で轢《ひ》いてしまい、その子を死に追いやったのだ。その子はまだ三歳だった。その頃までに、わたしとトマスは相互不信の隘路《あいろ》に入り込んでいて、何か重要なことが起きても、わたしはそれをトマスからではなく、共通の友人から知らされるようになっていた。甥《おい》っこの死は、だれも通り抜けられない障壁となり、関係者のすべてはばらばらに散ってしまうことになる。

だが、その日は、時間を突き抜けるように、眼前の石の舗道が曲がりくねって遠くの白い霧に溶け込んでいた。わたしたちの歩く区画の路面の石は、表面に紫色の筋が走っていたり、もっと白っぽくて、肌理《きめ》が粗かったりした。そんなくすんだ色合いの石を見ると、悠久の原初にさかのぼる歴史をあらためて感じさせられたりした。そして、笑いをまじえて気軽に言葉を交わしながらも、先刻のわたしの失言が影を曳いていることを、わたしは意識していたし、それはトマスも同じだったと思う。

靄が濃くなって、白いものが舞いはじめた。

引き返す潮時だった。ガラス張りのケーブルカーの乗り場を目指して、歩いてきたルートを二人でもどりはじめた。が、乗り場が見つからない。別のルートを試してみると、見晴らし所に出てしまう。思わず顔を見合わせた。雪の粒が大きくなってきた。

突然、背後を遠ざかってゆく人影が見えた。トマスが声をかけ、二人で角を曲がってみると人影は消えていた。

いつのまにか周囲が暗くなっていて、むっとするような土の臭《にお》いが大気に満ちている。すり減った階段をのぼって踊り場に出ると、前方が柵でふさがれていた。別の階段を降りると、目の前は堅牢な壁で行きどまり。もう一本あった別の道はどこに通じているのかわからず、その道をたどるのは断念した。寒さでかじかんだ指先が火照ってきた。この時間の北京の街並みが脳裡に浮かんだ。ホテルの近くの道路沿いに並ぶにぎやかなレストラン。排気ガスと焼肉と温まった花の香りが渾然《こんぜん》となった独特のにおい。そして舗道には、舞い落ちた花弁が青白い蠟《ろう》の切片のように散らばっていて――。

「おれたち、なんだかエッシャーの絵の中にまぎれこんだみたいだな」妙に高ぶった声で、トマスが叫んだ。

わたしも微笑したが、耳元では風がひゅーっと鳴っていて、体が小刻みに震えていた。睫毛《まつげ》に雪がこびりついたので、強くまばたきした。

そのとき、二人の黒髪の女が目の前に現れた。足元にはいくつかの大ぶりな缶が置かれている。トマスが気落ちしたような表情を浮かべたのが意外だった。わたしは、迷子になって困っているということを身振り手振りで説明しはじめた。二人の女は顔色も変えずに聴いてくれた。皺《しわ》ばんだ顔が濡れて輝いていた。そのうち一方の女がトマスのほうを向き、中国語で何か恥ずかしそうに言ったかと思うと、痩《や》せ細《ほそ》った腕をつとあげて、トマスの髪から雪片を払い落した。トマスは喜んで、少年のような笑い声をあげた。

するともう一人の女が、足元の缶の中から湯気のたちのぼるお茶の入った発泡スチロールのカップを二つとりだした。いったいいつお茶をついだのだろう。こんな高地で、こんなに寒い日だというのに、どうやってお湯を熱く保っていられるのだろう。それが不思議だったけれど、トマスはいかにもありがたそうにカップを受け取った。わたしは手を振ってことわった。

二人の女は背後を指さしてみせる。と、そこにはケーブルカーの乗り場があった。ガラス張りのドームが、復元されたばかりのように黒い広大な渓谷にせり出している。

トマスは驚きの声をあげた。ケーブルカーに向かって歩きながら、彼はいかにも感心したような口調で、さっき頭に触れた女の掌《てのひら》の感触やら、そのずっしりとした重さやら、荒れた肌触りについて、しゃべりつづけた。

けれども、それから北京にもどる車中で、わたしたちは黙りがちだった。こんなに長いあいだ言葉を交わさずにいると、落ち着かなかった。何か嬉しいことがあるとやたらと饒舌《じょうぜつ》になるトマスなのに、いまは自分の中の何かがゆっくりと剝ぎ取られているかのように黙り込んでいる。ホテルに着いてもトマスの口はどこか引き攣《つ》っていて、わたしには、それと名指せない何かで彼はまだ気がふさいでいるのだなとわかった。わたしはそっとトマスの手をとった。彼もまた、二人の人生の行方と、そこに待ちかまえている黒い亀裂を予知しているかのように、わたしの手を強く握り返してきた。そのときですら、この地上では、至るところで灯が消え去ろうとしていたのだった。

BARCELONA: OPEN CITY BY JOHN WRAY

バルセロナ――オープンシティ

ジョン・レイ

上岡伸雄訳

シャヴィの運勢は夜間外出禁止令の初日に変わった。すでに一ヵ月ほど前に失業し――彼が私に話してくれたところでは、持ち家所有者の保険を無防備なおばあさんたちに電話で売りつけるという仕事から解雇されたのだが――それ以来、落ちていくだけという状態だったのだ。しかし、ロックダウンがすべてを変えた。夜が明けたときには、彼はまわりの人々からいろいろと質問されなくなっていた。新しい仕事は見つかったのか、見つかってないなら、なぜまだ見つからないのか、そして、どうやって来月の家賃を払うつもりなのか、といった質問だ。人々はほぼ自動的に「コロナ《コウ》ウィルス《ヴィ》感染症《ッド》」が悪いのだと決めつけ、それ以上の説明を求めなくなった。その結果、実のところシャヴィはしょっちゅう遅刻をしていたし、口を食べ物でいっぱいにして電話で勧誘したり、自分の正気を保つためにふざけた声を使って客に電話したりしたために解雇されたのだが、そういう説明が不要になった。突如として、こんなことはすべて問題にならなくなったのだ。バルセロナじゅうが解雇されたようなもので、バルセロナじゅうが半ば正気を失い、そしてバルセロナじゅうが外に出たくてたまらなくなっていた。ランブラス通りを逆方向に歩き、暗くなった店のウィンドー

を悲しげな顔で覗《のぞ》き込《こ》みたい。実際には買う気もないものをじっと見つめたい。シャヴィの人生は

みんなの人生になった。

奇妙なことに、ロックダウンの最中でも、彼自身には右のことすべてをやる許可が与えられていた。コンテッサとシェッポのためである。ロックダウンの前、彼はこの二匹の飼い犬を午前中に一度、ディナーのあとに一度、必ず散歩させていた。特に三歳のラサアプソ犬、シェッポは、毎日ジョアン・ミロ公園のドッグランで十五分間走れなければ、正気を失ってしまう。ところが、このころ犬の散歩が日に三回か四回、ときには六回か七回にもなっていた。シャヴィはこれが鬱《うつ》状態からついに脱したしるしであると考え、確かにそれも理由の一部ではあったが、そこにはもっと実存的な理由もあった。犬を散歩させることで、シャヴィは制度の抜け穴を利用している感覚を得られたのである。マトリックスに不法侵入しているような、神々に対してアッカンベーをしているような感覚。ロックダウンに入って八日目、許可証のない歩行者は市の警察から――近所の人々からは言うまでもなく――厳しく注意されるようになっていた。しかし犬たちは、大きかろうが小さかろうが、雑種であろうが純血種であろうが、町を堂々と走り回れる。シャヴィがこの状況にビジネスの可能性を見るまでには、長くかからなかった。雇用履歴は惨《みじ》めなものだったが、彼はいつでも自分を起業家だと考えていたのである。

翌日、シャヴィはさっそく宣伝を始めた。最初は彼のアパート（オリベラ通りにあるフランコ時代の巨大な複合アパートだ）の住人たちに向けて、続いて近くに住む友人や知人たちに向けて、シェッポとコンテッサを「散歩」にお貸しできますと告知した。二時間単位、料金は要相談。瞬《また》く間《ま》に反応があった。同胞の市民たちの熱意が声からもほとばしり、こちらが怯むほどだ。彼はある種

の身元調査が必要であると気づいた――自分は街角で客を引っかけるポン引きとは違う。犬たちを深く愛している。その一方で、家賃は払わないといけない。

その夜、青のボールペンとポストイットを手元に置いて机に向かい、正式なプロトコルを作成した。ステップ1、eメールかテキストメッセージで、最低六回はやり取りする。ステップ2、対面で少なくとも三十分は話をする。場所はドッグランかシャヴィのリビングルーム。シェッポがほんの少しでも気乗り薄の様子を見せたら、この話はなかったことにする――コンテッサは数秒もすればどんな人の膝にも飛びついてしまい、文字どおり相手を選ばないので、人物の判断を任せるわけにはいかない。こうした点について、例外は絶対に設けないことにする。

規則をいっそう厳格にするために、シャヴィはじっくりと考えた末、最近の総選挙で国民党に投票した人には、彼の犬は散歩させないことにした。あるいは煙草を吸う人や近眼の人、てんかん持ちの人、杖を突いて歩く人も駄目だ。自分は価値のあるサービスを提供しているのだ、と彼は自分に言い聞かせた。法律を遵守し、品格のある市民たちは母親や恋人を訪ねたり、場外馬券場に行ったりしなければならない。そして彼の犬たちは運動でき、彼は借金を返済することができる。全体として、ビジネスモデルとしては実に革新的で能率的、社会の動向を意識したものだとシャヴィは考えた。最初の顧客をスクリーニングした頃には――その人のことは、シェッポが五分も経たずに拒絶した――彼は自分がこの地区のイーロン・マスクのように感じ始めていた。

初日に現われた客たちは、よく言っても「ごたまぜ」だった。カプチン修道会の僧のように、頭に完璧な円の禿《はげ》がある信心深そうな男――彼はサリアに住む糖尿病の伯母を訪ねなければならないと主張した。テニスシューズを履いた品のある女性は「幽界のサポート」を得るために犬が必要なのだと言った。それから同じ僧のような男がまた現われた――今回は理由を言おうともしなかった。最後にファウスト・モントーヤがやって来た。この男はシャヴィの昔の職場にいた友人で、自由な時間を使って別れた妻の偵察をしていた。シャヴィはこのうち二人の候補者をふるい落とした――一人は国民党に投票したから（さらに煙草を吸うから）で、もう一人は世界経済を停滞させ、カタロニア人を何百人も殺しているこの病を「コビー」と呼んだためだった。一九九二年のバルセロナオリンピックのマスコットが、たまたま「コビー」という名前だったのである。シャヴィはこの男をドアから送り出すとき、まさに自分が正義を体現しているように感じた。

　マリオナがシャヴィの人生に入り込んできたのはロックダウンの十日目だった。ビジネスを開始して二日目、普通ならその日最初のマリファナを吸っている時間である。そのとき彼はカプチン修道会士と料金の精算をしていた――この男は感染症流行が続く限り、時計のように正確に一日二回、ここに来るつもりだという思いを全身から発していた。すると、マリオナがアパートのドアをノックし、説明の言葉はひと言もなく、まるで何十年も前から知り合いであるかのように、アパートの奥まで入ってきたのである。シャヴィは煙に巻かれた――しばらく前から、ディナー前に吸うハシシの量を減らしてきたにもかかわらず。彼は彼女に腰かけるように言った――時間を稼ぐためでもあり、彼女が彼より少なくとも五センチは背が高かったので、すでに少なからず圧倒されていたためでもある。ひびの入ったレアル・マドリードのグラスに水道水を注いで差し出すと――といっても、彼はレアル・マドリードを心の底から嫌っていたのだが――よたよたと通常のインタビューを始めた。自分がどこの場所であれイーロン・マスクだという自信はどんどん萎《な》えていった。次第に、彼のフトンに脚を組んで座っているこの女性ではなく、自分のほうが調査されているのではないかと疑うようになった。シャヴィの脳みその崩れかけている部分、倫理的な問題を扱うための部分が、ひりひりと疼《うず》き始める。初めて、はっきりと指摘できる理由もなしに、彼は始動したばかりの自分のベンチャービジネスが実際のところそれほど誇れるものではないのではと考えるようになった。マリオナが発言のなかで、この問題を直接取り上げたわけではまったくない――単に彼女の基本的な印象がすべて一緒になって、自分が価値のない人間であるとシャヴィに感じさせたのである。彼女が彼の部屋にいる理由はそのベンチャービジネスのためにすぎないという事実は、彼の道義的透明性を示す助けにはならなかった。

「最近の総選挙で誰に投票しました？」

「それが何とどういう関係があるの？」

「何もありません。ただ、つまり、もう少し深く知りたいと――」

「人民党よ」と彼女は淡々と言った。「星座はおうし座。タイプは一分に五十語打てる。それに、ニンニクのアレルギーがあるわ」

彼女が冗談を言ったので、彼はホッとして笑い声を出した。もちろん、彼女の支持政党は人民党だ。こんなに完璧な人がほかの党に投票するはずないではないか？「人民に力を《パワー・トゥ・ザ・ピープル》」と彼は弱々しく拳を上げて囁《ささや》いた。よく見ると、その二本の指の関節にマスタードの染みがついている。「カタロニア人にカタロニアを――」

「そして、誰もコロナに感染しないように」と彼女は言って、ニヤリと笑った。「たぶん、私の家主を除いてね」

「それは――素晴らしいお気持ちですね。これ以上共感できることはありません」。彼は息を吸い込んだ。「もう一つだけ質問させてください」

「一つだけね」

「犬たちを何にお使いになるのか話していただけませんか?」

彼女は彼に向かって目をパチクリさせた。「何ですって?」

シャヴィはある程度の自尊心を保とうとしながら説明した。自分としては、それぞれの顧客志願の方々が犬たちを散歩に連れ出す動機を知っておきたいのです。もちろん、純粋に犬たちのために。

「動機なんてないわ」とマリオナは言った。

「でも、何かしらの理由があるはずですよね――」

「もちろん、理由はあるわ」と言って彼女は、少し頭の鈍い人を見つめるかのように、彼を見つめた。「犬が大好きなの」

これでシャヴィは何も言えなくなった。革ひも二本とアパートに入るカードキーを渡すと、彼女は外に出ていった。そして正確に二時間後に戻り、シェッポとコンテッサを返したのだが、そのあとになって、シャヴィはようやく彼女に身分証明書の提示を求めなかったことを思い出した。

マリオナが次の日に戻ってくると期待するのは望みすぎというものだ。カプチン修道会士がそれほど信心深そうでなくなり、体からいい匂いを発するようになって、戻ってくるのを望むようなもの。それはわかっていても、シャヴィの心は落ち込んだ。こうなったら仕事に集中するしかない。ビジネスを始めて三日目――ロックダウン十一日目――に彼のところに来たのは、まずティーンエージャーの女の子が二人――獣医のオフィスで働いていたと言うのだが、コンテッサの革帯をどう締めたらいいのかわからないようだった。続いてシャヴィの建物の管理人――まだら状の顎鬚《あごひげ》を伸ばした結果、ぶよぶよの安っぽいチェ・ゲバラのようになっていた。そしてマリファナの売人が少なくとも三人――みんな自分の商品で支払いをした。カプチン修道会士は二回来て、封をした青い封筒に二十ユーロを入れて料金を払ったのだが、封筒にかすかなバラ香水の香りがしたため、シャヴィは理由もなく激しい苛立《いらだ》ちを覚えた。サリアに住む糖尿病の伯母さんは元気でいるのかと、痛烈な皮肉が伝わるように願いつつ訊ねてみたが、カプチン修道会士は聞こえないふりをした。

一日が過ぎ、二日、四日、一週間が過ぎた。シェッポとコンテッサがこれほどたっぷり運動したことはなく、シャヴィが完璧に精査した客たちは犬たちを丁寧に扱っているようだった。それから、ロックダウン二十二日目、彼がすっかり希望を失ってかなり経ってから、マリオナが戻ってきた。今回は、パジャマで作ったように見えるマスクをつけている。しかし、そのペーズリー模様のシルクの上から覗く瞳は、前回訪れたときよりも明らかに誘惑的だった。それを見たときシャヴィは、苦しいほど退屈な数週間を過ごした結果、捨て鉢な気持ちが生まれたのだとわかった。彼女が犬たちを散歩に連れ出すとき、彼は自ら付き添いを買って出て、その言い訳をわざわざ取り繕おうともしなかった。彼女のほうも断ろうとしない。二人でランブラス通りをカタルーニャ広場までゆっくり歩く――マリオナがコンテッサを、シャヴィがシェッポを引いている。ピントル・フォルトゥーニ通りの角に、窓を板でふさいだ電気店があり、そのそばの公衆便所を通り過ぎる。そのときになって、シャヴィは感染症が流行して以来初めてとなる感情を意識した。未来が何をもたらすか、自分がわかっているという感覚である。

彼女はポンペウ・ファブラ大学の大学院生だとわかった。コミュニティ・オーガナイジングの学位を取ろうとして勉強している。この仕事に学位が必要だとは、シャヴィはまったく知らなかった。

彼女が育ったのはペドラルベスという、この市の高級住宅街。ただし、それは父親が金持ちの老人の庭師として働いていたからにすぎず、この老人はワインの品質表示をめぐる非合法すれすれのことをやっていた。シャヴィは彼女の口の形を、正確には思い出せなかった——マスクをつけることに関して、チャーミングなほど厳格だったからだ。しかし、それが可愛らしい口だと思っていけない理由は何もない。二人の散歩のクライマックス、そしてロックダウンのロマンスの決定的瞬間は、誰あろうカプチン修道会士を見つけたときだった。サリアに住む伯母のアパートとはまったく違う方向に向かって、完全に違う犬を二匹連れて歩いていたのである。

その週のうちに、マリオナはシャヴィのアパートで隔離生活を送ることになった。彼のマリファナを吸い、実質的に彼のビジネスも運営する。シャヴィに異存あろうはずがない。基本的に彼女が話をし——と、彼が私に話してくれた——彼はそれに追いつこうとする。彼女は彼に比べて頭がよすぎた、というか、少なくともビジネスの才に長《た》けていた。それは魔法のような日々だった——まさに期待どおりだったが、あまりに夢のようで、あり得なく感じられ、心から信じることは難しかった。しかし、あの当時、すべてがそのように感じられたのだ、とシャヴィは振り返って言った。彼が——そして、地球上の誰もが——知っていた人生は、ひと晩のうちに、二流SF小説のパラレルワールドのような世界に置き換えられた。もはや容易に信じられるものなどあっただろうか？

シャヴィはこの話を——個人的なロックダウン寓話と呼んでいたが——五月にズーム上でヴァーチャルなモヒートをすすりつつ、私に話してくれた。バルセロナのロックダウンは終わり、彼は昔の彼に戻っていた。失業中にして鬱状態——ヤクをやるといつでもそうなるように、このときも少し朦朧《もうろう》としすぎていて、この寓話に満足のいく結末を添えることができなかった。マリオナとのことは「たどるべきコースをたどった」、と彼は説明したが、愚痴をこぼすわけではなかった。セックスは素晴らしかったし、コミュニティ・オーガナイジングについてもいろいろと学べた。そして、彼女は彼の料理を心から楽しんでいた。しかし、外出制限がついに解除されると、人々はみな自由に出歩くようになり、彼のビジネスも人間関係も煙のように消えていった。このシュールな六週間、彼とマリオナは共有するものがいろいろとあったのに、突然それもなくなった。こうしたことはいつだって起きている、特に戦争や疫病、飢饉《ききん》のときなどは。それでも、彼らは持ちこたえたかもしれなかったのだ、とシャヴィは主張した――本当の家庭を築き、落ち着き、おそらく二人くらい子供を持つことだって――もしもロックダウンが解除されなければ。

私たちは無料で話せる四十分間の最後に差しかかっていた。そこで私は残ったわずかな時間を使い、可哀想なシャヴィの気分を盛り上げようとした。何が起こるかなんてわからないよ、と私は彼に指摘した。バルセロナはまた開かれた都市になった。未来が何をもたらすか、誰にわかる？

「それについてはずっと考えてたんだ」とシャヴィは少し元気になって言った。「君が連絡をくれたとき、ニュース番組を見ていてね。それによれば、この秋に第二波が来るかもしれないって……」

ONE THING BY EDWIDGE DANTICAT

ひとつだけ

エドウィージ・ダンティカ

佐川愛子訳

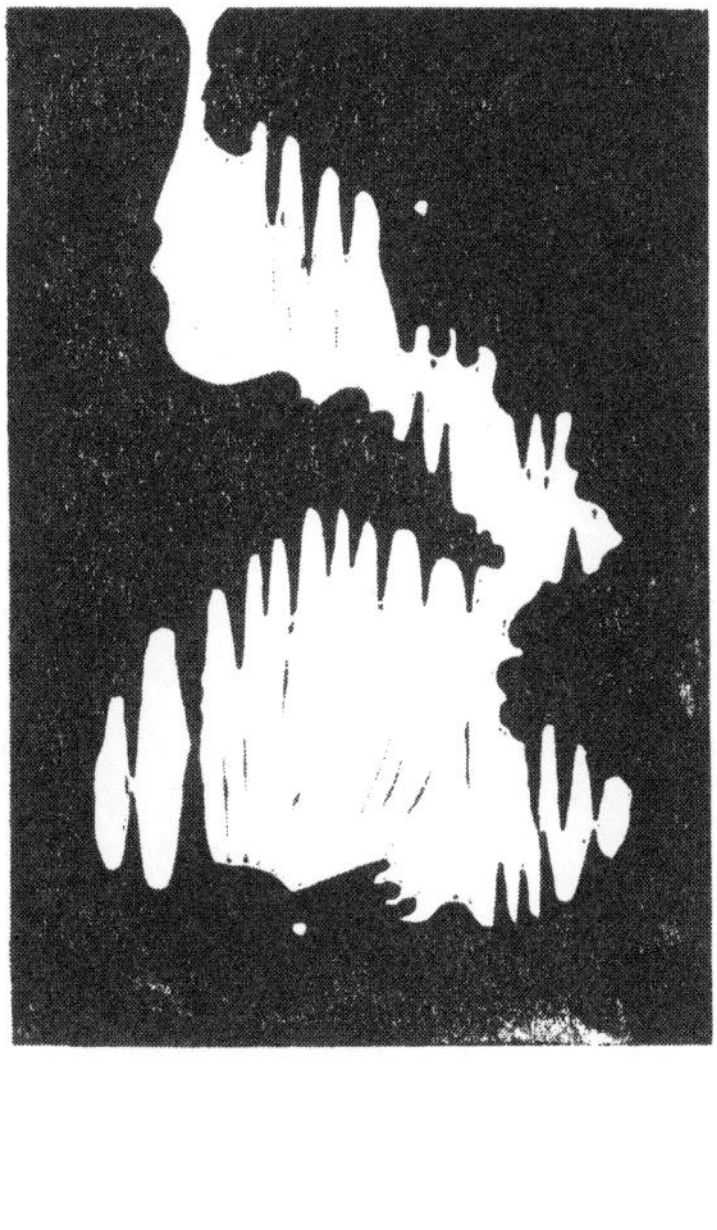

彼女は、彼の心を占領している洞窟《どうくつ》と岩石と鉱物の夢を見ている。夢のなかで彼は言う。洞窟の床から伸びている柱に触ると、その石筍《せきじゅん》は死んでしまうかもしれないんだよ。彼女は笑って言う。人がもう洞窟に住まなくなったのはそれが理由かもしれないわね、と。彼は間違いを正す。「ブルックリンではたぶんね。でも人が住んでいる地域もあるよ。天候に強いられてやむを得ず。ハリケーンの最中とかその後とか。あるいは戦争のさなか。隠れたり身を守るために」

彼は彼女に思い出させる。とても見たい、思わず息をのむような――以前はよく使っていたこの言葉も、今ではもう使わないかな――羨《うらや》ましいほど美しい、と言うかもしれない――百万年も前に出来た洞窟があるのだと。こうした洞窟の内部には、一マイルほどの奥行きの鍾乳洞や、大峡谷や、立て坑や、滝まであって、大理石のアーチや透明石膏結晶や真珠の結晶やツチボタルなんかが発散する色が爆発して、それはもうびっくりするほど美しく、見ていると瞳孔《どうこう》を焼かれてしまいそうだと。

体が一つひとつの言葉に共振して震え、興奮のあまり両拳を突きあげ、頭を右に左に躍らせている。地球環境科学を教えている高校三年生と四年生の授業で、クラス全員分の熱狂を生み出そうといつも努力している時のように。でも、今はもうこんなふうには話せない。自宅では、はっきり病気と分かるようになる前から、言葉は短くなり語数も減っていた。その話し方は最近この国にやってきたばかりの彼女のいとこたちに似てきていた。母語ではない言葉で短い文で話し、生まれた時から聞いてきた言葉を徐々に忘れていくいとこたちに。

この夏は、ハイチ南部の、双方の両親の生まれ故郷で彼女の母が生まれた町の近くにある岩屋と洞窟に、ふたりで行こうと計画を立てていた。

「洞窟のひとつは君と同じ名前だよ」結婚祝いの欲しい物リストにこの新婚旅行の費用を挙げてなんとか旅費を手にしようと決めた時に、彼は言った。その洞窟は、彼女と同じく、看護師であり兵士でもあったマリ＝ジャン・ラマルチニエルに因んで名づけられていた。ハイチ革命の間、男装して夫といっしょにフランスの植民地軍と闘った女性だ。

「あなたに会って、あなたのために一緒に闘うには、私はどんな服装で行けばいいの？」と、今彼女は訊ねる。「医者？　それとも司祭？　あなたには——無神論者だけれど——司祭でも許されるかしら、万一目覚めて回心を求める場合に備えて？」

早鐘《はやがね》のような彼の激しい呼吸を思い出して、彼女ははっと目を覚ます。ここ最近の恐怖のランクづけのなかで、今いちばん怖いのは、彼の沈黙でも、もう何時間も続いている人工呼吸器のあえぐようなうなり音でもなく、看護師のシフトが代わって、彼の耳のすぐそばにずっと置かれている電話で誰かが話す時だ。電話の向こう側の疲れ果てた女性の声は、ひどくせっかちで大げさに上がり下がりするその抑揚から、ア・カペラ合唱団のメゾソプラノを想起させるのだけれど、わざと元気そうに言う。「もしもし、おはようございます。レイさんの最愛の人ですか？」

どうして知ったの？　と訊きたい。もちろんあの人たちはメモをとる、アイパッドやノートパッドに、区別し個々の患者を特定するための細かい点を互いに読み合えるように。夜勤の看護師は、彼女の言っていることがなんとか分かったのかもしれない。マリ＝ジャンがうめきながら泣きながら言ったことを、正確に最後まで書き取ったのかもしれない。「彼の名前はレイモンド、でも私たちはレイと呼んでいます。私の最愛の人なんです」

「おふたりは、昨夜は何を話して過ごされたのですか？」朝の勤務についた看護師が訊く。それで、午前のもっと後で、もしかすると午後、そしてたぶん今夜もまた彼の耳にささやけるよう、電話機の充電を忘れないでくださいと彼女に念を押す前に、マリ＝ジャンはほぼ低音域のかすれ声で眠そうに答える。「洞窟です。洞窟の話をしていたんです」

ふたりは常に洞窟の話をしていた訳ではなかった。新任科学教員のためのオリエンテーションと、彼の両親がフラットブッシュ通りに所有するレストランで大晦日《おおみそか》に挙げた結婚式との間の四か月の交際期間中は、もっと広く旅全般の話をしていた。何と言っても彼らの職業の一つの利点で大きな幸運だったのは、夏には、生きている間にやっておきたいことのリストの項目をチェックする時間を持てることだった。彼は、かねて計画中の旅行について、まるでもうすでに始まっているかのように話すのを好んだ。ザンビアのロウワー・ザンベジ国立公園とヴィクトリアフォールズ橋のそれぞれの川沿いの渓谷を結ぶ蒸気機関車にふたりで乗りたいと言い、さらに、子供を作る前に、マチュピチュに登り、ガラパゴス諸島の海でペンギンと一緒に泳ぎ、ガラス・イグルーの中から北極光を眺めたいと望んだ。でもまずは、彼女と同じ名のついた洞窟へ延期していた新婚旅行に行くのが先だった。

看護師との電話を切るとすぐに、彼女は、車で病院へ行って本館の周りを巡るところを想像する。表門のそばにあるモミジバフウの木の下に駐車しよう。いつもならこの車道はロビーに行く時のルートで、訪問者はそのロビーで記帳してから入館し、病院内の迷路の中でなんとか自分の行き先を見つけるのだ。前日彼女は、その建物の反対側にある急患受入口で彼を降ろした。宇宙服のようなもので身を包んだ二人の人が、彼を乗せた車椅子を押して中に入っていった。彼はその時はまだ自力呼吸が出来ていて、振り向いて彼女の方に手を振ることさえ出来た。それはさようならではなかった。もう行きなよ、とマスクの下で言っているようだった。イヌホオズキの黒い実のような彼の眼は、だんだん曇ってきている飛行士眼鏡の向こうでぼやけて見えた。きみの後ろに長い行列が出来ているから。

彼女は、彼が今いるかもしれないのは病院のどこだろう、何階のどの病室だろう、と考える。夜間勤務看護師は教えてくれない。たぶん彼女のような人たちが、愛する人の手を取ろうと病棟に押しかけ、目指す階へと殺到するようなことのないように。看護師は、私たちがしっかりお世話をしていますよ、とだけ言う。

「分かっています」と彼女は言う、彼だったらそうしたかもしれないように。「最善を尽くしてくださっていることは、分かっています」

彼女は、今夜の電話でも彼の好きなニーナ・シモンの曲をかけようと思う。昨日の夜は「Wild Is the Wind（風は狂おしく舞う）」を十六回かけた。ふたりの結婚生活十六週間に因んで。結婚式では誰もが、この哀調をおびたジャズは、何らかの悪ふざけで——ふたりの最初のダンスの最中にヒップホップの間奏曲が挟まれて、彼のひどいブレークダンスが披露されたりして――途中で中断されるだろうと思い込んでいたけれど、ふたりは生録音の七分間ずっとチークダンスを続けた。あなたが私にキスしてくれる。あなたのキスで私は生き始める。あなたは私にとって目覚めの春。私のすべて。分からないの、あなたは私の人生そのものなのよ。

　彼女は折り返し電話をして、今すぐ彼のためにこの曲をかけてくれるよう看護師に頼もうかとも思う。けれども、日中の病棟は忙しすぎるかもしれない。次々と切れ目なく続く慌ただしい動きとビープ音を発し続けている医療機器への対応とで、歌詞もメロディーも弱められてよく聞こえないかもしれない。とにかく、ふたりがともに抱えている悪夢からの解放がもっとも必要なのは、夜なのだ。

　彼女は、電話の鳴る音で初めて自分がうとうとしていたことに気づき、眼をこすって眠気をさましながらさっと手を伸ばして、ベッドにかけた黄色いキルトの掛け布団のひだから携帯をつかみ上げる。両親が、彼女が商店に依頼してアパートに届けてもらった食料品やなんかのお礼を言っている間、いつもつけっ放しのラジオから大音響で鳴り響くクレオール語ニュースが聞こえる。夫の状態を両親から訊かれると、「同じよ」と答える。

　彼の両親がかけてくると、あとで夜になって彼に電話しますけど加わりたいですかと訊く。民話とか家族の逸話とか、彼が子供の頃に大好きで大事に心にしまっていたことを思い出させるような話を、彼にしてくだされればと思うのですがと。

「私たちの元に戻ってこなきゃいけない理由をあの子に伝えてちょうだい」彼の母親は、マリ＝ジャンが言おうと苦労していることを約《つづ》めて言ってくれる。

「すべてあいつ次第だというわけでもないんだろう？」と父親が口をはさむ。その声は遠く聞こえる。まるで、妻の携帯のスピーカーではなく、別の部屋にある別の内線から話しているかのように。「あの子はきっと戻ってきたい筈だわ」と義母は言う。「私たちずっと祈っているのよ。あの子はきっと戻ってくる」

きみに助けてもらえればオンラインで見られるかもしれない葬儀があるのだが、と父親が言う。倒れてしまった親しい友人たちのための礼拝なのだよ、と。「倒れた」とまっすぐずばりと言うので、マリ＝ジャンは思わず、彼の友人たちは浴槽ですべってころんだり階段を踏みはずしたりしたのかと思う。

「リンクとパスワードを送ってもらったの」と義母が言う。そしてリンクとパスワードを、指示文と一緒にメールで送ってくる。それでマリ＝ジャンは、なんとか二人を手引きしてラップトップ上で葬儀に参列する仲間たちのグループにつなぐ。電話を切ろうとするマリ＝ジャンに、「あなたほんとうに見られるの？」と夫に訊ねる義母の声が聞こえる。

マリ＝ジャンはそのリンクを使って礼拝にアクセスする。カメラは葬祭場内にあるチャペルの天井の隅から録画しているようだ。二人の人のための葬儀だ。四十五年間結婚していた夫婦で、三日違いで亡くなった。二人で彼女の結婚式に出席してくれた。新婚旅行資金に二百ドルを寄付してくれた。夫の両親の最も古くからの友人たちの中の二人だ。この夫婦の三人の娘と、そのそれぞれの夫たちと、最も年長の孫たちのうちの四人が、巨大なチェス盤上の一つおきの升目に配置されたように見える椅子に座っている。二つの棺《ひつぎ》にはまったく同じ紫のビロードの布が掛けられている。マリ＝ジャンは、司式の言葉をひと言も聞かないうちに画面をスワイプする。

彼女と同じ名前の洞窟は、内部の長さが三マイル以上あり、百万年以上前に出来たものだ。最初の部屋は、床は淡褐色で二階建て構造になっている、と彼は言っていた。更に奥へ行くと、聖母マリアやウェディングケーキのような形をした鍾乳石がある部屋がいくつかある。いちばん深くていちばん暗い部屋のうちの一つに、探検家たちが〈地の底〉という名前をつけたのがあって、その中に入ると人は自分の心臓の鼓動を聞くことができる。

今夜彼女は、洞窟について彼が話してくれたことすべてを、再び彼に語るかもしれない。それからまた、彼に思い出させよう、まだ出会ったばかりで「飛び込む」ことを彼女が躊躇《ちゅうちょ》しているように見えた時、彼が彼女に頼んだことを。ぼくについてきみが集中できることを一度にひとつだけ選んでくれ。きみに他のことを全部忘れさせるようなひとつのことを。今日それは洞窟だ。明日はニーナ・シモンかもしれない。再び。その次の日は、大好きなことについて話している時に頭をひょいひょいと上下に動かすしぐさかもしれないし、あるいは、あのダサい眼鏡越しに彼の眼を見つめるだけで彼女には次の動きを予想できることかもしれない。

電話がもう一度鳴り、自分のしていることを認識する前に本能的に腕が伸びてその電話をつかむ。少し前にあれほど陽気な声で話そうとしていた看護師が、今は注意深く言葉を選んでいる。

「実は先ほど申し上げるつもりでしたが」と看護師は言う。「あなたに宛てた言葉がご主人の入院患者ファイルに記載してありまして。お伝えしたかどうか、分からないのですが」

何か、より深刻な宣告が続くのかと思いながら、マリ＝ジャンは「いいえ」と小さすぎる声で答えたので、同じ言葉を繰り返さなければならない。

「読んで差し上げましょうか」と看護師が訊く。

マリ＝ジャンはためらう。わざと時間を延ばす。もしも何かこれまでとは違う状況を知らせる言葉があるのなら、聞くのをしばらく延ばせるように。どのような言葉であれ、他人の口からは聞きたくない。

それだけは分かっている。彼女はそれを読んでいる自分の声を聴きたい。いや、それよりも、彼がその言葉を言っているのを聴きたい。

「スクリーンショットをメールでお送りすることもできます」と看護師は言う。「写真はもうすでに撮ってあります」

「お願いします」とマリ＝ジャンは答える。

eメール着信通知が携帯の画面上に飛び出すと、文字を読む前にもう彼女にはそれが何か分かる。罫《けい》のない白い紙に、レイは書いていた。「M・J、風は狂おしく舞う（MJ, Wild Is the Wind）」

その言葉は、震える手で、急ぎ書きの筆記体で、走り書きされたように見える。「M・J」はまっすぐに書かれているけれども、ほかの文字は下の方へすべって、形も大きさも崩れていき、最後の文字は「翼（Wing）」ではないと百パーセントの確信はできないほどになっている。

彼女は、ある時彼が言ったことを思い出す。マリ＝ジャン洞窟の内部では、音は重みを持ち強い波となって進むから、いちばん砕けやすい石灰岩だったら、ひびをはいらせることだって出来るかもしれないと。彼女は、自分がこの洞窟のいちばん深い場所、〈地の底〉に立ち、結婚式のダンスの間に彼が耳元でささやいた言葉を聴いているところを想像する。ひとつだけだよ、M・J。今はこれがぼくらのひとつだけのことだ。

謝辞

『ニューヨーク・タイムズ・マガジン』のある号から本書は始まった。すべての号、とりわけ、このパンデミックが始まって以来リモートで制作されたすべての号と同じく、編集部全体の努力と献身によって可能となった。とくに、ケイトリン・ローパー、クレア・グティエレス、シェイラ・グレイザー、レイチェル・ワイリー、ゲイル・ビヒラー、ケイト・ラルー、ベン・グランドジャネット、ブレイク・ウィルソン、クリストファー・コックス、ディーン・ロビンソン、ニツウ・アベベ、ロブ・ホーバーガー、マーク・ジャノット、ローレン・マッカーシーに感謝したい。この企画の原点となった、『デカメロン』に関するエッセイを提案してくれたリヴカ・ガルチェンと、ライノタイプのイラストを執筆してくれたソフィー・ホリントンにも謝意を表する。また、先見の明をもって支えてくれたスクリブナー社のナン・グレアムとカーラ・ワトソン、ニューヨーク・タイムズ社の本書担当キャロライン・キュー、そして本書の代理人であるガーナート社のセス・フィッシュマンにもお世話になった。そして何より、変化した世界における自分たちの居場所を理解するために、大小さまざまな形で作品を提供してくださった三十六名の作家と翻訳者の方々に、感謝と賞賛の意を表したい。

作家略歴

ケイトリン・ローパー（Caitlin Roper）

二十代でテレビ番組や映画製作に携わり、その後六年間勤務した『ワイアード』では数々の特集号を手がけた。二〇一六年に『ニューヨーク・タイムズ・マガジン』のスタッフとなり、一六一九年のヴァージニアへの奴隷到着によって始まったアフリカ系アメリカ人の歴史とアメリカ合衆国の現在を見つめる *The 1619 Project*（二〇一九）や、本企画『デカメロン・プロジェクト』（二〇二〇）の立役者となった。現在は『ニューヨーク・タイムズ』の報道を映像化する部門の責任者を務めている。

リヴカ・ガルチェン（Rivka Galchen）

一九七六年、トロント生まれ。研究者の両親の異動によりアメリカ合衆国に移り、オクラホマ州で育つ。ニューヨーク市のマウント・サイナイ医科大学を卒業後、コロンビア大学大学院創作科を修了。二〇〇八年の長篇小説 *Atmospheric Disturbances* でデビュー。二〇一〇年には『ニューヨーカー』が選ぶ「四十歳以下の注目作家二十人」に選ばれている。その後、短篇集 *American Innovations*（二〇一四）、出産と育児をめぐるメモワール *Little Labors*（二〇一六）、子ども向けの冒険物語 *Rat Rule 79*（二〇一九）、第二長篇 *Everyone Knows Your Mother Is a Witch*（二〇二一）を発表している。その他、『ニューヨーカー』

や『ロンドン・レビュー・オブ・ブックス』にルポルタージュや批評を寄稿している。

ヴィクター・ラヴァル（Victor LaValle）

一九七二年、ニューヨーク生まれ。父親は白人、母親はウガンダからの移民である。早くから離婚してシングルマザーになった母親の手で育てられ、コーネル大学を卒業後、コロンビア大学大学院創作科を修了。一九九九年に短篇集 *Slapboxing with Jesus* でデビューし、第一長篇 *The Ecstatic*（二〇〇二）を発表した後はホラーや幻想文学色を強め、二〇〇九年の *Big Machine* でシャーリィ・ジャクスン賞を受賞。*The Devil in Silver*（二〇一二）、『ブラック・トムのバラード』（二〇一六）を発表後、二〇一七年に発表した長篇 *The Changeling* で世界幻想文学大賞を受賞。『フランケンシュタイン』を語り直したグラフィックノヴェル *Destroyer* シリーズを手がけるなど活動の幅を広げている。

モナ・アワド（Mona Awad）

一九七八年、カナダのケベック州モントリオール生まれ、ボストン在住。ブラウン大学、エディンバラ大学、デンヴァー大学で創作と英文学を学ぶ。現在はシラキューズ大学で創作を教える。デビュー作は連作短篇集『ファットガールをめぐる13の物語』（二〇一六）。長篇第一作 *Bunny*（二〇一九）は大学創作科が舞台のキッチュな青春ホラーで、The Ladies of Horror Fiction ベスト作品賞受賞。キャリアや健康に不安を抱える舞台監督の女性をめぐる第二長篇 *All's Well* は二〇二一年に刊行されたばかり。最近の短篇作品は“Revere”、“Wilder Man”などがある。エジプト出身の父について語る“My Father Was Never There. My Father Never Left Me”や、母との思い出を綴る“My Summer of Hitchcook and Cold Cherries”はともに素敵なエッセイである。公式サイト：http://monaawadauthor.com/

カミラ・シャムジー（Kamila Shamsie）

一九七三年、パキスタン生まれ。母はパキスタンのよく知られたジャーナリストで、家系には作家や思想家もいる。カラチの高校を卒業後、ニューヨークのハミルトン大学とマサチューセッツ大学アマースト校でクリエイティブ・ライティングを学ぶ。二〇〇七年にイギリスに渡り、パキスタンの国籍に加えてイギリスの国籍も得る。マサチューセッツ大学アマースト校在学中に書いた *In the City by the Sea*（一九九八）でデビューし、*Patras Bokhari*（二〇〇二）でパキスタンのパトラス・ブカリ賞を受賞。二〇〇九年の *Burnt Shadows* ではアニスフィールド＝ウォルフ文学賞（人種差別や文化の多様性を訴える作品に与えられる）を受賞し、オレンジ賞のショートリストにも選出された。二〇一七年発表の *Home Fire* ではイギリスでもっとも権威ある文学賞のひとつ女性小説賞を受賞、ブッカー賞のロングリストにも選出されている。

コルム・トビーン（Colm Tóibín）
一九五五年、アイルランド南東部ウェックスフォード州の田舎町エニスコーシーに生まれ、ダブリンの大学を出た後、ジャーナリストを経て小説家になった。同性愛者であることを公にしている。邦訳がある長篇は、保守的だった時代を回顧する『ヒース燃ゆ』、ニューヨークへ移民した娘の物語『ブルックリン』、夫に死なれ、息子たちを抱えた母親が自分探しをする『ノーラ・ウェブスター』、田舎町で暮らす家族とエイズの問題が扱われる『ブラックウォーター灯台船』。順々に読み継ぐと二十世紀後半のアイルランド社会史が立ち上がるようだ。短篇集『母たちと息子たち』、キリストの母が一人語りする中篇『マリアが語り遺したこと』にも邦訳がある。トビーンは現在、コロンビア大学で創作を教えており、ニューヨークに住んでいるが、コロナ禍がはじまった二〇二〇年三月からしばらくのあいだ、ロサンゼルス在住の「ボーイフレンド」宅に滞在していた。「ロサンゼルス川つれづれ話」にはたぶんその体験が反映している。クラシック音楽を愛し、オースティンやブロンテやヘンリー・ジェイムズを愛読する語り手はトビーン自身に生き写し。自虐ネタの数々が輝く短篇である。

リズ・ムーア（Liz Moore）
これまでに自身のミュージシャンとしての経験を反映した短篇集 *The Words of Every Song*（二〇〇七）、ニューヨークに生きる孤独な登場人物たちが人とのつながりを求めるさまを描いた長篇 *Heft*（二〇一二）、アルツハイマー病と診断された科学者の父親が残した一枚のフロッピーディスクをもとに家族の過去を探る少女を描いた *The Unseen World*（二〇一六）等を発表。著者初の本格ミステリで、警官の姉と娼婦の妹が登場する『果てしなき輝きの果てに』（二〇二〇）は刊行直後に『ニューヨーク・タイムズ』ベストセラーリスト入りを果たした。いっぽう本短篇は、「これまでにフィクションとして発表した作品のなかではいちばんノンフィクションに近い」という本人の言葉どおり、現在幼い子どもを育てている作家自身の経験を色濃く反映した、実験的スタイルの作品となっている。家族とともにペンシルベニア州フィラデルフィア在住。テンプル大学でクリエイティブ・ライティングを教えている。

トミー・オレンジ（Tommy Orange）
一九八二年、カリフォルニア州オークランド生まれ、エンジェルズキャンプ在住。シャイアン・アラパホ部族登録員。アメリカインディアン芸術大学で芸術学修士号（ＭＦＡ）を取得。オークランドに暮らす先住民たちを描くデビュー作『ゼアゼア』（二〇一八）は二〇一九年アメリカ図書賞や二〇一九年ＰＥＮ／ヘミングウェイ賞を受賞。続篇となる *The Wandering Stars* は二〇二三年に刊行予定。短篇作品は、"New Jesus"、"Scorekeep"、"Session Drummer"、"Sentence" など多数。オレンジが家族ぐるみで親しいラコタの青年の姿を映す "Escape Velocity" は胸に迫るエッセイ。"The Untold Stories of Wes Studi" ではチェロキーの名優について存分に語る。

レイラ・スリマニ（Leila Slimani）
一九八一年、モロッコ生まれ。フランス人とアルジェリア人の間に生まれた母、モロッコ人の父をもつ。モロッコのフランス人学校を卒業後、パリ政治学院に入学するためにパリに移住。卒業後は舞台女優を目指したが、パリのビジネススクールでふたたび学んだあとジャーナリストに。二〇一四年、作家としてのデビュー作は『アデル　人喰い鬼の庭で』。性依存症を三十代の妻の視点から描いて話題に。二〇一六年、二作目の『ヌヌ　完璧なベビーシッター』では複雑で不可解な心理を冷徹な筆致で描きゴンクール賞を受賞。二〇一七年十一月、仏マクロン大統領よりフランコフォニー国際機関常任理事会フランス代表に任命される。二〇一八年、日仏交流百六十周年の折に来日、早稲田大学などでシンポジウムを行う。二〇二〇年、『*Le pays des autres*』を発表。モロッコ独立前夜から二十一世紀を舞台に三世代の家族を描く三部作。最新作はヴェネツィアのコンテンポラリーアートミュージアムに一人閉じこもり、一夜を過ごした体験を語る*Le parfum des fleurs, la nuit*。既婚。二児の母。

マーガレット・アトウッド（Margaret Atwood）一九三九年、オタワ生まれ。小説家、詩人、批評家、野鳥観察保護家であり、編み物アーティストであり、自身がリブレットを書くほどの熱烈なオペラ愛好家。リモート署名ツール「ロングペン」の考案者でもある。

一九六四年、詩集『サークル・ゲーム』でカナダ総督文学賞を受賞。世界で学生運動が展開する六九年に刊行された長篇小説第一作『食べられる女』では、早くも女性の摂食障害（アノレクシア）を描いた。

その後も、学校のいじめ、モラルハラスメント、解離性人格障害、地球規模のパンデミック、老年層の排除運動（コロナ禍での「ブーマーリムーバー」を思わせる）などの社会問題を先取りする小説がつづき、予言者と目されるが、本人は「わたしはこの世界で既に起きたことか、今起きていることしか書いていない」と言う。その極めつきが、米国の超保守派勢力が国会議事堂を襲撃して政権を掌握し、究極の男女格差政策を敷くディストピア小説『侍女の物語』（一九八五）と『誓願』（二〇一九）だ。

「おにっこグリゼルダ」の下敷きとなっているのは、ボッカチオの『デカメロン』、十日目の最終話“Patient Griselda（辛抱強いグリゼルダ）”だ。女性蔑視のひどい横暴な侯爵の夫に、忍耐強い妻のグリゼルダが虐待され試されるという教訓的な物語を爽快に転覆させている。

疫禍に見舞われた人類を救助にきた地球外生物のモノローグだが、へっぽこ翻訳機が訳しているようなロスト・イン・トランスレーション文体であり、文明の衝突と意思の不通が痛烈に皮肉られている。

イーユン・リー（Yiyun Li）

一九七二年、北京生まれ。北京大学卒業後、一九九六年に渡米してアイオワ大学大学院で免疫学を研究していたが、途中で進路を変更。同大学院の創作科に編入して、子育てをしながら英語で執筆するようになる。

そして二〇〇五年に短篇集『千年の祈り』を刊行し、数々の新人賞を受賞。さらに二〇〇九年に初の長篇『さすらう者たち』を発表したのに続き、短篇集『黄金の少年　エメラルドの少女』、長篇『独りでいるより優しくて』などの作品を次々に生み出した。

二〇一七年二月、自殺未遂を繰り返して入院した体験などを綴ったエッセイ集 *Dear Friend, from My Life I Write to You in Your Life* を刊行したが、同年秋に十六歳の長男を自死で失った。それをきっかけに書かれた『理由のない場所』（二〇一九）は、母と息子の対話を軸にした小説だ。

さらに二〇二〇年、長篇 *Must I Go* を刊行。

二〇二〇年三月、コロナ禍でロックダウン中、出版社のツイッターアカウントを利用して、誰でも参加できるバーチャル読書会を開催した。トルストイ『戦争と平和』を毎日少しずつ読み、八十五日間で読破する企画だ。これは *Tolstoy Together* という一冊の本になった（二〇二一年九月発売）。

現在はプリンストン大学で創作を教えながら執筆を続けている。ニュージャージー州在住。

エトガル・ケレット（Etgar Keret）

一九六七年、イスラエル・テルアビブ生まれ。両親はともにホロコーストの体験者。兵役中に小説を書き始め、短篇集 *Pipeline*（一九九二）でデビュー。作品はこれまでに世界四十カ国以上で翻訳されている。主な作品として短篇集 *Missing Kissinger*（一九九四）、エッセイ『あの素晴らしき七年』（二〇一六）、中篇『クネレルのサマーキャンプ』（二〇一八）、同作品を原作としたグラフィック・ノベル『ピッツェリア・カミカゼ』（作画＝アサフ・ハヌカ、二〇〇四）、短篇集『銀河の果ての落とし穴』（二〇一八）など。そのほか、映像作家としても活躍しており、二〇〇七年には『ジェリーフィッシュ』で妻のシーラ・ゲフェンとともにカンヌ国際映画祭カメラドール（新人監督賞）を受賞。自身が出演したオランダ人監督によるドキュメンタリー映画『エトガル・ケレット――ホントの話――』は、二〇一八年国際エミー賞を受賞した。本書に収録の短篇小説「外」はロックダウン中に執筆され、これを原作に日本とイスラエルの共同制作短篇映画『OUTSIDE』が制作され、二〇二〇年に公開された。ケレットとインバル・ピント（振付家）が監督を務め、日本からは森山未來（俳優・ダンサー）、阿部海太郎（作曲家）が参加している。

アンドリュー・オヘイガン（Andrew O'Hagan）

一九六八年生まれ。スコットランドの小説家、ノンフィクション作家。生誕地は本作の舞台ともなっているグラスゴーのシティセンター。アイルランド系カトリック教徒の家系で、母親は学校の掃除婦、父親は建具職人だった。四人の兄がおり、父親は重度のアルコール依存症だった。

一九九〇年に文学士の学位を取得。一九九一年より『ロンドン・レビュー・オブ・ブックス』のスタッフとして四年間勤務。

一九九五年にノンフィクション作品の *The Missing* を発表。一九九九年に発表した初の長篇小説 *Our Fathers* はブッカー賞を含む複数の賞にノミネートされ、ウィニフレッド・ホルトビー・メモリアル賞を受賞。二〇〇三年の長篇小説 *Personality* でジェームズ・テイト・ブラック記念賞を、二〇〇六年の長篇小説 *Be Near Me* でロサンゼルス・タイムズ賞を受賞。その他の作品に『マルチーズ犬マフとその友人マリリン・モンローの生活と意見』（二〇一〇）、*The Illuminations*（二〇一五）、*Mayflies*（二〇二〇）など。

レイチェル・クシュナー（Rachel Kushner）

一九六八年生まれ、ロサンゼルス在住の作家。これまでに *Telex from Cuba*（二〇〇八）、*The Flamethrowers*（二〇一三）、『終身刑の女』（二〇一八）と三冊の長篇小説を発表し、いずれも高く評価されている。一九五〇年代のキューバ、一九七〇年代の現代アートとモーターサイクル・ギャングの世界、そして女性刑務所、とそれぞれ違った世界を生々しく描くなか、スケールの大きさ、卓抜な文章力、ストーリーテラーとしての才能によって、現代アメリカを代表する書き手の一人としての地位をすでに確立している。二〇二一年の春には政治・アート・文化を論じたエッセイ集 *The Hard Crowd: Essays 2000–2020* も刊行。

テア・オブレヒト（Téa Obreht）
一九八五年、ベオグラード生まれ。ユーゴスラビア内戦が本格化する前に家族とともに出国し、キプロス、エジプトを経て、アメリカ合衆国カリフォルニア州に移住。南カリフォルニア大学を卒業後、コーネル大学大学院創作科を修了。母方の祖父の生前の希望により、「オブレヒト」姓での執筆を選択（後に正式に改名している）。二〇一一年、デビュー長篇『タイガーズ・ワイフ』を発表し、女性作家による英語の長篇小説を対象とするオレンジ賞を受賞。二十五歳での受賞は最年少記録だった。デビュー長篇と同じ設定の第二長篇の構想が語られていたが、二〇一九年に発表された第二長篇 *Inland* は大きく変わって十九世紀末のアメリカ西部を舞台としている。これまでに発表した小説の多くで、社会的背景を絡めながら人間と動物の関係を描いている。

アレハンドロ・サンブラ（Alejandro Zambra）
一九七五年生まれ。チリ出身のスペイン語作家。中篇小説『盆栽』（二〇〇六）と『木々の私生活』（二〇〇七）は、チリの首都サンティアゴを舞台に、切り詰めた文体で若者の恋愛を描き、スペイン語圏に多くの読者を得ると共に、同じかそれより若い世代のスペイン語作家に大きな影響を与えた。その後は独裁時代を知る親世代と若い世代との葛藤を描いた長篇小説 *Formas de volver a casa*（二〇一一）、短篇集 *Mis documentos*（二〇一三）を発表、さらに、チリの大学共通入試問題を模した実験小説 *Facsimil*（二〇一五）で新機軸を打ち出している。最新作はオートフィクションの性格を強めた長篇小説 *Poeta chileno*（二〇二〇）。メキシコの作家ハスミナ・バレーラと結婚しており、現在は一人息子と三人でメキシコ市に住んでいる。本短篇は、おそらく作者自らの家族を題材に巣ごもり生活の初期を描いていて、男の子の〈第一の祖国〉とはメキシコを、飛行機で六時間以上かかる〈第二の祖国〉がチリを指すと思われる。

ディナウ・メンゲスツ（Dinaw Mengestu）
一九七八年、アディスアベバ生まれ。内戦状態のエチオピアから父親が先に亡命し、二歳のときにアメリカ合衆国イリノイ州に移住。ジョージタウン大学を卒業後、コロンビア大学大学院創作科を修了。二〇〇七年に長篇小説 *The Beautiful Things That Heaven Bears* でデビュー（イギリスでは *Children of the Revolution* として刊行）。二〇一〇年に第二長篇 *How to Read the Air* を発表し、『ニューヨーカー』が選ぶ「四十歳以下の注目作家二十人」に選出される。二〇一四年、第三長篇 *All Our Names* を発表。移民経験の多様さを小説で探求しているほか、『ハーパーズ』や『ローリング・ストーン』に政治関係のルポルタージュを寄稿している。

カレン・ラッセル（Karen Russell）
一九八一年、マイアミ生まれ。ノースウェスタン大学を卒業後、コロンビア大学大学院創作科を修了。二〇〇六年に短篇集『狼少女たちの聖ルーシー寮』でデビューし、二〇一一年の第一長篇『スワンプランディア！』ではピューリッツァー賞の最終候補になった（同年は受賞作なし）。その後、第二短篇集『レモン畑の吸血鬼』（二〇一三）、中篇小説 *Sleep Donation*、第三短篇集 *Orange World and Other Stories*（二〇一九）を発表。短篇という形式にこだわり、さまざまな時代や土地を舞台として、幻想的な設定のもと人間の妄執を描くことを得意とする。現在はポートランド在住。

デイヴィッド・ミッチェル（David Mitchell）
一九六九年、ランカシャーのサウスポート生まれ。イギリスの小説家。ケント大学で英米文学の学位、比較文学の修士号を取得する。これまでに八作の長篇を発表している。また「フューチャーライブラリープロジェクト」（二一一四年まで発表されない）に提出した中篇が一作ある。『ナンバー9ドリーム』（二〇〇一）と『クラウド・アトラス』（二〇〇四）はブッカー賞の最終候補となり、後者は二〇一二年にワシャウスキ姉妹の監督で映画化されている。『ボーン・クロックス』（二〇一四）は幻想文学大賞を受賞した。複数の語り手を用い、さまざまな時代やジャンルを行き来する実験的な作風を特徴としている。日本で八年間英語教師をした経験もあり、『出島の千の秋』（二〇一〇）は江戸時代の長崎の出島を舞台とした長篇小説である。また妻のケイコ・ヨシダとともに東田直樹の『自閉症の僕が飛びはねる理由』を英訳している。現在はアイルランド在住。

チャールズ・ユウ（Charles Yu）
一九七六年、ロサンゼルス生まれ。カリフォルニア大学バークレー校卒業。コロンビア大学ロースクールにて専門職博士号のひとつである法務博士を取得後、企業弁護士として法律事務所に勤務、その後小説や脚本などを手掛ける専業作家となった。二〇〇六年、短篇集 *Third Class Superhero* を発表。長篇小説では二〇一〇年に『ニューヨーク・タイムズ』をはじめとする各紙の注目を集めた『SF的な宇宙で安全に暮らすっていうこと』を発表し、ローカス賞の候補となる。二〇二〇年、*Interior Chinatown* で全米図書賞を受賞。

パオロ・ジョルダーノ（Paolo Giordano）
一九八二年、イタリア・トリノ生まれ。小説家。二〇〇八年、トリノ大学大学院で素粒子物理学を研究中に『素数たちの孤独』（二〇〇九）でデビューし、イタリア最高峰の文学賞であるストレーガ賞を受賞。小説作品には他にも『兵士たちの肉体』（二〇一三）、*Il nero e l'argento*（二〇一四）、『天に焦がれて』（二〇一八）、エッセイには新型コロナウイルス感染症（COVID-19）流行下の日常をつづり、人類の将来を論じた『コロナの時代の僕ら』（二〇二〇）がある。最新作は作家が二〇二〇年二月から二〇二一年四月にかけて『コリエレ・デッラ・セーラ』に寄稿した新型コロナ関連記事をまとめた *Le cose che non voglio dimenticare*（二〇二一）。二〇二一年現在、ローマ在住。

ミア・コウト（Mia Couto）
一九五五年、モザンビークで生まれる。両親はポルトガル人で、二十世紀半ばにモザンビークに移住した。ポルトガル語圏アフリカを代表する作家のひとり。医学部を二年で中退し、ジャーナリストとして十年ほど働く。その後、生物学を修め、大学教員となる。モザンビークの新聞や雑誌を主導する。カモンイス賞（二〇一三）、ノイシュタット国際文学賞（二〇一四）などの受賞歴がある。モザンビークの首都マプート在住で、生物学者でもある。二十世紀アフリカを代表する作品のひとつとも言われる *Terra Sonâmbula*（一九九二）を筆頭に、作品は多くの言語に翻訳されている。

ウゾディンマ・イウェアラ（Uzodinma Iweala）
一九八二年生まれのナイジェリア系アメリカ人作家。ハーヴァード大学クリエイティブ・ライティングコース在籍中に書いた作品で数々の賞を受賞し、*Beasts of No Nation*（二〇〇五）で公式に作家デビュー。アフリカのある地域を舞台にリアルな少年兵の姿を描いたこの作品は、サルマン・ルシュディから絶賛され、Netflixで映画化された。二〇〇七年には『グランタ』の「ベスト・ヤング・アメリカンの作家」の一人に選ばれる。その後コロンビア大学医学部で学んで医師になり、現在は医師と作家の顔を併せ持つ。他の著作に *Our Kind of People, Thoughts on the HIV/AIDS Epidemic*（二〇一二）と最新作 *Speak No Evil*（二〇一八）がある。ニューヨーク在住で、ハーレムのアフリカン・アート美術館の最高運営責任者でもある。ウゾディンマの母親は二〇二一年二月に世界貿易機構（ＷＴＯ）の事務局長になったンゴズィ・オコンジョ・イウェアラ。

ディナ・ネイエリ（Dina Nayeri）
一九七九年、イランのエスファハーンに生まれる。母は医師で、父は歯科医。八歳までエスファハーンで過ごしたあと、アメリカに渡り、プリンストン大学とハーヴァード大学ほかで学ぶ。*A Teaspoon of Earth and Sea*（二〇一三）でデビューし、二〇一五年には、“A Ride out of Phrao”でオー・ヘンリー賞を受賞。二〇一七年発表のノンフィクション *The Ungrateful Refugee* は高い評価を得て、カーカス賞、『ロサンゼルス・タイムズ』文学賞、フランスの『エル』誌文学賞の最終候補に選出されたほか、クララ・ジョンソン賞とドイツのショル兄妹賞を受賞した。二〇一七年には *Refuge* を発表。

ライラ・ララミ（Laila Lalami）
一九六八年、モロッコ生まれ。ベルベル人探検家エステバニコをモデルにした長篇三作目*The Moor's Account*（二〇一四）はブッカー賞とピューリッツァー賞の候補に選ばれた。続く*The Other Americans*（二〇一九）は、カリフォルニアの小さな町で起きたひとりの移民の死をめぐる騒動を、人種も階級もさまざまな住人たちの視点から描いてベストセラーとなり、全米図書賞の最終候補作となった。最新作は、移民である自身の体験を綴ったノンフィクション*Conditional Citizens: On Belonging in America*（二〇二〇）。現在はロサンゼルスで暮らしており、カリフォルニア大学リヴァーサイド校でクリエイティブ・ライティングの教授をしている。

本作の最後に出てくる「向こう側」は、もちろん大西洋を挟んだアメリカのことでもあり、パンデミックというトンネルを抜けた先に広がる世界のことでもある。二〇二〇年の春、世界の都市が次々にロックダウンを実施するなか、日本でいう「コロナが落ち着いたら会おう」と同じような意味で、「See you on the other side（向こう側でまた会おう）」という挨拶が使われはじめた。これは兵士たちが戦場で使っていたフレーズでもある。この難局を乗りこえたら、あるいは来世で、また会おうという意味だ。

フリアン・フックス（Julián Fuks）

一九八一年、サンパウロに生まれる。両親はアルゼンチン系。日刊紙『フォーリャ・ヂ・サンパウロ』の通信員、月刊誌『クウチ』の評者などを務めた。*Histórias de literatura e cegueira*（二〇〇七）、*Procura do Romance*（二〇一一）といった作品でオセアーノス賞やジャブチ賞にノミネートされる。作家自身が重要な作品と位置付ける*A resistência*で、ジャブチ賞、オセアーノス賞（ともに二〇一六）、ジョゼ・サラマーゴ文学賞（二〇一七）などを受賞。ブラジルの若手作家として注目されている。

リヴァーズ・ソロモン（Rivers Solomon）

カリフォルニア州生まれ。イギリスのケンブリッジ在住。二〇一七年のデビュー作*An Unkindness of Ghosts*は、独立系出版社から刊行された優良図書を対象とするファイヤークラッカー賞を受賞したほか、優れたLGBTQIA作家の功績を讃えるストーンウォール賞、ラムダ文学賞にもノミネートされた。

さらに、ハーストン／ライト・レガシー賞（黒人作家を対象）、ローカス賞（SF・ファンタジー作品を対象）、ジョン・W・キャンベル新人賞（現アウトスタンディング新人賞）の最終候補にも名を連ね、多岐にわたる文学賞で大きな話題を呼んだ。二〇一九年に出版された二作目 *The Deep* は、二〇二〇年のラムダ文学賞を受賞。ネビュラ賞、ローカス賞、ヒューゴー賞の候補にも挙がった。二〇二一年五月に、三作目となる *The Sorrowland* を出版。ジャンルを超えたゴシック・フィクションと形容された同作品には、アメリカにおける人種差別の暗い歴史も反映されている。

『ニューヨーク・タイムズ』、『ニューヨーク・タイムズ・マガジン』、『ベスト・アメリカン・ショート・ストーリーズ』、『ベスト・アメリカン・ホラー・アンド・ダーク・ファンタジー』などに短篇も発表している。

「fae/faer/faer/faers/faerself」と「they, them, their, thems, themself」の代名詞を使用。

マシュー・ベイカー（Matthew Baker）

アメリカの五大湖地方に生まれ、現在はアイスランド在住。子供向けの物語、*If You Find This*（二〇一五）でデビュー後、*Hybrid Creatures*（二〇一八）、*Why Visit America*（二〇二〇）と、SF仕立ての短篇集を発表している。いずれも奇抜な設定とユーモアで高く評価され、次世代の期待の若手作家として注目されている。

エシ・エデュジアン（Esi Edugyan）

一九七八年、カナダのカルガリーで生まれる。両親はアフリカのガーナからの移民。ヴィクトリア大学で創作を学び、二〇〇四年、アフリカ系カナダ人の波乱の人生を描いた *The Second Life of Samuel Tyne* で作家デビュー。二作目の *Half-Blood Blues*（二〇一一）では、一転して第二次大戦下のベルリンで活動していた黒人ミュージシャンたちの群像を描いて注目を浴び、ブッカー賞の候補に。二〇一八年発表の第三作『ワシントン・ブラック』では一八〇〇年代に材を求め、奴隷出身の黒人少年が自分探しの旅に出て、地球を股にかけた大冒険をくり広げるさまを生き生きと描いてみせた。シリアスなテーマを興趣豊かに描くストーリー・テリングの才が認められて、ブッカー賞の最終候補作に選出された。最新作 *Out of the Sun*（二〇二一）は、歴史の波間に活躍した異色の黒人たちを論じたエッセイ集。織田信長に仕えた黒人のサムライ、弥助などにも言及していて、視野の広さを示している。私生活では現在、二児の母親で、創作意欲はますます盛んと伝えられている。

ジョン・レイ（John Wray）
一九七一年、ワシントンDC生まれ。父親はアメリカ人、母親はオーストリア人。現在はメキシコシティ在住。*The Right Hand of Sleep*（二〇〇一）で作家デビューし、十九世紀のミシシッピ川流域を舞台にした第二作 *Canaan's Tongue*（二〇〇五）で「最高の若手作家の一人」と評価された。ほかの作品に *Lowboy*（二〇〇八）、*The Lost Time Accidents*（二〇一六）、*Godsend*（二〇一八）がある。

エドウィージ・ダンティカ（Edwidge Danticat）
一九六九年、ハイチ生まれ。父親は彼女が二歳の時、母親もその二年後に、ニューヨークへ移住。彼女が両親の元へ行けたのは十二歳の時だった。ブラウン大学大学院の修士論文として書いた『息吹、まなざし、記憶』が一九九四年に出版されると高い評価を得て、『ニューヨーク・タイムズ』で「目が離せない三十歳以下の三十人」に特集された。さらに翌年短篇集『クリック？・クラック！』を出版すると、『ハーパーズバザー』で「重要な影響力のある二十代の二十傑」に選ばれ、本格的に実力派作家としての道を歩み始めた。世界初の黒人共和国ハイチに生まれ育ち、十二歳でハイチ人ディアスポラとなったことで深められた経験と洞察力から、歴史に翻弄されるハイチの人びとの暮らしや、過酷な条件のもとで生き抜く女たちの心理を、リリカルで静謐な文体で描き出し、珠玉の作品を次々と生み出し、数々の賞を受けてきた。上述の作品の他、『骨狩りの時』、『デュー・ブレーカー』、『愛するものたちへ、別れのとき』、『海の光のクレア』、『すべて内なるものは』、など。

訳者あとがき

二〇二〇年二月の時点では、アメリカ合衆国にとっての新型コロナウイルスは、中国やイタリアをはじめとする海外の出来事だった。まもなく合衆国内で感染者が確認され、すぐに出版界の一大中心地であるニューヨークを直撃することになる。

二〇二〇年三月初旬、ニューヨーク市で最初の新型コロナウイルスの感染者が確認された。それから感染状況は一気に悪化の一途をたどり、三月十二日には市全域に緊急事態宣言が発令され、ニューヨーク公共図書館は三月十四日にすべてのプログラムを停止して閉館を決定する。三月二十二日にはニューヨーク州全体のロックダウンが始まり、その間も入院患者数と死者数が増え続ける情報にさらされる日々が、こうして始まることになった。

この事態に対する出版媒体や作家たちの反応は、かなり素早いものだった。二〇二〇年春当時に筆者の目に留まったものに限っても、以下のような作家たちの試みや文章が次々に発表されている。三月中旬、イーユン・リーは「人生が不確かであればあるほど、トルストイの小説はより確固とした骨組みを与えてくれる」と、SNS上でハッシュタグを利用したレフ・トルストイの『戦争と平和』読書会を立ち上げた。三月下旬には『ニューヨーク・レビュー・オブ・ブックス』が「パンデミック日記」のコーナーを開設し、リーのほかにハリ・クンズル、ローレン・グロフ、水村美苗らが寄稿している。テジュ・コールもまた、ロックダウン中に書き留めた日記を『ニューヨーク・タイムズ・マガジン』で五月十八日に発表した。

書き手はこの日常をどう受け止めればいいのか、という問いに向き合う形で、ジョージ・ソーンダーズはシラキュース大学大学院創作科で指導する学生たちに宛てて書いた手紙を四月三日に『ニューヨーカー』誌上で公開した。このパンデミックを乗り越え、いつか文学作品に結実させるであろう未来の作家たちに対して、愛とユーモアをもって世界を細やかに見つめ、書き留めておくことが重要なのだとソーンダーズは訴えた。

隔離生活のなかで、読書という行為にも改めてスポットライトが当たることになった。四月十三日、シリ・ハストヴェットは〈Literary Hub〉のウェブサイトにエッセイを寄稿し、優れた文学作品とは読者をまったく違う領域に連れていくものであり、その過程で社会的な意味を帯びるのだと論じた。

四月二十三日、オルハン・パムクは『ニューヨーク・タイムズ』にエッセイ「偉大なパンデミック小説の数々が私たちに教えてくれること」（邦訳は『文藝』二〇二〇年秋号所収）を寄稿した。アレッサンドロ・マンゾーニの『いいなづけ』やダニエル・デフォーの『ペストの記憶』といった疫病を題材とする文学、さらにはフョードル・ドストエフスキーの『罪と罰』に登場する疫病の夢などを例として取り上げ、パムクは目下のパンデミックから世界規模の連帯の感覚を育むべきだと訴えた。

唐突に他者との接触を絶たれた「ステイホーム」が始まり、親しい人が亡くなっても以前のように悲しみを分かち合うこともできない。そんな日常のなかで、いかにして人間同士のつながりを維持できるのか、そこに文学はどのような役割を果たすべきかという問いに、作家たちは答えようとしていた。

こうして目の前の状況に応答するべく綴られた言葉は、どうしてもエッセイや日記といったノンフィクションの文章が中心とならざるをえなかった。その一方で、前述のようにデフォーの『ペストの記憶』やマンゾーニの『いいなづけ』、さらにはアルベール・カミュの『ペスト』など、疫病を取り上げた古典小説の多くが、改めて大きな注目を集めることになった。また、類似した感染症の世界的流行として引き合いに出されるのが一九一八年から一九二〇年のインフルエンザのパンデミックであり、それを題材とするキャサリン・アン・ポーターの短篇小説「蒼ざめた馬、蒼ざめた騎手」など、なかば埋もれていた過去の作品が再発見されもした。

そんななか、新型コロナウイルスが世界にもたらした変化をとらえる新作小説を集めるプロジェクトを着々と進めていたのが、『ニューヨーク・タイムズ・マガジン』である。ジョヴァンニ・ボッカチオの『デカメロン』に着想を得て『デカメロン・プロジェクト』と名付けられたこの企画が誕生したきっかけとそのコンセプトについては、それぞれケイトリン・ローパーの序文とリヴカ・ガルチェンの「はじめに」に詳しい。マーガレット・アトウッドやコルム・トビーンといったベテラン作家から、トミー・オレンジやリヴァーズ・ソロモンなどの若手作家まで、総勢二十九名の作家が短篇を寄稿したこの物語集は、早くも二〇二〇年七月上旬に発表された。アメリカの出版界からのパンデミックに対する応答としてはもっとも迅速かつ大規模なプロジェクトであり、同年十一月には書籍として刊行されている。

本書『デカメロン・プロジェクト』は英語圏、とくにアメリカ合衆国の作家たちが中心ではあるものの、エトガル・ケレット（イスラエル）やアレハンドロ・サンブラ（チリ）、パオロ・ジョルダーノ（イタリア）、ミア・コウト（モザンビーク）、フリアン・フックス（ブラジル）といった、英語圏においてもすでに高い評価を受けている他言語の作家たちも参加している。また、英語圏作家のなかでも出身国など作家の背景は多岐にわたり、さらにスタイルも犯罪劇から日常のスケッチ、私小説風からSFまで幅広い。進行中の事態を取り上げた物語を読者になるだけ早く届けるという時間的制約、そしてアメリカ発の企画であるがゆえにカバーできる範囲の限界はありつつも、視点を幅広く保つことで現代版『デカメロン』を作り上げようとした努力の賜物だと言っていいだろう。

緊急寄稿ということもあってか、『デカメロン・プロジェクト』に並ぶ短篇は総じて短めである。とはいえ、それぞれの作品、そしてその集合である本書全体には、凝縮された言葉に裏打ちされた切迫感がみなぎっている。それぞれの作品の特徴については、優れた翻訳とともに実際に味わっていただくこととして、ここでは全体像の紹介にとどめたい。

本書に収められた作品の多くには、あっという間に一変してしまった日常をどう生きるべきかという問いが共有されている。家族や恋人たちの関係にいきなり入り込んできた隔たりや喪失を前にした戸惑いという主題、死の気配とともに生きる日常の重苦しさや、それが現実と幻覚の境目すら曖昧《あいまい》にするといった描写は、ロックダウンや外出自粛を経験した読者たちの抱えた感覚を鋭く言語化するものでもあるだろう。

それと同時に、人種や移民といった問題をめぐって日常に存在していたさまざまな亀裂が、パンデミックによってさらに可視化されるという物語があり、そうした隔たりを超えた「災害ユートピア」に通じるような連帯の可能性やパンデミック後の共同体を夢想する作品もある。ドキュメント風の文体を選んだ作家たちの間でも、あえて何気ない日常の描写を基調とした作品から、我が子の体調をめぐる一晩の緊迫感を描き出すものまで、その色合いはさまざまである。そうして絶望と希望の間を行き来する本書の構成はそれ自体が、パンデミックを前にして揺れ動いた感情の振幅への証言になっているのかもしれない。

もちろん、ここまで世界の風景を短期間で大きく変えた出来事について、作家たちは中長期的には長篇小説でそれに取り組むことになるだろう。二〇二一年秋から冬にかけて出版される注目作のなかでは、ゲイリー・シュタインガートとルイーズ・アードリックの新作長篇が、二〇二〇年以前から進めていた原稿のなかに否応なく今回のパンデミックが入り込んだ作品として完成したと言われている。こうした作品のあとには、二〇二〇年の事態を受けて新たに構想された長篇小説が登場し、新型コロナウイルスに対峙した作家の想像力がそれぞれどのような世界を描き出すのかという探求が本格的に始まることになる。本書『デカメロン・プロジェクト』は、その端緒を開く物語集なのだといえる。

翻訳の進行にあたっては、すでに邦訳のある作者の場合は既訳の翻訳者との再タッグが多く実現した。また、英語以外の言語で書かれた作品については、英語からの重訳を避けて原語からの翻訳も実現した。本邦初紹介となる作家の作品も合わせて、素晴らしい翻訳の数々を完成させてくださった訳者のみなさんに深く感謝したい。

全体の進行は、企画段階からゲラのチェック、そして刊行まで、河出書房新社編集部の島田和俊さんが的確に進行をリードしてくださった。記して感謝したい。

二〇二〇年に世界各地でロックダウンが始まったとき、作家たちが強調していたのは、物語が共有されることの重要性だった。その日々から生まれた二十九の物語を、日本語読者のみなさんと共有することができたなら、これに勝る喜びはない。

二〇二一年十一月

訳者を代表して
藤井光

藤井光（ふじい・ひかる）
1980年、大阪生まれ。東京大学大学院人文社会系研究科准教授。著書に、『ターミナルから荒地へ』など。訳書に、L・マー『断絶』、T・オブレヒト『タイガーズ・ワイフ』、V・ラヴァル『ブラック・トムのバラード』など。

堀江里美（ほりえ・さとみ）
1981年、東京生まれ。早稲田大学第一文学部卒業。訳書に、Z・スミス『美について』、R・プライス『黄金の街』、K・パンクハースト『すてきで偉大な女性たちが歴史を作った』など。

松本健二（まつもと・けんじ）
1968年生まれ。大阪大学外国語学部准教授。訳書に、A・サンブラ『盆栽／木々の私生活』、P・フローレス『恥さらし』、R・ボラーニョ『通話』など。

松本百合子（まつもと・ゆりこ）
上智大学仏文科卒業。2001年よりパリに暮らす。著書に、『ゆっくりたっぷりパリ暮らし』、訳書に、L・スリマニ『ヌヌ　完璧なベビーシッター』、E・ラボリ『かもめの叫び』、スアド『生きながら火に焼かれて』など。

佐藤由樹子（さとう・ゆきこ）
1972年生まれ。早稲田大学第一文学部文学科卒業（ロシア文学専修）。英米文学翻訳家。訳書に、A・オヘイガン『マルチーズ犬マフとその友人マリリン・モンローの生活と意見』、D・クーンツ『一年でいちばん暗い夕暮れに』（共訳）、M・ワッドマン『ワクチン・レース　ウイルス感染症と戦った、科学者、政治家、そして犠牲者たち』など。

篠森ゆりこ（しのもり・ゆりこ）
石川生まれ。翻訳家。著書に、『ハリエット・タブマン　彼女の言葉でたどる生涯』。訳書に、Y・リー『理由のない場所』、M・ロビンソン『ハウスキーピング』など。

柴田元幸（しばた・もとゆき）
東京生まれ。米文学者・東京大学名誉教授・翻訳家。著書に、『アメリカン・ナルシス』など。訳書に、T・ピンチョン『メイスン＆ディクスン』、P・オースター『オーギー・レンのクリスマス・ストーリー』、S・ミルハウザー『夜の声』など。

高見浩（たかみ・ひろし）
東京生まれ。翻訳家。訳書に、E・エデュジアン『ワシントン・ブラック』、T・ハリス『羊たちの沈黙』、E・ヘミングウェイ『老人と海』など。

竹内要江（たけうち・としえ）
1979年、愛知生まれ。東京大学大学院総合文化研究科比較文学比較文化修士課程修了。訳書に、L・ムーア『果てしなき輝きの果てに』、J・オデル『何もしない』、C・スタンパー『ウェブスター辞書あるいは英語をめぐる冒険』（共訳）など。

栩木伸明（とちぎ・のぶあき）
1958年、東京生まれ。早稲田大学教授。専門はアイルランド文学・文化。著書に、『アイルランドモノ語り』など。訳書に、C・トビーン『ノーラ・ウェブスター』、C・カーソン『琥珀捕り』、W・トレヴァー『聖母の贈り物』など。

中川千帆（なかがわ・ちほ）
1972年生まれ。奈良女子大学研究院人文科学系准教授。専門は、アメリカ文学とゴシック小説。訳書に、D・ミッチェル『クラウド・アトラス』など。

広岡杏子（ひろおか・きょうこ）
1982年、東京生まれ。英国ユニバーシティ・カレッジ・ロンドン（UCL）ヘブライ語・ユダヤ学部卒業。エルサレム・ヘブライ大学RIS修士課程卒業。訳書に、E・ケレット『銀河の果ての落とし穴』など。

福嶋伸洋（ふくしま・のぶひろ）
1978年、新潟生まれ。共立女子大学文芸学部准教授。著書に、『リオデジャネイロに降る雪　祭りと郷愁をめぐる断想』など。訳書に、C・リスペクトル『星の時』、マリオ・ヂ・アンドラーヂ『マクナイーマ　つかみどころのない英雄』など。

訳者略歴

飯田亮介（いいだ・りょうすけ）
1974年生まれ。イタリア文学翻訳家。訳書に、E・フェッランテ『リラとわたし』、P・ジョルダーノ『素数たちの孤独』『コロナの時代の僕ら』『天に焦がれて』、S・マッシーニ『リーマン・トリロジー』など。

上杉隼人（うえすぎ・はやと）
翻訳者・編集者。早稲田大学教育学部英語英文学科卒業、同専攻科修了。訳書に、マーク・トウェーン『ハックルベリー・フィンの冒険』、J・ル・カレ『われらが背きし者』（共訳）、B・ルイス『最後のダ・ヴィンチの真実　510億円の「傑作」に群がった欲望』など。

円城塔（えんじょう・とう）
1972年、北海道生まれ。著書に、『文字渦』、『道化師の蝶』など。訳書に、C・ユウ『SF的な宇宙で安全に暮らすっていうこと』など。

押野素子（おしの・もとこ）
東京生まれ。翻訳家。青山学院大学国際政治経済学部、ハワード大学ジャーナリズム学部卒業。著書に、『禁断の英語塾』など。訳書に、N・K・アジェイ゠ブレニヤー『フライデー・ブラック』、C・ミラー『私の名前を知って』など。

加藤有佳織（かとう・ゆかり）
1983年、神奈川生まれ。慶應義塾大学文学部准教授。専門はアメリカ文学・カナダ文学。共著に『現代アメリカ文学ポップコーン大盛』。訳書に、T・オレンジ『ゼアゼア』、M・アワド『ファットガールをめぐる13の物語』（共訳）など。

上岡伸雄（かみおか・のぶお）
1958年、東京生まれ。学習院大学文学部教授。著書に、『テロと文学　9・11後のアメリカと世界』など。訳書に、T・コーツ『ウォーターダンサー』、D・デリーロ『墜ちてゆく男』など。

くぼたのぞみ
北海道生まれ。翻訳家・詩人。著書に、『J・M・クッツェーと真実』など。訳書に、C・N・アディーチェ『なにかが首のまわりに』、J・M・クッツェー『マイケル・K』『鉄の時代』など。

鴻巣友季子（こうのす・ゆきこ）
英米文学翻訳家・文芸評論家。著書に、『翻訳教室　はじめの一歩』、『翻訳ってなんだろう？　あの名作を訳してみる』など。訳書に、M・アトウッド『誓願』、『語りなおしシェイクスピア1　テンペスト　獄中シェイクスピア楽団』、J・M・クッツェー『イエスの学校時代』など。

佐川愛子（さがわ・あいこ）
1948年生まれ。元女子栄養大学教授。訳書に、E・ダンティカ『すべて内なるものは』『ほどける』『海の光のクレア』など。

デカメロン・プロジェクト
パンデミックから生まれた29の物語

2021年11月20日　初版印刷
2021年11月30日　初版発行

著　者　マーガレット・アトウッド　ほか
編　者　ニューヨーク・タイムズ・マガジン
訳　者　藤井光　ほか
装　丁　名久井直子
発行者　小野寺優
発行所　株式会社河出書房新社
〒151-0051　東京都渋谷区千駄ヶ谷2-32-2
電話　(03) 3404-1201〔営業〕(03) 3404-8611〔編集〕
https://www.kawade.co.jp/
印刷　株式会社亨有堂印刷所
製本　小泉製本株式会社

Printed in Japan
ISBN978-4-309-20845-9